词与世界
WORD & WORLD

文明互鉴学术论丛

总主编 陈 方 李铭敬

本成果受到中国人民大学2022年度
"中央高校建设世界一流大学（学科）和特色发展引导专项资金"支持

# 父与子
## 1920—1940年间的巴黎俄侨诗歌

张 猛 著

中国人民大学出版社
·北京·

U0683025

# 编委会

（以姓氏笔画为序）

刁克利　王建华　田丽丽　刘海清
杨　敏　李桂荣　李铭敬　张　意
陈　方　周　铭　赵蕾莲

# 总　序

在全球化时代，语言的重要性越发凸显，它不仅可以表征我们对世界的认知和体验，还能体现不同文化对世界以及对人类的理解，甚至会影响到我们对现实的构建和阐释方式。作为研究语言的外语学科，随着时代的发展，其学科内涵呈现出更加多元的特征。教授一门语言，只是外语学科诸多使命中最基础的一个，语言的工具性已经渐渐退居次要地位，取而代之的是它所包蕴的人文性，它所承载的破解文化和文明符码、描画语言世界图景的可能性，以及它在文明互鉴、构建人类命运共同体等国家重大战略中有可能发挥的作用。

语言扮演的重要角色注定会使外语学科的边界极大地外扩，学科的对象更加丰富，研究的领域更加多元，这一方面是因为外语学科本身所具备的跨学科性，其内部在近半个世纪以来发生的各种学术转向、学术交叉和学术复合，另一方面，也是更主要的，是因为外界对于外语学科越来越高的期许以及它所担负的更加重要的使命。中国在国际上的地位和角色已今非昔比，较之于五四运动和改革开放初期着力进行的文化输入，今天的我们更加聚焦于互通、互鉴、交流，更注重在世界上更多地发出我们自己的声音，构建我们自己的形象，彰显中国力量，输出中国智慧，而这一切的实现，不仅要依靠我国在科技、教育和工业等方面的迅猛进步，也仰仗于外语。语言在构建国家形象中能起到关键作用，是国家文化的重要组成部分，直接关系到国家的文化认同、国际交往能力和国际地位。一个清晰、有力的语言形象可以为国家赢得更多的尊重和支持，语言的战略地位之高是从前任何一个时代都没有过的。因此，除了传统的语言、文学和翻译三大主流方向，如今的外语学科在区域国别学、国际传播学中也占据着不可或缺的地位。中国人民大学外国语学院的

"词与世界·Word & World""文明互鉴学术论丛"就是在这样的语境下应运而生的。

"词与世界·Word & World"是 2022 年以来中国人民大学外国语学院着力打造的一个学术品牌，得到了"中央高校建设世界一流大学（学科）和特色发展引导专项"（简称"引导专项"）项目资金的支持。2018 年 12 月，中国人民大学外国语学院第 7 届研究生学术论坛开幕之际，我们首次启用"词与世界·Word & World"这一名称。"词"为语言的最基本构成，可指代语言，"Word & World"在英语中是两个近音词，当初我们只是想通过这个悦耳且似乎不乏诗意的中英文词组来增加研究生学术论坛的辨识度。但随着近两年学院学科建设的思路逐渐清晰，对外语学科本质的认识不断加深，我们为"词与世界·Word & World"注入了更多内涵。在 2023 年开学典礼的院长致辞中我提到，语言具有工具性、基础性和人文性。所谓工具性，就是我们通过掌握基本的听、说、读、写技能，形成与他人交流的能力，进行双语或多语的转换；所谓基础性，即外语在一切"国际"字头、"外"字头专业中的基础性地位；所谓人文性，则是指外语的最高级属性，语言和文学、历史、哲学等学科一样，是研究人类信仰、情感、道德和美感等的科学，它提供了成为一个健全之人、一个全面发展之人的基本养分，它最终是一个关于"人"的学科。把握好语言的这三个特性，我们外语学科在拥抱各种变化和挑战的同时就可以站稳脚跟，自信地彰显我们的学科主体性。

围绕着"词与世界·Word & World"品牌，学院目前已经打造了多个学科建设项目："词与世界·Word & World"外语学科研究生学术论坛（2018 年启动）；"词与世界·Word & World""碧空澄金"人大青春诗会（2023 年启动）；"词与世界·Word & World"外国语言文学文化系列讲座（2023 年启动）；2024 年，我们还将开启"词与世界·Word & World""世界文学与人类命运共同体译丛"。这些活动涉及学术研究、学生培养、教师发展等多个板块，我们希望"词与世界·Word & World"成为学院展现学科水平的平台，提供外国语言、文学和文化养分的土壤，通达更广阔世界的桥梁，同时，我们也希望这一品牌能全方位凝聚力量，为人才培养、学术研究和教师发展提供更多动能和更大平台，进一步打造学院的学术声誉，扩大学科影响，力争让中国人民大学外国语学院跻身全国一流外语学院之列。

"词与世界·Word & World""文明互鉴学术论丛"于 2022 年正式启动，涵盖外语学科五大方向，旨在深度挖掘语言与世界之间的关系，为学术界提供一批从不同视角探究外国语言、文学、翻译和文化等领域问题的学术成果。这套丛书是开放式的，作者均为中国人民大学外国语学院教师，学院每年启动一次选题征集活动，经学院学术委员会充分评议后筛选出三到四部专著进入论丛。在不久的将来，这套丛书定会形成一定规模，成为呈现人大外语学院教师科研成果、展示科研水平的窗口。这套丛书的选题较为多样，涉及英、俄、日、德、法、西六个语种（专业），似乎很难为这套丛书找到一个确切的主题，但这恰好能说明目前外语学科呈现出的多元研究样貌，同时，"文明互鉴"也能概述"外语人"一直以来在跨文化交流、增进不同文明理解彼此的文化、价值观念和思维方式等方面做出的贡献。

本论丛得以面世，除了各位作者的辛勤笔耕，还离不开多方的支持。感谢中国人民大学出版社大众出版分社、中国人民大学"中央高校建设世界一流大学（学科）和特色发展引导专项"项目资金和学院学术委员会！我们期待这套"词与世界·Word & World""文明互鉴学术论丛"能激发学界对语言与世界之关系做更为深刻的思考，为文明互鉴贡献更多的力量。

"Word & World"，每个单词都是一个小的世界，整个世界也是一个大的单词，我们"外语人"毕生从事的事业，或许就是在这两者之间发现关联，进而寻求文明互鉴的可能和路径。

陈方

2023 年 12 月 24 日

北京近山居

# 从国别文学到比较文学：
# 重识巴黎俄侨诗歌

# （代前言）

在俄罗斯侨民作家的记忆中，巴黎似乎从来不是一个冷清的、仅有少数同胞散居的都市。1920 年 3 月 22 日，当后来的诺贝尔文学奖得主布宁（И. Бунин，1870—1953）与妻子薇拉·穆罗姆采娃（Вера Муромцева，1881—1961）从索菲亚来到巴黎时，薇拉在日记中写下了对这座城市的最初印象："在这一周的时间里我几乎没有看到巴黎，但我看到了非常多的俄国人。只有佣人提醒说，我们不是在俄国。"十月革命以后直到德军占领巴黎，这里曾形成过一个俄国文化的"独立王国"：除了有俄罗斯人自己创办的大学和出版社，还有印量不少的报纸、杂志，名目繁多的文学团体。得益于法兰西第三共和国对俄国难民的倾斜政策，在二十多年的时间里，俄国人几乎"占领"了塞纳河畔的所有咖啡馆。

不过，即使处在这样"人多势众"的氛围中，俄侨群体仍旧没有治愈自己日益深重的思乡病，动辄在诗歌中追述难以忘怀的故国生活："我完全 / 不在这里，/ 不在南方，而是生活在北方的 / 沙皇的首都。/ 只剩下我一个人还在那里生活。/ 真实的我。我——整个的我。/ 那侨居的风沙 / 只是在我的梦里——/ 柏林，巴黎，以及 / 已经冷却的尼斯。"（格·伊万诺夫《永远神圣的春天带来的欢欣……》节选）

俄罗斯文学和思想史上根深蒂固的保守性，也在影响着俄罗斯侨民群体。或许正得益于这种"保守"，20 世纪 80—90 年代，当侨民文学真正携带着诗歌回家时，俄罗斯的读者们才得以一睹"白银时代"传承之作的真容。不过，巴黎的侨民文学果真保守到只是国别文学在异邦的原样复制吗？既然年轻诗人对波德莱尔、兰波的爱直白坦率，甚至有批评家断言波普拉夫斯基（Борис Поплавский，1903—1935）

可以告别俄语而成为一名法国诗人，那能否使用比较文学中惯用的"影响研究"来考察这段历史？国别文学与比较文学这两种范畴，怎样界定了巴黎俄侨诗歌的样貌？

# 保存俄罗斯文学的"火种"

在所有关于侨民作家历史使命的论述中，再没有比女诗人季娜伊达·吉皮乌斯（Зинаида Гиппиус，1869—1945）的论断传播得更广的了："Мы не в изгнании, мы в послании"。这句话翻译成中文便是："我们不是被流放，而是被赋予使命的。"其中，"послание"一词富含宗教意味，在《使徒行传》中具有"委派、寄语"的含义。这样一来，那些流亡在外的俄罗斯知识分子便与牺牲自我、忠于祖国和人民的东正教圣徒完全联系在了一起。知识分子清醒地预见到，政权的更迭带来的不只是社会制度的改变，文化习俗、道德观念甚至文学观念都有可能被改变，于是他们自觉背负起了保存俄国文学"火种"的使命，期待着有一天能回到弥漫贵族气息的旧俄，接续高贵的俄罗斯文学精神，而非面对"粗鄙的"社会主义现实主义文学。

> 酣睡也好过聆听一段
> 凶恶的人生感受
> 空虚的斗争真理寥寥。
> 我知道一切，我看到了一切——
> 倒不如在梦中让你靠近
> 未知的朝霞。
> （《座谈会上》节选）

以弗拉基斯拉夫·霍达谢维奇（Владислав Ходасевич，1886—1939）等人为代表的老一代俄侨诗人最具有这种使命感。这首《座谈会上》来自他的诗集《沉重的竖琴》（1922），其原型便是普希金的诗歌《预感》。除了同样使用穿插着抑抑扬格的四音部扬抑格写成，两首诗都以人生无常为主题，在情感上也都从失意转向心灵的慰藉。不少批评家指出，霍达谢维奇的诗歌创作继承了以普希金、巴拉丁斯基、丘特切夫、维亚泽姆斯基等为代表的 19 世纪俄罗斯诗歌传统。事实上，霍达谢维奇本人也是研究普希金的专家，1937 年曾出版《论普希金》，对普希金的叙事诗和彼得堡主题小说均发表了富有洞见的言论。

这是一批情感炽热的文化"使徒"。在离开俄国之前，他们已经接受了完整的俄罗斯文学教育，有不少诗人本身已是"白银时代"重要诗歌流派的代表。捍卫纯正的俄罗斯语言是他们义不容辞的义务，也正因为这个原因，他们在报纸上展开论战，批评年轻一代诗人对传统的背离，辩论什么才是真正的"俄罗斯诗歌"。为了给后代保存完整的俄罗斯文化基因，侨民作家撰写了大量的回忆录和传记作品，如霍达谢维奇的《杰尔查文》、茨维塔耶娃（М. Цветаева）的《我的普希金》、扎伊采夫（Б. Зайцев）的《瓦拉姆》和《关于祖国的话》等等。

格·阿达莫维奇（Георгий Адамович，1892—1972）在诗歌《我们何时会返回俄罗斯》（1930）中这样结尾："我们何时能返回俄罗斯⋯⋯可是雪封了道路。/ 该集合了。天已发亮。该动身上路了。/ 两枚铜币永久保存，两手交叉在胸前。"对于俄侨诗人来说，他们极力捍卫的俄罗斯文学传统就是那"两枚铜币"，就是两手交叉的仪式感。

# 白银时代诗歌各流派的"较量"

相比老一代诗人对俄罗斯正典的坚守，年轻一代肩上没有沉重的俄罗斯文学传统的包袱。他们出生于 1905 年之后的俄国，在动荡不安的时代开始接受教育，还没来得及充分体验祖国的文化就被迫在几个国家流亡，普希金、莱蒙托夫、丘特切夫这些名字对于他们而言，可能并没有比巴黎街头的一顿热饭更有温度。为了生存，他们在言语不通的城市谋得司机、洗碗工、擦鞋工、门卫的工作，在结束了一天的工作，孤独地徘徊在巴黎闪着霓虹灯的街头时，他们渴望群体的认同，于是不约而同地钻进半地下室的廉价咖啡馆，和年轻的朋友讨论文学，用自己尚未熟练掌握的文学语言拼凑出心目中的"诗歌"来。这些人出入于吉皮乌斯家的"绿灯社""星期天读书会"里，活跃在"青年作家和诗人协会""十字路口""游牧点"等文学团体中。

这些年轻人是真正的"不被注意的一代"（瓦尔沙夫斯基语）。他们只能在生计之外写作，作品很少有发表的途径，更不用说依靠写作挣得面包；他们很难得到前辈的指点，以至于大部分人默默无闻，最终放弃了写作。在零散出现又戛然而止的若干诗歌团体中，风格明确，又确实形成过一定影响的，大概只有"巴黎音调"。这个流派的代表人物有年轻诗人中最具天赋的鲍里斯·波普拉夫斯基，此外，利季娅·切尔文斯卡娅（Лидия Червинская，1907—1988）、阿纳托利·施泰戈尔（Анатолий Штейгер，1907—1944）、尤里·曼德尔施塔姆（Юрий Мандельштам，1908—1943）也是其中的优秀代表。这些诗人无一例外，都爱上了安年斯基（Иннокентий Анненский，1855—1909）——这位介于象征主义和阿克梅派之间的诗人擅长以敏感的笔触，表现分裂的内心在"绝望"和"希望"之间的摇摆。这种不涉及任何社会问题的内心剖析，无疑更容易触动迷茫无助的年轻俄侨诗人，他们借用安年斯基的口吻，书写自己独特的流亡体验。

> 我们在众目之下度过一整天。
> 我们整个的一生在独行的路上，
> 在展览会、舞会和茶点室。
> 生活在前行。而我们没有察觉。
> （施泰戈尔《我们谈论玫瑰与诗歌》节选，1928）

这样直白的叙述，是"巴黎音调"被诟病为无形式的"个人文献式"写作[1]最主要的原因。而从另一个角度来说，"言之有物"恰好是阿克梅派的传统。格·伊万诺夫、格·阿达莫维奇这些优秀的导师启发了年轻的诗人们，在审美上，阿克梅主义成为"巴黎音调"乃至整个侨民诗歌的重要内核。那些在彼得堡的"诗人车间"里形成的审美原则，譬如对于信念、爱、词语、死亡等主题的青睐，都被"巴黎音调"的诗人们逐一继承；同时，在侨居异国的背景下，颠沛流离的无助感，无法回到祖国的沉重现实，以及面临生存问题和对死亡的真切感受，无疑赋予了他们的诗

---

[1] Струве Г. П. Русская литература в изгнании. Париж: YMCA-Press; М.: Русский путь, 1996. С. 152.

歌更加绝望的基调。

值得注意的是，在以"巴黎音调"为代表的侨民诗歌写作实践中，阿克梅主义并不是唯一发挥作用的诗歌流派，"白银时代"的另外两个重要支流——未来主义和象征主义同样参与其中。

20世纪20年代的前几年，巴黎的年轻俄侨诗人中间出现了一些热衷于先锋主义诗歌观念的团体，他们对以赫列勃尼科夫（В. Хлебников）、马雅可夫斯基（В. Маяковский）为代表的诗歌写作充满了兴趣，并纷纷效仿。霍达谢维奇是一位坚决反对未来主义诗歌的批评家。他撰写过《论形式与内容》《祖胸露乳的马》《伊戈尔·谢维里亚宁与未来主义》等文章，抨击激进的诗歌实验对俄罗斯诗歌标准的僭越："1925年我结识了在巴黎的年轻俄侨诗人。必须承认，我觉得我来到了偏僻的外省……在诗意盎然的巴黎我却被穷乡僻壤的气息笼罩，这是因为未来主义在这儿被看作新东西，有人甚至认为它打开了全新的视野。"[1]

另一个诗歌流派——象征主义对于俄侨诗人们也并不陌生。除了奠定了"巴黎音调"基本写作原则的安年斯基，年轻的诗人对超现实的、神秘主义的内容产生兴趣，很可能也与老一代象征主义者梅列日科夫斯基（Д. Мережковский）、吉皮乌斯的影响有关。对于年轻诗人而言，痛苦又迷人的死亡正如同那个心灵的"彼岸"，而象征主义所追求的音乐性在他们看来恰是对死亡节奏的模仿。波普拉夫斯基找到了五音步扬抑格这样的诗体格律来描摹死亡，从而被米·加斯帕罗夫称为"扬抑格死亡的大师"[2]，这与白银时代的勃留索夫（Валерий Брюсов）相比，已经有了明显的变化。

# 比较的可能性：影响是否存在？

2005年12月8—10日，日内瓦大学举办了一场名为"俄罗斯作家在巴黎：1920—1940年法国文学一瞥"的国际学术研讨会。会议的重要议题是厘清法国文学在巴黎俄侨界的影响，而该会议文集的编者和一些学者得出的结论却多少令人沮

---

[1] Ходасевич В. Летучие листы: По поводу «Перекрестка» // Возрождение. 1930. 10 июля.

[2] Гаспаров М. Метр и смысл. Фортуна ЭЛ, 2012. С. 281.

丧。他们认为，巴黎的俄侨文学与法国文学的邂逅"并没有得到应有的发展"[1]。

然而事实是否完全如此？不可否认，老一代的报人在向同胞们介绍文学时，多少表现出"自我保护"的倾向。为了避免写作受到法国文学太多的影响，巴黎的俄侨报纸《最新消息报》《白昼报》等最初甚至很少刊登当代法国文学的内容，即使刊登也是为了形成对比，以体现俄国文化的亲切之处。但这并不能阻挡法国文学思潮进入俄侨作家的接受视野，尤其是年轻的俄侨诗人们对法国文化的接受更加迅速和自然。年轻作家加兹丹诺夫（Г. Газданов）在《关于文学的思考》一文中，就关注到了这种现象："还应当注意到法国文学——与其说是文学，不如说是技法——的影响，这一点尤为明显。我们已经习惯了它的存在以至于见怪不怪——在俄罗斯的境外出版物中经常会重复一些法国文学所特有的手法。"[2]

1924 年，法国诗人布勒东发表"超现实主义宣言"，文学艺术界掀起声势浩大的超现实主义运动、达达主义运动，而当时身处巴黎的俄国诗人们不可能置身事外。在诗人波普拉夫斯基的日记中，波德莱尔、兰波、阿波利奈尔作为他的写作榜样被提出来。不像老一代的大部分诗人（如尼娜·别尔别洛娃）将波德莱尔等人贬斥为颓废主义代表，阿达莫维奇与波普拉夫斯基看到了《恶之花》的作者可贵的一面，波普拉夫斯基甚至模仿他的风格写作了著名的《黑色的圣母》：

> 那个时候穿着红色制服的马队，
>
> 大汗淋漓，厌倦了节日，
>
> 炮队在阅兵队伍的后面
>
> 走过，露出无动于衷的表情。
>
> 在头顶的上方，呕吐气味，
>
> 礼花呛鼻子的烟雾，将会和尘土、
>
> 香水、汗液、骑兵急迫的喧闹
>
> 混为一体。

---

[1] Русские писатели в Париже: Взгляд на французскую литературу: 1920–1940: Междунар. науч. конф. / Сост., науч. ред. Жаккара Ж.-Ф., Морар А., Тассис Ж. М.: Русский путь, 2007. С. 8.

[2] Газданов Г. Мысли о литературе. Гайто Газданов. Собрание сочинений в 5 томах. Т.1. С. 734.

一个傲慢的年轻人

裤子的下摆极其宽大，

他突然听到幸福的一生短促的射击，

红色月亮在波浪中的飞翔。

（波普拉夫斯基《黑色的圣母》片段，1927 年）

这首诗再次显示了年轻诗人对混乱无序的"死亡"浓厚的兴趣。"黑色的圣母"形象来自世界文化中的圣母崇拜，此处又杂糅了多神教和基督教的元素，借以再现末世来临的恐怖景象。波普拉夫斯基对色彩和节奏的强调，对多种感官的调动，及其采用的自动化处理方式，都体现了超现实主义对他的影响。

正如年轻的巴黎俄侨诗人对神秘氛围浓郁的象征派的兴趣，法国的超现实主义、达达主义在他们的作品中也是随性和偶然的，除了波普拉夫斯基，其他诗人如尤里·曼德尔施塔姆虽然也采用了加兹丹诺夫所谓的"法国文学所特有的手法"，却并不系统，这就使得比较文学视角下的"影响研究"进行得不会那么顺畅。

不过不能否认的一点是：巴黎对于俄罗斯侨民诗歌来说并非全然是一块"飞地"，任何文学艺术上的接触都有可能促使"巴黎俄侨诗歌"这个动态的系统发生改变。尽管布宁夫人描述的那个巴黎街头俄国人熙熙攘攘的场面已经过去了一百年，但对于俄侨诗歌与俄国文学以及法国文学的关系，可以探讨的问题还有许多。

行文最后，作者想对即将出版的拙著《父与子：1920—1940 年间的巴黎俄侨诗歌》做简单的说明。本书是在本人博士学位论文的基础上修改完成的，除大部分章节的内容有改动外，本人还翻译了巴黎俄侨诗人的部分代表作品作为本书的附录，以期呈现巴黎俄侨诗歌的全貌。本书的撰写得到了本人的博士生导师、北京外国语大学汪剑钊教授的耐心指导，写作过程中也参考了他的大量研究和翻译成果，希望这些浅显的见解不会辱没他数十年来辛勤耕耘的俄罗斯侨民诗歌研究事业。另外，本书的行文还得到首都师范大学刘文飞教授、北京大学张冰教授的悉心指导，在此一并致谢。感谢中国人民大学外国语学院领导的大力支持，以及中国人民大学出版社编辑为本书付出的心血。作者真诚接受各位读者的意见，对于书中出现的纰漏和错误，请不吝批评、指正，帮助作者进步。

作者

2023 年 12 月 3 日于北京西红门

# 目　　录

# 20 世纪 20—40 年代
# 巴黎的俄侨诗歌状貌

## 第一节　俄侨文学的"巴黎中心"

20 世纪 80 年代中期至 90 年代初，苏联掀起了轰轰烈烈的"回归文学"热潮，作为其重要组成部分的"侨民文学"（也被称为"域外文学""流亡文学"）也进入了读者的视野。由于诸多被解禁和发现的文学"新作"，20 世纪俄罗斯文学教材被重新改写，许多章节的加入，使得整体文学的面貌得到改观。一大批作家由于"十月革命"、苏联政权建立、第二次世界大战等原因离开俄罗斯，从而在世界范围内形成了时间和迁居地比较集中的三次移民浪潮。在这些移民国外的俄罗斯人中间，从事思想和文艺工作的知识分子占相当大的比例，他们继续从事文艺创作，以至于形成了蔚为壮观的景象，极大地拓宽了俄罗斯文化的边界。他们在新的生活环境中对文学艺术的开掘，对欧亚大陆上的俄罗斯本土文学来说是一种重要的补充，甚至可以说，俄罗斯的侨民们构成了一个小型的社会。携带着俄罗斯文化传统的文学艺术家们，在异邦构筑了一个"微型的俄罗斯"。

文学研究界普遍认为，这三次移民浪潮中，以第一次移民浪潮波及面最广，影响也最深远。在第一次移民浪潮形成的几个文化中心（柏林、巴黎、布拉格、君士坦丁堡、哈尔滨、上海）里面，巴黎无疑占据最举世瞩目的地位。从 1924 年起，随着柏林在俄侨界文化上的影响日渐衰落，以及一大批原来在其他国家的俄罗斯侨民向巴黎汇聚，巴黎逐渐取代柏林，成为俄罗斯域外文学新的、持续时间最长的文化中心。据记载，巴黎的俄侨人数最多时达到了 30 万人，俄罗斯知识界人士曾经依托庞大的侨民群体，在此建立了哲学、艺术、宗教、文学等领域的一系列组织团体，在文学史上比较著名的有"青年作家和诗人协会""十字路口"等；他们还创办了 7 所俄罗斯高等院校，其中包括巴黎大学俄罗斯分部、巴黎俄罗斯人民大学等；在文化出版方面，侨居在巴黎的社会活动家与知识分子创办了俄罗斯土地出版社、现代记事出版社、复兴出版社等出版机构，还创办了《最新消息报》《共同事业报》《复兴报》《白昼报》等报纸，以及《现代记事》《新航船》《里程碑》《俄罗斯记事》《数目》等杂志。以上列举的都是存在时间较长的出版机构和出版物，由于经济原因，还有一大批出版社与报刊杂志短期存在过，如 20 世纪 20—30 年代存在的俄尔甫斯出版社、联合出版社、诗人之家出版社，以及仅仅出版 3 期即告停刊的季刊《窗口》和杂志《新家》等等。[1]

巴黎的俄侨文化事业之所以能有如此规模，与这里汇聚的一批文化艺术名人是分不开的。仅 20 世纪 20—40 年代，巴黎就曾经生活过伊万·布宁（И. Бунин，1870—1953）、亚·库普林（А. Куприн，1870—1938）、鲍·扎伊采夫（Б. Зайцев，1881—1972）、伊万·什梅廖夫（И. Шмылёв，1873—1950）、阿·列米佐夫（А. Ремизов，1877—1957）、米·奥索尔金（М. Осоргин，1878—1942）、叶·扎米亚京（Е. Замятин，1884—1937）、苔菲（Тэффи，1872—1952）等小说家，还有玛·茨维塔耶娃（М. Цветаева，1892—1941）、格·阿达莫维奇（Г. Адамович，1892—1972）、弗·霍达谢维奇（В. Ходасевич，1886—1939）、格·伊万诺夫（Г. Иванов，1894—1958）、鲍·波普拉夫斯基（Б. Поплавский，1903—1935）等诗人，以及尼·别尔嘉耶夫（Н. Бердяев，1874—1948）、德·梅列日科夫斯基（Д. Мережковский，1865—1941）等俄国历史上的重要哲学家。除此之外，高尔

---

[1] 以上关于侨民状况的描述主要参考弗·阿格诺索夫：《俄罗斯侨民文学史》，刘文飞、陈方译，人民文学出版社，2003。

基（М. Горький，1868—1936）、巴尔蒙特（К. Бальмонт，1867—1942）、安德列耶夫（Л. Андреев，1871—1919）等在俄罗斯文学史上具有重要地位的作家也都曾在巴黎短暂居住。作为文学和文化领袖的一批老一代文学家如梅列日科夫斯基、吉皮乌斯、霍达谢维奇、斯洛尼姆、米留科夫等，曾经组织"星期天读书会""绿灯社"等文学艺术沙龙，组织成立"十字路口""游牧点"等文学团体，并创办杂志和出版社、组织文学讲座和报告，一时间使得巴黎的俄罗斯文学轰轰烈烈地发展起来，仿佛在巴黎建立了一个语言上的"独立王国"，从这个意义上来说，法国学者吉拉·勒内的一本著作的名称所表达的也并不算夸张："他们带走了整个俄罗斯"[1]。

以文学体裁论，巴黎俄侨的文学创作活动主要集中在小说、诗歌、传记文学等样式上。在小说方面，这里除了有 1933 年获得诺贝尔文学奖的伊万·布宁，还有历史小说家德·梅列日科夫斯基、久负盛名的小说家伊万·什梅廖夫、被称为"讽刺幽默女王"的苔菲以及她的同行阿尔卡季·阿维尔琴科等小说家。侨民生活的流亡性质决定了传记文学的兴盛，一批作家以回忆俄罗斯传统文学和文化为主要使命，希望通过文字把文化遗产保存下来，这期间出版的著名回忆著述有茨维塔耶娃的《我的普希金》、霍达谢维奇的《杰尔查文》、扎伊采夫的随笔《瓦拉姆》和《关于祖国的话》等等。

相比小说和传记文学，巴黎俄侨创作的诗歌似乎是所有体裁中最为丰富多彩、最具有探讨价值的一种。20 世纪 20—40 年代的巴黎是俄罗斯诗歌的繁盛时期，仅仅在俄罗斯文学史上具有重要地位的诗人就有十数人之多，如布宁、茨维塔耶娃、巴尔蒙特、霍达谢维奇、阿达莫维奇、格·伊万诺夫、鲍·波普拉夫斯基、施泰格尔等等，可以说，这里汇聚的诗人是所有侨民浪潮、所有移民文化中规模最大、最为集中、成就也最高的一批。这些诗人在异域的土壤中受到自身文学的规则制约，也不期然地面临着法国现代主义诗歌的影响，他们与俄罗斯普希金传统以及"白银时代"的复杂关系，关于俄罗斯诗歌的政治属性等方面的讨论，等等，都为文学研究者了解侨民文学在法国的状况提供了不同的观察视角。而本书关注的，可以称为是巴黎俄侨诗歌界最引人瞩目的一个现象：由于历史背景、年龄、文化传统、价值

---

[1] Ренэ Герра. *Они унесли с собой Россию… Русские эмигранты—писатели и художники во Франции (1920–1970)*. СПб: Русско-Балтийский информационный центр "Блиц", 2003.

观等因素而形成的"父"与"子"两个群体。

美国学者尤里·伊瓦斯科在评论俄罗斯侨民诗歌时指出，"从俄罗斯诗歌乃至于整体的俄罗斯文学中划分出苏联文学和侨民文学，这是一种地缘政治的划分"[1]。对于 20 世纪 20 年代从俄罗斯文坛上"出走"的诗人而言，意识形态是侨民诗歌形成的最主要因素。这些诗人大多由于对新政权的不理解而离开俄罗斯，他们在国内时接受了传统文学的熏陶，有的在俄罗斯文坛已经崭露头角，有的已经出版了诗集，甚至是某些文学流派的中坚力量。譬如作为象征主义代表诗人的康斯坦丁·巴尔蒙特、德·梅列日科夫斯基、季娜依达·吉皮乌斯（Зинаида Гиппиус，1869—1945）、阿克梅派的重要成员格·阿达莫维奇、格·伊万诺夫，以及不属于任何一个流派、对普希金所开创的文学传统显露出浓厚兴趣的马琳娜·茨维塔耶娃、伊万·布宁、弗·霍达谢维奇等等，这些诗人在国外继续从事诗歌的写作，他们共同构成了"老一代"侨民诗人群体；另外，对于另一批比他们更为年轻的诗人来说，"侨民文学"与"苏联文学"的分野则主要受到"地域"所限，而较少涉及政治因素。这批诗人普遍出生于 19 世纪末至 20 世纪初这段时间，他们成长在俄国的革命年代，还没有被文学传统充分浸润便来到了国外，在巴黎开始写作生涯，没有相应的俄罗斯文学经典作为参考。这些诗人（如鲍里斯·波普拉夫斯基、弗拉基米尔·斯莫连斯基［В. Смоленский，1901—1961］、阿纳托里·施泰格尔［А. Штейгер，1907—1944］、利季娅·切尔文斯卡娅［Л. Червинская，1907—1988］等）在很长一段时间里都没有得到侨民圈子和苏联文学界的认可，他们是作家弗拉基米尔·瓦尔沙夫斯基（В. Варшавский，1906—1978）笔下"不被注意的一代"，即当时的"新一代"诗人。

新老两代诗人尽管在生活上具有延续性，是俄国精神文化史上的"父与子"；然而在创作风格上却大相径庭，俨然是两种文学范式的代表。关于两代诗人的写作风格与艺术探索，已经有不少学者做过描述，这里引用一下 И. Г. 孔德拉季耶娃主编的喀山国立大学《侨民文学史》教材总结出的一些普遍观点：老一代诗人写作的最重要特征之一是"政治性"。他们渴望认识发生的一切，弄清原因和后果，明白自己的新的历史地位以及在俄罗斯文化中的使命。对俄罗斯命运的思考，对俄罗斯、

---

[1] Юрий Иваск. "Поэзия 'старой' эмиграции", *Русская литература в эмиграции: Сборник статей* под ред. Н. П. Полторацкого. Питтсбург: Отдел славянских языков и литератур Питтсбургского университета, 1972. С. 45.

死亡、信仰等命题的考量，构成了他们创作的主要范畴。他们试图在俄罗斯文化的深层发现"坚实的土地"，以连接自身与心中无可替代的俄罗斯；对欧洲文化采取普遍漠视的态度，侨民的日常生活经验没有进入老一代诗人的写作之中……而年轻一代诗人因为缺少俄罗斯文化的滋养以及传统写作经验的束缚，在写作中表现出精神和审美探索上的完全自由。年轻的诗人们在一个陌生的文化氛围里塑造自我，不可能不受到现代欧洲文学的影响。他们的创作具有一些明显特征：大胆的审美探索，新的形象；追求情节和形式上的实验性，对待艺术的新视角。但是这些创新没有得到必要的回应，因为"移民之子"面对的读者和批评家是他们的上一代。[1]

需要指出的是，一般意义上"第一浪潮"侨民文学界的"父"与"子"，并不仅仅局限在诗人圈子，小说家中间同样具有这样的分野。而我们之所以选取两个群体的诗人作为研究对象，是因为巴黎俄侨的诗歌更具有代表性，两个群体之间的对立性更加明显，并且，文学批评界持续十年的有关两代人文学创作观念之分歧的论战，也主要是围绕诗歌进行。参考上述 И. Г. 孔德拉季耶娃等其他学者有关这一问题的讨论，我们相信对侨民诗歌界的"父"与"子"关系的讨论，将有助于我们理解 1920—1940 年代巴黎俄侨诗歌的主要面貌和发展脉络，帮助我们更好地把握侨民文学的思想和文学观念问题。

尽管"巴黎中心"在将近二十年的时间里曾经保持了如火如荼的发展势头，但各种客观因素的影响，使得这种特殊的"文化转移"并不能长久持续下去。由于文化差异和生存环境的恶劣，侨民知识分子的生活原本便处处捉襟见肘。随着 1939 年法西斯势力在法国的渗透，这种困窘生活又进一步恶化。出版社、杂志社和报社难以寻找资金继续运转，除了古卡索夫主编的右翼报纸《复兴报》，其他俄罗斯报刊纷纷停刊。失去了发表机会和收入来源的知识分子为食不果腹的问题焦虑终日。因为不满法西斯统治，一大批作家离开了巴黎，迁往意识形态更加自由的美洲等其他地区。一些作家，如尤里·曼德尔施塔姆（Ю. Мандельштам）、尤里·费尔津（Ю. Фельзен）等，在巴黎战乱时被德国纳粹关押进了集中营，被迫害致死。

与此同时，根据 1928 年 3 月 31 日颁布的一项法令，俄罗斯人在法国享有服兵

---

[1] *Литература русского зарубежья:* учеб.-метод. пособ. для студ.-филол. / Казан. гос. ун-т; Филол. фак.; Каф. рус. лит.; сост. Л. Х. Насрутдинова. Казань: Казан. гос. ун-т, 2007.

役的权利。第二次世界大战期间，数千名俄罗斯预备役士兵赴埃塞俄比亚、叙利亚、埃及、利比亚、突尼斯、意大利等地参加反法西斯战争，其中也包括小说家加兹丹诺夫（与妻子）、诗人格·阿达莫维奇、尼古拉·奥楚普、达维特·克努特（与妻子）等等。尽管对法西斯同仇敌忾，但侨民作家对苏维埃政权的态度却并没有发生变化。20 世纪 40 年代侨民作家与苏联的联系并不密切，他们只是出于热爱祖国的愿望，坚定地和他们坚守的俄罗斯人民站在了一起。

随着作家们的转移，侨民文学的"巴黎中心"也日渐萎缩。尽管 1946 年 3 月他们曾在巴黎举办了"俄罗斯作家记者协会"的全会，也对"俄罗斯诗人作家协会"进行了重组，但其影响力已经大不如前。1949 年夏天，俄罗斯女诗人拉希尔·切克维尔从纽约来到巴黎，于次年出资创办了"韵脚"出版社。这家出版社出版的第一本书是施泰格尔的诗集《二二得四》，之后又陆续出版了格·伊万诺夫的诗集《没有相似点的肖像》、纳博科夫的《诗选》、杰拉皮纳诺的《尘世漂流》、马姆琴科的《歌唱的时刻》以及切尔文斯卡娅的《十二个月》等。不过，这相对于 20—30 年代的繁盛时期毕竟只是一点微弱的闪光，作为俄罗斯侨民诗歌中心的巴黎已经退出了历史的舞台。

## 第二节　巴黎俄侨诗歌界的"父与子"

1935 年 10 月 9 日，一个令人震惊的消息在法国巴黎的俄侨中间传开：曾被认为是天才的年轻诗人鲍里斯·波普拉夫斯基因为吸食毒品而死亡。波普拉夫斯基的死在年轻诗人们中间掀起了轰轰烈烈的悼念热潮，而与此相对应的是，老一代的诗人却对此反应平淡，很少有人发表意见。针对这一现象，批评家弗拉基斯拉夫·霍达谢维奇于 10 月 17 日在《复兴报》上发表了一篇评论文章《波普拉夫斯基之死》。在这篇文章中，他十分尖锐地指出，不能单纯将波普拉夫斯基的死亡看作个人事件，导致这位年轻的优秀诗人死亡的原因除了作家以及年轻群体普遍的绝望和颓废情绪，还应该追究其外在的原因，那就是他们生活的外部环境——老一代作家群体作为主流话语掌握着的俄侨文学界：

即便是蒙帕纳斯笼罩着虚假和堕落的气息（即便是现在，我还仍旧坚持这种观点，波普拉夫斯基的死甚至让我更坚定了这一点）；即便是，如此说来，波普拉夫斯基成为自己（而且也不仅是自己）精神迷茫的牺牲品。但悲剧在于，他死亡的原因远远不是一个"迷茫"所能概括的。在这个问题上扮演重要角色的是形势，而在这种形势里，无论是波普拉夫斯基，还是他的朋友们，谁都没有过错。对于这种形势我想再一次提及，因为忽视掉它们或者对此沉默都是不道德的；还因为，不仅是思想上的迷茫，还有上述的形势都对这种笼罩在侨民文学年轻阶层周围的、普遍的绝望情绪扮演了重要的角色。对生活、对自己、对创作（并且不仅对创作）缺乏信心，这只是部分地构成了年轻人本身的过错。在不小的程度上，或许是很大程度上，位于蒙帕纳斯边界之外的外部力量促成了年轻人走向信念崩塌的绝望之路。我了解那种令人震惊的冷漠，它体现在侨民界对自己年轻的斯拉夫群体的态度上。[1]

除了"令人震惊的冷漠"，霍达谢维奇还使用了"侮辱性的不予关注""毫无善意"等词语来形容老一代的态度。他严厉地指出，老一代的这种冷漠和不屑阻断了年轻人向他们学习的道路。他们自命掌握了写作的奥秘，对于年轻人无病呻吟式的诗歌怀着片面的看法；他们自己牢牢把握的文学报纸杂志，强势垄断所有的版面，也从来不愿意向年轻人敞开宽容的大门。霍达谢维奇为年轻作家"正名"，自然得到了年轻一代群体的强烈支持；而在老一代作家那里，它带来的是质疑、不满，有些人甚至立即跳出来为自己的群体辩护，譬如这篇文章发表10天以后，老作家伊万·什梅廖夫便写信给曾经担任"俄罗斯作家记者协会"主席的弗拉基米尔·泽耶列尔，强烈谴责霍达谢维奇的这种行为，认为年轻人向来自负傲慢，"他们无所不知，没什么向我们学习的——他们也不会学习"[2]。

从上述例子可以窥见，流亡于法国的侨民作家不同代际的意见分歧是很典型的。由于生活习惯、价值观念和行为方式不同而引发的代际的冲突，是千百年来被

---

[1] Ходасевич В. О смерти Поплавского. *Возрождение*. 1935. 17 октября.

[2] Чагин А. *Пути и лица: о русской литературе 20 века.* ИМЛИ РАН, 2008. С. 281.

无数人讨论也永远得不到解决的问题。只要社会在前进，文明还在发展，"父"与"子"的分歧便会一直存在。在文化上，它是一个丰富而多样的隐喻：新生力量希望寻求更大的发展空间，势必要同旧有势力展开殊死搏斗，赢得领地。在文学历史上，这种代际的讨论也从未中断，最著名的譬如哈罗德·布鲁姆提出的"影响的焦虑"，文学继承人希望突破父辈在写作方面业已稳固的框架和范式，努力摆脱"既定性"带来的影响，借助对经典的"误读"，开发新的写作路径和风格，从而促进文学认知的更新换代。而对于流亡国外的侨民作家来说，"父"与"子"的冲突更加尖锐。在一定程度上来说，侨居国外的老一辈作家由于接受了正统的俄罗斯经典文学的熏陶和正规的写作训练，代表了"祖国文学"的成就；而初出茅庐的新一代侨民成长于动荡和战争之间，不可能获得严格的文学熏陶，同时，他们所在国家的文学思潮又不能不引起他们的注意，他们在身份的认同上所面临的挑战，比老一代更加严峻。这样，两代人之间必然会对文学的认识、写作的方向有不同的看法，即便这种分歧不以激烈的"冲突抵抗"来完成，也会渗透进各方作家的写作之中。随着时间的推移，年轻一代作家在国外面临的问题越多，思考越成熟，他们的文学观念也就越坚固，这样一来，两代人之间的观念差异也就越典型。可以说，"父"与"子"的问题，是 1920—1940 年代侨民文学发展过程中出现的一个很有意义的问题，它的产生和表现形式，也折射出俄罗斯文学在国外的戏剧性命运。

要讨论巴黎俄侨文学之间的代际冲突，一个首要的任务是区分清楚，巴黎俄侨文学中的"父"与"子"指代的到底是哪些人群，选取哪个年龄层作为分水岭才最具有研究意义。在本书中，我们参照斯特鲁威在其专著《俄罗斯侨民文学》中的划分标准，以出生于 1894 年的诗人格·伊万诺夫和阿达莫维奇作为参照系（也有不少学者认为格·伊万诺夫、格·阿达莫维奇、伊琳娜·奥多耶夫采娃等人属于"中间一代"，譬如阿·恰根在论著《道路与面孔：20 世纪俄罗斯文学》中的做法），比他们年纪大的被认为是"老一代作家"，即"父辈"；而那些比他们年轻的，出生于 1900—1910 年代的作家则被称为"年轻一代作家"，即"子辈"。[1]"父辈"与"子辈"之间，并没有血缘和学缘上的直接联系，这种划分也并不意味着存在着某种统一的"巴黎流派"；不过，至少大部分 20 世纪 20—40 年代在巴黎从事文学创作的作家，

---

[1] Струве Г. *Русская литература в изгнании*. Нью-Йорк: Издательство им. Чехова, 1956. С. 220.

除马琳娜·茨维塔耶娃等少数之外，都拥有一个公共的文学生活空间，具有某些共同的特征。从作家的写作习性、兴趣爱好、交往圈子和此后的发展轨迹各方面来看，以年龄划分巴黎俄侨的诗歌圈子是具有理论依据的，也就是说，从"父与子"的角度来展开论述是合情合理的。

再回到上述波普拉夫斯基逝世的例子。事实上，霍达谢维奇在更早的时候，便在文章《功勋》（1932）和《流亡中的文学》（1933）中提到了"父辈"与"子辈"的问题。在文章《功勋》中他说道："不仅我们年轻人不能依靠文学创作维持生活（甚至对于老一代来说这也变得很困难），而且他们也简直没有任何文学上的收入。他们不得不在忙完了事务所、工厂使人迷糊的工作，离开了驾驶的出租车，告别了繁重的体力劳动之后，抽时间写作……"[1] 但尽管如此，老一代作家仍然对年轻一代提出了严苛的要求，他们反感年轻人"嘴尖皮厚腹中空"，时常表现出自命不凡的傲慢，对老一代的文学遗产没有研究和继承。老一辈人甚至认为，俄罗斯文学会最终葬送在年轻人手里。即便是在专门为年轻人开辟的杂志《数目》举办的文学晚会上，俄罗斯政治家和出版人帕维尔·米留科夫也在讲话中提出："如今俄罗斯境内的文学在向健康的现实主义回归，而在我们这里，一部分文学家，尤其是那些和《数目》有稿件合作的一部分作家仍然停留在与生活分离的状态中"[2]。

老一代作家对于年轻人远离生活的做法是不赞同的，但他们中很少有人对年轻人与现实生活的疏离、对两代人之间的距离加以留心关注。年轻一代的写作活动，仿佛天然地被他们屏蔽了，作为成熟的写作者，他们只是浮光掠影地看一下年轻人在写什么，然后片面地进行优劣的评价，有的甚至连读也不会读。作为年轻一代的代表，弗拉基米尔·瓦尔沙夫斯基在自己的专著《不被注意的一代》中提到，波普拉夫斯基在世时曾经跟他讲过，他的父亲非常爱他，却从来没有读过他的诗歌，哪怕是一行也没有读过。这正是老一代对年轻一代态度的最佳证明。瓦尔沙夫斯基认为，这种不够重视的态度"原因应该是，年轻人不能够，也不想按照他们被要求的那样写作"[3]。分析年轻诗人之所以不可能那样写作时，他指出，他们对先前的俄罗

---

[1] Ходасевич В. Подвиг. «*Возрождение*». 1935. 5 мая.

[2] Политика и искусство: Вечер "Чисел"// *Числа*. 1930/1931. № 4. С. 259–226.

[3] Варшавский В. *Незамеченное поколение*. Дом русского зарубежья им. Александра Солженицына. Русский путь, 2010. С. 149.

斯习俗并不了解。他们只是从年长者的讲述中了解到革命之前的旧俄生活，而他们在童年时代曾见证了这种生活的覆灭。波普拉夫斯基甚至界定了侨民文学的性质，"它的祖国不是俄罗斯也不是法国，而是巴黎（或者布拉格、雷瓦尔等等），带着某种对俄罗斯永恒的某种投影"[1]。"这样的文学对于那些仅仅拥有一个祖国——旧式的伟大的俄罗斯——的人来说，是不被需要的。"[2]

瓦尔沙夫斯基的这一论断，把两代人之间的分歧问题归结到了"作家 – 读者"的互动层面。对于这一批流亡国外的侨民来说，他们不可能拥有自己同胞之外的其他读者——法国人、德国人由于语言和国情的原因，基本不可能对侨民作家的书籍感兴趣。这样，老一代作家和新一代作家之间互为双方的"作者"和"读者"。老一代作家作品中蕴含的俄罗斯经典文学审美元素，在年轻一代人那里大打折扣：由于没有相同的生活经历和文化背景，他们难以实现强烈的认同感。同时他们又根本不愿意阅读老一代作家的陈词滥调，比起普希金，他们更爱阅读莱蒙托夫，以及法国和其他国家作家的作品；而新一代作家的根基，以及他们从别的国家借鉴的写作手法，又往往会遭到老一代作家的鄙视：他们不可能接受这样动辄讴歌死亡和颓废情绪的作品，对"超现实主义""达达主义"这些吸引眼球的东西更是接受不了。这样一来，新老两代作家之间的文学互动其实是相对停滞的：老一代作家在自己的群体内部进行文学的写作与反馈，年轻一代作家更多的是结束一天的体力劳动，在蒙帕纳斯街区的低等咖啡馆里坐下来，阅读自己群体的诗歌，交流各自的文学观点。"父"与"子"之间的观点差异，使得他们各自的写作和阅读圈子更加稳固，难以实现相互之间的流动。

对于老一代来说，"流亡"本身是一个具有悲壮意味的行为。他们选择离开政权更迭的俄罗斯是无奈中的"壮举"，这里面有他们个人的选择——因为很多人并非被迫移民，而是因为无法认同苏维埃政权的思想观念而主动做出离开的决定。对他们而言，旧俄作为一个政治意义上的国家已经不复存在，而暴力革命对文化的戕害，使得原有土地上的俄罗斯文化传统已经分崩离析。这也是流亡国外后，大部分侨民不能认同苏维埃政体下作家创作的原因，在他们看来，马雅可夫斯基、叶赛宁

---

[1] Поплавский Б. Вокруг Чисел. *Числа*. 1934. № 10. C. 204.

[2] Варшавский В. *Незамеченное поколение*. Дом русского зарубежья им. Александра Солженицына. Русский путь, 2010. C. 148.

等人已经发生了质变，在苏联大地轰轰烈烈发展的"社会主义现实主义文学"更没有资格代表俄罗斯文学。而真正的俄罗斯精神的火种被他们携带着来到了国外，他们肩负着光复俄罗斯文化的使命。一开始，大多数作家也对保留文化传统的可能性表现出怀疑的态度，毕竟"在异国环境里，能够保存住自己的语言已经是万幸，遑论文化的继承和发展"[1]。这种弥赛亚意识的觉醒鼓舞着绝大多数的老一代作家。从另一个角度来说，这也是侨民文学界盛行研究普希金、杰尔查文等经典作家的专著的原因。老一代作家和诗人绝对不能允许年轻人以他们的狭隘理解败坏俄罗斯文学的正统，因此，他们以一己之力垄断了侨民界的报纸和杂志，在他们看来，这是对俄罗斯经典"文学性"的捍卫。怀念故土的文章和诗歌屡屡见于报端，包括梅烈日科夫斯基、吉皮乌斯家中举办的聚会，也以带有普希金时代风格的"绿灯社"命名。他们探讨的话题离不开俄罗斯精神之光的播撒，同时对苏维埃政权表示愤慨。一开始所有人都抱着短期侨居的心态，他们坚信社会变革只是一次短暂的间奏，一切都将最终恢复到革命前的状况，原来的俄罗斯生活会重新开始。迁移的地点越来越多，侨居的时间越来越长，这些知识分子返回俄罗斯的希望也越来越渺茫。此时对俄罗斯文学的坚持就更具有悲怆的意味，他们仿佛是流散在异国他乡最后的传教士，以精神的苦修保存祖辈留下的遗产。直到 1958 年，俄罗斯诗人格·伊万诺夫在即将去世的前几天，还写下了这样的诗句：

> 沿着痛苦前行，我在梦中看到——
> 我带着对你的爱和罪恶流亡。
> 但我没有忘记，我曾被许诺——
> 复活。返回俄罗斯——以诗歌的方式。

老一代诗人把对俄罗斯的信仰以及经典文学的规范立为标杆，而这些正是年轻一代作家的软肋。相比老一代名气和实力都非常稳固的侨民诗人，出生于世纪之交、在青少年时代侨居巴黎的年轻一代显得十分落寞，他们的文学基础是薄弱的。依靠自己的摸索和同辈人之间的鼓励，他们开始文学写作。他们的登场没有鲜花，退场

---

[1] Терапиано Ю. *Встречи*. 1926–1971 / ИНИОН РАН. М.: INTRADA, 2002. С. 253.

也没有掌声，在大约 20 年的时间里默默无闻地从事文学创作，是名副其实的"不被注意的一代"。这些年轻人对文学的理解，也由于他们所处的恶劣环境而与老一代人有了很大的不同。首先，俄罗斯文学经典的文化背景离他们十分遥远。且不说支撑 19 世纪俄罗斯文学的多神教和东正教传统、民间文学的渗透以及贵族庄园文化的始末，即便是离他们非常近的、老一代所从事的"白银时代"文化的品格样貌，对他们来说也是陌生的；其次，流亡国外的物质生活压力加重了年轻人的负担，他们在巴黎能够从事的只能是成本低廉的体力劳动，这占用了他们的大部分时间，也损耗了他们投入写作的精力；最后，即便有些年轻人有机会在侨居国接受教育（如鲍里斯·波普拉夫斯基曾求学于索邦神学院），他们能够接触到的也不是俄罗斯文学传统，而是法国最新的文学思潮流派。蒙帕纳斯的诗人们面对欧洲文化的态度是矛盾的，他们明显感觉到这种文化的异质性存在，但是他们想要建立区别于前辈的文学世界，又不得不借鉴他山之石。他们对法国和俄国现代主义曾经表现出短暂的热情：马雅可夫斯基、叶赛宁和帕斯捷尔纳克的诗歌对这些年轻诗人产生过不同程度的影响，他们试图以自己掌握的知识来解释法国最新的流派——达达主义、超现实主义，他们模仿阿波利奈尔、兰波的写作手法，并以此作为他们写作的起点。在他们的导师格·阿达莫维奇的指导下，年轻一代作家最终塑造的文学样式无论在主题上，还是在韵律和语言层面，都与法国现代主义文学有切不断的联系。譬如，有学者认为，整个的"巴黎音调"表现出的特点，无疑是普鲁斯特创作的回声[1]。同时，自我情绪化的剖白，以及弥漫于诗歌中间的神秘主义和末世论氛围，又不能不说是年轻诗人们的独创：正是流离失所的生活给了他们这样的灵感，被抛弃、被放逐的事实让他们无法用另一种语言从事写作。

格·阿达莫维奇曾经引用高尔基剧本《底层》里的话，将年轻的侨民诗人称为"赤裸原野中赤裸的人"，因为他们"没有团体，没有支撑，没有真正意义上的老师"[2]。阿达莫维奇的这一表述耐人寻味，它尤其涉及侨民们的政治状态和身份。这一"赤裸"的描述，也让人想起政治哲学上的一个概念："赤裸生命"。关于"生命"，在古希腊时期，曾经有两种表达方式：具有生物体特征的"动物生命"（zoe）和参

---

[1] Герра Ренэ. *"Когда мы в Россию вернемся..."* СПб. : "Росток". 2010, С. 350.

[2] Адамович Г. *Одиночество и свобода.* Алетейя, 2002. С. 36.

与城邦事务、与其他政治实体产生关系的"政治生命"（bios）。政治生命之所以实现，首先是因为人超越了动物性，获得人性后才有的后果，因为只有在共同体里参与公共事务，人才可以称得上是高等动物。第二次世界大战之后，哲学家汉娜·阿伦特重提希腊哲学家论述的这些概念，她结合自身作为犹太人被驱逐的经历，认为一个人所属的主权框架（民族 – 国家框架）被剥夺了，或者说，一旦他丧失了国家公民的身份，所有原来政治上对他的保护便全部消失了，他成了一个"赤裸生命"（bare life, naked life），重新回到动物生命的状态。后来，阿甘本进一步发展了她的这种理论，考察集中营里被关押的人是如何丢失了自己的"政治生命"，回归到不被保护的动物体特征。[1] 我们如果从政治角度思考侨民中的"赤裸生命"问题，或许有些不妥。但如果从文化层面来考察这些侨民诗人，尤其是年轻一代的诗人们，可以说，他们是在文化上被抛弃的人群，至少是部分地失去了本国文化的庇佑。老一代的诗人们至少在精神上是不匮乏的，虽然离开了自己的国家，但他们四周的"原野"绝对不是赤裸的，他们拥有深厚的文学和文化上的积淀，这为他们在异国他乡的心理创伤提供了治疗的可能性，也为他们赋予了坚定的信念；但年轻的诗人们是迷茫的，失去文化依托的他们仿佛是大地上赤裸的动物生命——有些老一代作家指责他们连俄罗斯语言都不能准确地运用，在这种状况下何谈借助文化疗伤？从表面上看他们的绝望情绪来自经济上的困窘，而实质上则是来自精神和文化的危机：是缺乏任何信念的放逐状态，促使他们写作类似"巴黎音调"之类的主题，生存的无助感受把他们推向了对死亡的渴望。从这个角度去理解年轻作家的作品中充斥着的神秘主义和宿命论，似乎也能获得一些启迪：正是因为文化上的赤裸，让他们在寻求生存的意义时，走向了更加原始的阐释路径。没有厚重的文化防卫，使得"死亡"这种天然的威胁离他们更近，他们是悬在半空中的肥皂泡，随时有可能破碎。

同时，对于年轻一代的诗人们来说，老一辈们试图复兴的、"纯粹的"文学样式，近似于一种"不带有任何现实依据的、堂吉诃德式的浪漫主义幻想"[2]。阿达莫维奇本人也认为，从整体上来说，老一代人的侨民文学没有达到一定的高度。因为它似乎并不理解这个时代，没能捕捉独特的、时代和历史条件赋予它的"订单"，

---

[1]　以上总结见汪民安：《何谓赤裸生命》，《马克思主义与现实》2018 年第 6 期，第 88–90 页。

[2]　Адамович Г. *Одиночество и свобода.* Алетейя, 2002. С. 12.

用一句话来说，它继续只作为"纯粹文学"而存在，只作为不是任何其他东西的"文学"[1]……这种评价涉及了"文学"本身的属性问题，我们在后文中还会提到批评家季娜依达·吉皮乌斯的观点，她同样对老一代文学家们文学创作的"时代性"不强表达过不满。这种"时代性"，在很大程度上表现为"政治属性"，这是激进的布尔什维克的反对派们最喜欢拿来衡量文学的标尺。文学本来不应该成为政治思想的传声筒，但是在这样特殊的时期，表现政治力量之间的博弈，反映流亡者内外交困的处境，是不是侨民文学原本就该努力的方向呢？霍达谢维奇在一篇反映侨民文学状况的文章中表达了不同的看法。他界定了"俄罗斯文学"之所以会在前面冠名为"俄罗斯"，其实质并不在于创作者位于俄罗斯，写的是俄罗斯土地上的生活。"文学的民族性产生于它的语言和精神，而并非产生于它存在的国土和它反映的日常生活。日常生活中的文学反映对民俗学和社会学考察具有价值，而就其本质而言，与艺术创作的任务毫无关系。文学中反映的日常生活并不能确定文学精神、文学意义。"[2] 如此看来，老一代人所坚持的旧的写作方式似乎并不足以成为阿达莫维奇和吉皮乌斯批评的对象。但文学总体发展状况表现出的倦怠和萎缩，以及侨民作家们长期生活在国外造成的语言固化问题都是难以回避的事实（很多侨民在第二次世界大战之后返回苏联时，都曾经历过一段语言沟通上的障碍时期，他们离开俄罗斯之前使用的语言，经过几十年的停滞，已经与现代语言相距很远）。考察"父"与"子"之间的问题，不应该忽略侨民文学所处的特殊历史背景，以及世界文学的整体状况。理解巴黎俄侨诗歌的总体状况，也能够更好地理解新老两代意见分歧的矛头所指。

中国诗人北岛曾经写过一句十分著名的诗："你召唤我成为儿子，我追随你成为父亲。"这句诗将父子两代的关系表述为一种血缘关系上的天然亲近，父亲在前，儿子在后，两代之间的继承关系被置于整个时空关系的链条上，仿佛一切浑然天成，富有使命性。而我们所考察的巴黎俄侨诗人的父辈和子辈之间的关系，恰是这种顺承关系的反面，"父亲"或许表现出一定的召唤，但更多的是"恨铁不成钢"的失落；"儿子"很少表现出虚心的模仿和求教，对于父辈的遗产更多的是质疑、不屑甚至

---

[1] Там же. С. 9–10.

[2] 弗·霍达谢维奇：《流放文学》（笔者认为应做《流亡文学》更合适），载《摇晃的三脚架》，隋然、赵华译，东方出版社，2000，第263页。

是全盘否定。对于波普拉夫斯基最新出版的诗集，格·伊万诺夫做出这样复杂的评价："在波普拉夫斯基诗歌肮脏、混乱、堵塞、受到所有颓废主义毒害、永远含混和无定型的状态中，在它对人来说没有损害其尊严的语义中，显现出它唯一值得被称之为诗歌的理由"[1]。而年轻一代则对自己的文学充满了信心，他们认为能够代表整个侨民文学成就的并不是他们父辈的创作，而恰恰是标榜自由、独立和创新的年轻一代的创作："在流亡中诞生的新侨民文学，真诚地意识到，它不知道别的其他东西，并且它最好的时代，对外界做出最紧密回应的时代，正是发生在这里，在巴黎"[2]。年轻一代尽管在主流的文学期刊中不被认可（他们占据的、唯一能够与大量刊物相抗衡的也许只有《数目》杂志），但他们绝不屈服于先辈的教条，而是力争在文学殿堂上发出自己的声音——在他们看来，只有他们这一代人才算得上真正成长于国外，具有复合身份的人。奥列格·卡拉斯捷廖夫在评价瓦尔沙夫斯基专著的文章中指出，"不被注意的一代"有两处特殊的地方：第一，这一代被讨论时已经退出了舞台，早已不处于形成期和繁盛期；第二，从这一代中没有走出脱胎于其环境的第二代，而是在教养、道德和生活目的上都迥然于前一代的新的移民浪潮，他们之间的关系不能用简单的"父"与"子"来衡量。[3]

尽管如此，作为本书论证的中心，他们仍旧是文学发展序列上的"父"与"子"。这两代人之间并不是完全没有热情友好的交流，其中最明显的一个例子便是梅列日科夫斯基、吉皮乌斯所组织的"星期天读书会"。据年轻诗人代表尤里·杰拉皮阿诺（Ю.Терапиано）的回忆，"星期天读书会"于每周日下午 4 点到 7 点在梅列日科夫斯基家中举行（从 1926 年 5 月诗人与梅列日科夫斯基相识，一直到 1940 年春天），除非梅列日科夫斯基外出离开巴黎，每个星期日这里都会坐满来自文学、哲学、艺术界的侨民知识分子。除了布宁、阿尔丹诺夫、尼古拉·别尔嘉耶夫等"老一代"的代表，梅列日科夫斯基夫妇还会邀请年轻人到场，如弗拉基米尔·瓦尔沙夫斯基、尼古拉·奥楚普、维克多·马姆琴科、鲍里斯·波普拉夫斯基、尤里·曼德尔施塔姆、尤里·费尔津等等。如果哪位年轻的作者发表了作品，或者在同龄人中

[1] Иванов Г. Борис Поплавский. «Флаги» // Числа. 1931.№ 5. С. 232–233.

[2] Поплавский Б. Вокруг Чисел. Числа. 1934. № 10. С. 204.

[3] Коростелев, О. Варшавский и его поколение / О. А. Коростелев // От Адамовича до Цветаевой : Литература, критика, печать Русского зарубежья. СПб. : Издательство им. Н.И.Новикова , 2013. С. 207.

崭露头角，吉皮乌斯则会将他带到梅列日科夫斯基面前，进行一番询问。与会者会就各种主题展开讨论：梅列日科夫斯基主要主持哲学和政治，而吉皮乌斯则负责文学、诗歌、"共同思想"。杰拉皮阿诺本人作为沙龙的参加者，认为这种活动"给许多'年轻一代'的代表们带来了诸多裨益，迫使他们思索和完善一系列重大问题，逐步建立起一种独特的共同氛围"[1]。与老一代作家之间关于文学的讨论相比，年轻人自己在咖啡馆的文学沙龙显然不可同日而语。

与"星期天读书会"几乎同时举办的另一个文学沙龙"绿灯社"，它同样对年轻人的接受视野造成了冲击（后文将继续对此进行分析）。这一沙龙同样由梅列日科夫斯基夫妇发起，据杰拉皮阿诺回忆，"绿灯社"最初几年的听众非常感性、神经质，两代之间代表们观点的共享时而伴随着激烈的争论，发言会被即兴插话打断。这样的观点碰撞，必然在年轻一代代表们心中留下了深刻的印象。除了文学沙龙，吉皮乌斯也曾多次在杂志上对年轻诗人的成长环境表示同情和理解，从 1925 年之后发表的《处女地》等几篇文章来看，她逐渐意识到布尔什维克政权倒塌的困难，随后将重心转移到培养新一代作家上面，试图为年轻人营造更加智性的氛围。1926 年，《俄罗斯意志》文学部总负责人马尔科·斯洛尼姆首先提出发表年轻人的作品，此后他们的刊物甚至接连好几期刊登了鲍里斯·波普拉夫斯基的诗歌。另外，巴黎俄侨中最主要的两位批评家弗拉基斯拉夫·霍达谢维奇、格·阿达莫维奇虽然都来自"老一代"的阵营（在年龄上，阿达莫维奇要算是霍达谢维奇的晚辈），但他们都为年轻一代的作家做了不少工作：两人在文学刊物上持续十年的论战主要是为"文学"正名，关注年轻诗人们的写作。霍达谢维奇还在自己主持的报刊上，为年轻作者发表作品争取更多机会，并组织了文学团体"十字路口"，招纳了包括尤里·杰拉皮阿诺、弗拉基米尔·斯莫林斯基、格奥尔基·拉耶夫斯基、达维特·克努特以及尤里·曼德尔施塔姆等年轻诗人为团体成员。

除了友好的交流，两代人之间的矛盾，甚至各自阵营内部的矛盾也是常见的。创办于 1930 年的杂志《数目》可以算是老一代作家与新一代作家的"大集结"。据主编尼古拉·奥楚普描述，这本刊物创办的初衷正是为了突破年轻一代作家在传统

---

[1] Терапиано Ю. *Встречи*. Нью-Йорк, Издательство имени Чехова, 1953. С. 46.

文学刊物上被"打压"的困境，为年轻人提供一个刊发作品的平台。该刊物存在了 5 年，一共出版 10 期（8 本），其中囊括了所有年轻诗人的作品（共 23 位，不包括来自外省的年轻诗人），也包括绝大多数侨居巴黎的老一代作家的作品。有意思的是，由于巴尔蒙特的文学观点被许多年轻人认为过于陈旧，他的作品未能刊登在《数目》上。另一位没有在上面发表文章的是霍达谢维奇，原因是他与梅列日科夫斯基在文学与意识形态方面上有严重的分歧，与阿达莫维奇也有颇多不合。除此之外，侨民文学圈中的各种纷争比比皆是。譬如短暂居住在巴黎的布宁与梅列日科夫斯基之间的"诺贝尔文学奖"之争，格·伊万诺夫与霍达谢维奇之间的复杂关系，霍达谢维奇对年轻诗人利季娅·切尔文斯卡娅的否定和批判，等等。作家和诗人们虽然共同处在异国他乡，有着相似的经历和文学志趣，却也并不总是抱团取暖，他们中间依然存在着小团体、私人圈子，也会因为"文人相轻"的习性而互相鄙薄，发生争执。

自然，真正值得我们关注的，还是两大阵营之间针对诗歌和写作本身的争议。同样是流亡生活，对于父辈和子辈却具有不同的意味：老一代人将它作为一种救赎自我和俄罗斯的历程，而年轻一代却感受不到自己与俄罗斯的紧密联系；老一代人渴望在未来返回祖国，而年轻一代却没有明确的、对未来的想象，因为无论去哪里，他们都不可能找到真正的家园。只有了解两代人不同的命运遭际，我们再去看"父辈"与"子辈"在写作观念上的不同，去寻找老一代诗人与俄罗斯文学"黄金时代""白银时代"的联系，去理解年轻一代诗人"颓废情绪"和"末世论"的真正原因，去认识霍达谢维奇、阿达莫维奇之间的论战，以及吉皮乌斯、伊瓦斯科（Ю. Иваск）、瓦尔沙夫斯基、斯特鲁威（Г. Струве）等人对侨民文学的批评，才有可能得到更加清晰明确的线索。也许可以这样说，一切人为的冲突归根结底，都是文化上的冲突。没有流亡生活这样极端的环境，就不可能造就这样具有不同品格的两代人。"父"与"子"的问题只是理解整个俄罗斯侨民文学的一个侧面，借助这个角度，我们或许可以了解同知识分子一起经历流亡的俄罗斯文学走过了怎样艰难复杂的道路，当时盛行于欧洲的哲学与文学思潮和流派怎样塑造了俄罗斯文学的样貌，经历重重磨难的 20 世纪 20—40 年代的巴黎俄侨诗歌在整个文学史上又居于什么样的地位。

# 第三节 斯拉夫学界关于巴黎俄侨"父与子"问题的研究

对 20 世纪 20—40 年代巴黎俄侨诗歌的评论和研究，从 20 世纪 20 年代巴黎俄侨诗歌出现的第一天便已经开始了。事实上，许多老一代侨民作家本身也都是造诣精深的批评家，他们发表在《最新消息报》《当代记事》《白昼报》等报纸和刊物上的文章，都表达了他们自己作为文学创作者对同行的评价，以及对诗歌发展状况的看法；与此同时，当时的文学评论家如马尔科·斯洛尼姆、尤里·杰拉皮阿诺等，20 世纪 40—60 年代从事写作的评论家格奥尔基·费多托夫（Г. Федотов）、尤里·伊瓦斯科、格列勃·斯特鲁威等，都对巴黎侨民文学做出了早期的描述。尽管有些观点过于偏颇（如斯特鲁威的某些文学观点），却为后来的研究者界定了一些基本的概念；20 世纪 80 年代以后，随着侨民文学作品被陆续介绍到苏联，苏联国内文学界掀起了轰轰烈烈的"回归文学"热潮，一大批专门从事侨民文学研究的学者也在这个时间段成长起来，这一时期最引人注目的应该是侨民文学作品结集出版，以及 20 世纪 90 年代各高等院校编纂的侨民文学教材，如奥列格·米哈伊洛夫编纂的《俄罗斯侨民文学》（1995）、阿纳托里·阿列克谢耶夫编写的《俄罗斯侨民文学：1917—1940》等。20 世纪 90 年代还涌现出一批专门研究某些作家的学者，如专门研究格·伊万诺夫的学者阿·阿利耶夫（1940—）、瓦·科列伊特（1936—），专门从事茨维塔耶娃研究的学者伊尔玛·库德洛娃（1929—）等。进入 21 世纪以后，侨民文学的研究热潮逐渐消退，一些成熟的研究者开始对研究成果进行总结反思，将侨民文学研究系统化，如高尔基世界文学研究所研究员、索尔仁尼琴侨民文学之家首席研究员奥·卡拉斯捷廖夫（1959—）等通过索尔仁尼琴侨民文学之家，向侨民文学研究者展示历年研究成果，上传部分当时的报纸和文学刊物扫描件，对于巴黎的俄罗斯侨民文学研究具有重要的参考意义。

考察本书的研究主题，将收集到的研究资料分为以下三个部分介绍：

**巴黎侨民诗歌总体研究** 同时代人关于巴黎侨民诗歌的零星评价，可以翻阅吉皮乌斯、霍达谢维奇、阿达莫维奇等人发表在侨民出版物上的文章，如：《文学批评的状况》（吉皮乌斯，《复兴报》1928 年 5 月 24 日）、《文学沉思》（吉皮乌斯，

《数目》1930 年第 1 期、第 2/3 期、第 4 期）、《政治与诗歌》（吉皮乌斯，《剑》
1934 年 5 月 27 日第 3/4 期）、《无聊的诗人们》（霍达谢维奇，1930 年 [1]）、《关于
苏联文学》（霍达谢维奇，1938 年 [2]）等。阿达莫维奇的评论集《孤独与自由》[3]
是老一代侨民作家回顾同代人文学创作做出的最全面的反思。值得一提的是，
2017 年，俄罗斯也出版了霍达谢维奇 1922—1939 年的评论作品集。这些评论
具有很强的时效性，但有时缺乏例证和全面的认识，往往失之偏颇。同时代
作家、评论家马尔科·斯洛尼姆在《俄罗斯意志》上发表的几篇文章，如《文
学回响：鲜活的文学与垂死的批评家》[4]《文学日记：关于侨民文学批评家》[5] 是
研究巴黎文学批评的重要参考。1942 年，格·费多托夫在纽约出版的一本侨
民文学论文集中刊发了介绍巴黎诗歌的文章 [6]，是早期巴黎侨民诗歌最重要的
文献资料。之后，1954 年尤里·伊瓦斯科发表了一批有关侨民文学的书信 [7]，
而格·斯特鲁威则于 1956 年出版《流亡中的俄罗斯文学：侨民文学历史考察
的经验》一书，其中对"老一代诗人"和"年轻诗人"分别做出了介绍，并列
举了主要代表诗人的创作经历。这种介绍可以说是前无古人，为后继者的研究
提供了言说的框架，但斯特鲁威对诗歌界存在许多主观臆断的看法（如对侨
民文学走向灭亡的预测等），所以之后遭到了批评界的诟病。1972 年，学者尼
古拉·帕尔托拉茨基主编《俄罗斯侨民文学》论文集，收录了马尔科·斯洛尼
姆、弗拉基米尔·韦德列、尤里·伊瓦斯科等重要研究者的论文，再次涉及了新老
两代诗人的研究和评价问题 [8]。

　　在所有关于"第一浪潮"巴黎段的回忆性作品中，弗拉基米尔·瓦尔沙夫斯基
的《不被注意的一代》[9] 具有独一无二的地位。这部回忆录 1956 年在纽约出版后，

[1] Владимир Ходасевич. *Литературная критика 1922–1939*.сост. А. Ивановой. «Директ-Медиа» 2017. С. 221.

[2] Владимир Ходасевич. *Литературная критика 1922–1939*.сост. А. Ивановой. «Директ-Медиа» 2017. С. 127.

[3] Адамович Г. *Одиночество и свобода*. М. Республика, 1996.

[4] Слоним М. Литературные отклики: Живая литература и мертвые критики. *Воля России*. 1924. № 4. С. 53–63.

[5] Слоним М. Литературный дневник: О литературной критике в эмиграции. *Воля России*. 1928. № 7. С. 58–75.

[6] Федотов Г. П. О парижской поэзии // *Ковчег: Сборник зарубежной русской литературы*. Нью-Йорк: Изд-во Объединения русских писателей, 1942. № 1. С. 189–198.

[7] Иваск Ю. Письма о литературе // *Новое русское слово*. 1954. 21 марта. № 15303. С. 8.

[8] *Русская литература в эмиграции*: Сб. статей под ред. Н.П.Полторацкого.–Питтсбург, 1972.

[9] Варшавский В. *Незамеченное поколение*. Нью-Йорк: Изд. им. Чехова, 1956.

成为研究者了解侨民文学年轻一代的入门书籍。尤里·杰拉皮阿诺作为巴黎侨民文学圈的见证人，也出版了不少关于巴黎俄侨诗歌的回忆录、文集，其中最重要的为散文集《相聚》[1]、回忆录《俄罗斯巴黎半个世纪（1924—1974）的文学生活》[2] 等。1959 年，他发表论文《俄国侨民诗歌 40 年：1920—1960》[3]，论文中对巴黎诗歌的论述占了大部分篇章。当论述到"巴黎音调"时，他花了很多篇幅介绍当时年轻一代诗人生活的环境，并指出法国文学对年轻一代诗人的影响。

20 世纪 70 年代末，国际学术界对俄罗斯的侨民文学现象开始产生兴趣。出版于 1981 年的日内瓦国际学术会议（1978 年 4 月 13—15 日）论文集《一种还是两种俄罗斯文学》便表明了这种趋势。论文集选取了世界各地学者讨论俄罗斯侨民文学的论文，其中，艾德肯特的《作为统一进程的 20 世纪俄罗斯诗歌》、沙霍夫斯卡娅的论文《文学的代际》、安德列耶夫的《20—40 年代俄罗斯侨民文学分支的若干发展因素》等分别从不同侧面分析了巴黎侨民诗歌发展中的若干问题。1990 年，伦敦大学教授阿·吉布森（Aleksey Gibson）出版英文著作《1920—1940 年巴黎的俄国诗歌与批评》[4]，书中详细回顾了侨民文学批评在英美国家的研究历史，针对吉皮乌斯的文学与政治批评、霍达谢维奇和阿达莫维奇的论战、波普拉夫斯基的创作等问题都做出了切中要害的分析，但由于缺乏连贯性和具体作品的例证，这样的分析最终显得有些松散，未能构成一个完整的体系。

1991 年，莫斯科大学教授阿·索科洛夫出版《20 世纪 20 年代俄国侨民文学的命运》[5] 一书，以浅显的语言介绍了老一代巴黎俄侨诗人的命运。书中涉及的重要诗人按照流派被划分为象征主义者（梅列日科夫斯基、吉皮乌斯、巴尔蒙特）、阿克梅派（霍达谢维奇、阿达莫维奇、格·伊万诺夫）、非流派（茨维塔耶娃）几个不同的方向，勾勒了他们的主要创作特征，但缺乏对作品的具体分析。与这本介绍老一代诗人的通史读物不同，К.拉特尼科夫的专著《俄罗斯侨民诗歌中的"巴

[1] Терапиано Ю. *Встречи.* Нью-Йорк: Изд-во имени Чехова, 1953..; 2-е изд.: Вступ. ст., сост., подг. текста, коммент., указатели Т. Г. Юрченко. М.: Интрада, 2002.

[2] Терапиано Ю. *Литературная жизнь русского Парижа за полвека: 1924–1974* / Сост. Ренэ Герра и А.Глезер. Послесл. Ренэ Герра.–Париж; Нью-Йорк: Альбатрос; Третья волна, 1987.

[3] Терапиано Ю. О зарубежной поэзии 1920–1960 годов. // *Грани.* 1959. № 44. С. 3–12.

[4] Gibson A. *Russian Poetry and Criticism in Paris from 1920 to 1940.* The Hague: Leuxenhoff Publishing, 1990.

[5] Соколов А. Г. *Судьбы русской литературной эмиграции 1920-х годов.* М.: МГУ, 1991.

黎音调"》[1]与 T.布斯拉克娃的论文《俄罗斯文学中的巴黎"音调": 批评者视角》[2]则主要聚焦于巴黎俄侨年轻一代的创作,拉特尼科夫的专著分析"巴黎音调"产生的原因和主要发展状况,也特别强调了阿·施泰格尔在"巴黎音调"的发展中所起的关键作用。同样以"巴黎音调"为主题的还有奥·卡拉斯捷廖夫编撰的《"巴黎音调": 材料与研究》[3]一书,其中收录了当时的许多珍贵通信,以及年轻诗人们的一些诗歌作品。这本书还涉及阿达莫维奇与霍达谢维奇的论战问题,将放到下一部分文献中做论述。

1994 年,马·拉耶夫的专著《俄罗斯在国外: 1919—1939 年俄罗斯侨民文化历史》[4]因重点关注侨民文学在第一浪潮中文化的断裂和继承问题,是研究本书不可多得的参考。学者阿·恰根在 1998 年出版的两本著作《裂开的竖琴: 俄罗斯与侨民》[5]《道路与面孔: 20 世纪俄罗斯文学》[6]也不吝笔墨,将巴黎俄侨诗歌的"代际争辩"作为俄罗斯侨民文学整体问题的隐喻进行论述。

对于俄罗斯侨民文学在巴黎的发展状况,除杰拉皮阿诺的作品可以作为重要参考之外,学者叶莲娜·梅涅加尔朵的著作《俄罗斯人在巴黎: 1919—1939》[7]也在2001 年被翻译成俄文出版。作为一名俄罗斯侨民工人的女儿,梅涅加尔朵在这部200 多页的作品中描写了俄罗斯侨民的生活状况,介绍了他们的文化生活。虽然这可以作为研究俄罗斯侨民诗歌的重要参考,但其中关于文学家和文学本身的介绍还不够详尽。

2010 年,尤里·佐布宁出版《白色移民的诗歌: 未被注意的一代》[8],其主要关

[1] Ратников К. *"Парижская нота" в поэзии русского зарубежья.* Челябинский государственный университет, 1998.

[2] Буслакова Т. П. *Парижская «нота» в русской литературе: взгляд критики* // Русская культура XX века на родине и в эмиграции. Имена. Проблемы. Факты. / Под ред. М. В. Михайловой, Т. П. Буслаковой, Е. А. Ивановой. М., 2000. Вып.1. С. 90–101.

[3] *«Парижская нота: Материалы и исследование»* // Литературоведческий журнал. 2008. № 22.

[4] Раев М. *Россия за рубежом. История культуры русской эмиграции 1919–1939.* М. Прогресс-академия, 1994.

[5] Чагин А. *Расколотая лира. Россия и зарубежье.* Наследие, 1998.

[6] Чагин А.Пути и лица. *О русской литературе XX века.*М.: ИМЛИ РАН, 1998.

[7] Елена Менегальдо. *Русские в Париже 1919–1939.* Перевод с французского Н. и И. Поповых, изд. "Кстати", 2001.

[8] Зобнин Ю. В. *Поэзия белой эмиграции: "Незамеченное поколение",* СПб. : СПбГУП, 2010.

注俄侨"第一浪潮"期间巴黎、柏林、塔林和布拉格等地的年轻一代诗人，以俄侨文学浪潮的共性为论述对象，也对代表诗人如波普拉夫斯基、切尔文斯卡娅的一些作品进行了分析。2015 年，学者尼娜·奥西波娃出版的专著《作为文化文本的俄罗斯侨民诗歌》[1]以几个最基本的文化学视角——文化传统（神话学的、古典的）层面，以及艺术符码（游戏作为文化、戏剧、表现艺术等最重要的成分）层面，对"流亡"的俄罗斯诗歌现象进行解读，提供了评价诗歌创作的新视角。

世纪之交，一批俄罗斯侨民文学教材涌现出来，在这里列举三本：弗·阿格诺索夫编纂的《俄罗斯侨民文学史（1918—1996）》[2]对"文学的巴黎中心"做出了详细的介绍，其中包括俄侨创办的各种杂志及其发展、主要的文学团体等，为研究巴黎俄侨诗歌提供了翔实的背景资料，这本书已于 2003 年被翻译成中文出版[3]；在 2012 年出版的、由高尔基世界文学研究所编纂的四卷本《20 世纪俄罗斯文学史》[4]中，专门开辟了一章"俄罗斯侨民第一浪潮的诗歌"，介绍了巴黎俄侨诗歌的状况；另一本教材为 2013 年圣彼得堡大学语文系教师编辑出版的《俄罗斯侨民文学：1920—1940》[5]，其中收录了"第一浪潮"所有作家和诗人的重要参考文献，是一本较为详尽的索引材料。

除了大部头的专著和文学史教材，21 世纪以来还涌现出一批研究巴黎俄侨诗歌系统内部以及其与法国文学、俄罗斯传统诗歌关系的论文，如伊琳娜·塔拉索娃以《"巴黎音调"诗歌的片段体裁》[6]为题对"巴黎音调"以及年轻一代诗人的写作特点进行了深入分析；马琳娜·加别延科娃在一篇论文中探讨了俄罗斯"第一浪潮"侨民诗歌与法国艺术之间的相互影响关系（2012）[7]；安娜·哈登斯卡娅是研究俄罗斯侨民文学（主要是法国与中国的俄侨文学）的重要学者，她在几篇文章中分别探

[1] Осипова Н. *Поэзия русского зарубежья как текст культуры.* Москва : Экслибрисс-Пресс, 2015.

[2] Агеносов В.В. *Литература русскогозарубежья (1918–1996)* / В. В.Агеносов. М.: Высшая школа, 1998.

[3] 弗·阿格诺索夫：《俄罗斯侨民文学史》，刘文飞、陈方译，人民文学出版社，2003。

[4] Алексеева Л. Ф. и др.*История русской литературы XX века.* Учебное пособие в 4 кн. под ред. Л. Ф. Алексеевой.Москва: Студент, 2012.

[5] *Литература русского зарубежья (1920–1940): Учебник* / отв. ред. Б.В. Аверин и др.–СПб: СПбГУ, 2013.

[6] Тарасова И. Жанр Фрагмента в поэзии "Парижской Ноты". *Жанры речи.* 2015. № 1(11).

[7] Гапеенкова М. Поэзия русской эмиграции первой волны и французское искусствоXX века: Тенденции взаимовлияния. *Молодой ученый.* 2012. № 9.

讨了格·伊万诺夫、施泰格尔诗歌中的儿童主题[1]，结合众多研究成果，又于 2018 年重新考察了"巴黎音调"诞生的历史文化语境问题[2]。

最后需要指出的是，由学者奥·卡拉斯捷廖夫整理的俄侨文学文献资料，以及上传的侨民时期杂志影印版，在索尔仁尼琴侨民之家网站[3]均可以查到，网站还不定期更新最新研究图书，为从事本阶段诗歌研究的学者提供了大量参考资料。

正如上文提到的，20 世纪 80—90 年代为俄罗斯侨民文学研究的井喷期，其中关于具体作家的创作研究也成果丰硕。此处仅列举笔者搜集到的、也是关于每位诗人最具代表性的专著：

关于弗·霍达谢维奇，除了吉皮乌斯、格·伊万诺夫等人对他的评论文章，诗人的妻子别尔别洛娃（Н. Берберова）的回忆录《我的着重号》[4]、И. 苏拉特的专著《普希金学研究者霍达谢维奇》[5]、С. 波恰尔斯基的文章《霍达谢维奇的〈纪念碑〉》[6]、玛·格里冯特的论文《霍达谢维奇诗歌意识中的普希金与巴拉丁斯基》[7]都是比较重要的研究著述。1983 年，普林斯顿大学出版社出版了戴维·贝西娅的英文专著《霍达谢维奇：他的生活与艺术》[8]，对于霍达谢维奇在巴黎时期的诗歌与文艺评论写作进行了十分完备的介绍。

对于格·阿达莫维奇的研究成果，奥·卡拉斯捷廖夫曾经做过十分详细的总结。实际上，他本人作为阿达莫维奇的研究专家，其著作已经占据了研究论文的半壁江山。值得一提的是，本书的论述引用了卡拉斯捷廖夫论文集《从阿达莫维奇到茨维

[1] Хадынская А. Детская тема в лирике Г. Иванова. *Вестник Томского государственного педагогического университета*. 2019. № 1. "Каждый мальчик поэт": тема детства в лирике Анатолия Штейгера *Филологические науки. Вопросы теории и практики*. 2019. Т. 12. № 4.

[2] Хадынская А.Эмигрантская лира русского Парижа: поэзия "Парижской ноты" в историко-культурном контексте. *Литература в школе*. 2018. № 8.

[3] 侨民之家网站（http://www.bfrz.ru/）。访问时间：2021 年 11 月 13 日。

[4] Берберова Н. Курсив мой. Нью-Йорк: Russica Publishers, 1983.

[5] Сурат И. *Пушкинист Владислав Ходасевич*. М. Лабиринт, 1994.

[6] Бочаров, С. Г. "Памятник" Ходасевича//*Сюжеты русской литературы* , М.: Языки русской культуры, 1999. С. 415–471.

[7] Гельфонд М. Пушкин и Бортынский в поэтическом сознании Ходасевича. *Филологический журнал* № 1(6), Москва, 2008. С. 72–80.

[8] David M. Bethea. *Khodasevich: His Life and Art*. Princeton: Princeton University Press, 1983.

塔耶娃》[1] 中的许多观点，这本论文集所论述的内容，包括阿达莫维奇的侨民诗歌创作活动、阿达莫维奇与霍达谢维奇的论战、阿达莫维奇与茨维塔耶娃之间的不和史实、巴黎时期重要书报杂志的发展与局限性等等，是一本研究巴黎俄侨诗歌的重要工具书。

在格·伊万诺夫的研究者中，比较重要的两位学者分别是阿·阿利耶夫、瓦·科列伊特。其中阿利耶夫编纂的《格·伊万诺夫的一生：文献资料汇编》[2]、由他所做注释的《格·伊万诺夫诗集》[3] 比三卷本作品集[4] 更加详尽，是研究伊万诺夫诗歌必备的工具书。科列伊特是"伟人一生"系列《格奥尔吉·伊万诺夫》[5] 的作者，也发表了不少关于格·伊万诺夫的论文。值得一提的是，他还主编了第一本"巴黎音调"诗人的作品集并作序[6]。2008 年，高尔基世界文学研究所曾主办纪念格·伊万诺夫逝世 50 周年的学术会议，后于 2011 年出版了会议论文集《格·伊万诺夫：研究与资料》[7]，收录了当代批评家对格·伊万诺夫的研究新成果。除此之外，还有马琳娜·加别延科娃的副博士论文、朗钦、H.波格莫洛夫等学者的论著，文献资料将列于文末，在此不一一赘述。

同样，本书研究鲍里斯·波普拉夫斯基主要使用的参考文献为：加兹丹诺夫的文章《关于鲍·波普拉夫斯基》[8]、梅涅加尔朵的专著《鲍里斯·波普拉夫斯基的诗学世界》[9] 等。其他关于阿·施泰格尔与利·切尔文斯卡娅的专著有《艺术不在场：俄罗斯文学"不被注意的一代"》[10]、科列伊特的论文《何谓"巴黎音调"》[11] 以及诗集《巴黎音调的诗人们》前言部分等。

[1] Коростелев О. *От Адамовича до Цветаевой: Литература, критика, печать русского зарубежья.* Издательство им. Н. И. Новкова. Издательский дом "Галина скрипсит", 2013.

[2] Арьев А. *Жизнь Георгия Иванова: Документальное повествование.* СПб.: Журнал "Звезда", 2009.

[3] Иванов Г. *Стихотворения.* Академический Проект, 2010.

[4] Иванов Г. *Собрание сочинений в 3 томах,* М.: Согласие, 1994

[5] Крейд В. П. *Георгий Иванов.* ЖЗЛ. Молодая Гвардия, 2007.

[6] *Поэты Парижской ноты.* сос. и вст. слов.В. Крейда. Молодая гвардия, 2003.

[7] *Георгий Владимирович Иванов. 1894–1958.* Исследования и материалы.Сост. и отв. ред. С. Р. Федякин. - М.: Издательство Литературного института имени А.М.Горького, 2011

[8] Газданов Г. *О Б.Поплавском. // Собрание сочинений в 5 томах.* Москва:Эллис Лак, 2009. Том 1. С. 740–745.

[9] Менегальдо Е. *Поэтическая вселенная Бориса Поплавского.* СПб. Алетейя, 2007.

[10] Каспэ И. *Искусство отсутствовать. Незамеченное поколение русской литературы.* НЛО, 2005.

[11] Крейд В. Что такое Парижская нота. *Слово/Word*, 2004, С. 43–44.

此外，本书还参考了《1920—1930 年俄罗斯文学：诗人肖像》[1]第一卷中关于弗拉基斯拉夫·霍达谢维奇、格·阿达莫维奇、季娜依达·吉皮乌斯、鲍里斯·波普拉夫斯基等诗人的主要论证。

在此，本书也对我国有关巴黎俄侨诗人的译介工作做出了简要总结。国内对俄罗斯侨民文学的研究，也经历过 20 世纪 90 年代末至 21 世纪初的一个小高潮，仅就巴黎俄侨诗歌在中国的介绍与研究来看，1999 年学林出版社出版了郑体武主编的"白银时代文丛"第二辑，包括吉皮乌斯回忆录《往事如昨》、霍达谢维奇《大墓地》、格·伊万诺夫《彼得堡的冬天》、梅列日科夫斯基文集《永恒的侣伴》在内的侨民作家作品被翻译出版；翻译家汪剑钊主编或翻译了《二十世纪俄罗斯流亡诗选（上、下）》（河北教育出版社，2004）、《吉皮乌斯诗选》（河北教育出版社，2003；另一版本为《致群山中的她》，四川人民出版社 2017）、《波普拉夫斯基诗选》（河北教育出版社，2003）等诗集，在《世界文学》等刊物介绍了格·伊万诺夫等诗人，并翻译了他最著名的小说《原子的裂变》等作品。2008 年，学者汪介之出版《流亡者的乡愁：俄罗斯域外文学与本土文学评述》[2]，对"第一浪潮"巴黎段做出了详细的介绍，美中不足是，该书信息量很大，但评述相对较少。

**有关新老两代诗歌评论的文献**　关于这一部分的文献资料，首先需要介绍的是作为文献索引的工具书——阿·拉皮杜斯编纂的《杂志"当代记事"（1920—1940）内容索引》[3]、奥·卡拉斯捷廖夫与曼弗雷德·什鲁巴共同编纂的《"当代记事"（巴黎，1920—1940）编辑部档案》[4]三卷本，以及《"当代记事"（巴黎，1920—1940）编辑部档案周边》[5]。作为巴黎俄侨最重要的杂志之一，《当代记事》囊括了大部分诗人的诗作，而奥·卡拉斯捷廖夫的注解，为理解这份杂志提供了一条专业路径。在出版的关于俄罗斯侨民"第一浪潮"文学批评的研究专著中，要数 2010 年

[1] *Русская литература 20-х - 30-х годов. Портреты поэтов.* Том 1. Сост. и отв. ред. Гачева А., Семенова С. М.: ИМЛИ РАН. 2008.

[2] 汪介之：《流亡者的乡愁：俄罗斯域外文学与本土文学关系述评》，广西师范大学出版社，2008。

[3] *Журнал «Современные записки» (Париж, 1920–1940): Указатель содержания* / Сост. А.Я. Лапидус. Научн. ред. Б. В. Аверин.–СПб.: Reprint, 2004.–368 с.

[4] *«Современных записок» (Париж, 1920–1940): из архива редакции.* в 3 томах. 2012, 2013.

[5] Коростелев О., Шруба М. *Вокруг редакционного архива «Современных записок» (Париж, 1920–1940): Сборник статей и материалов.* М.: Новое литературное обозрение, 2010.

塔季扬娜·比特洛娃写作的《俄罗斯侨民文学"第一浪潮"的文学批评》[1] 最为全面。其中不仅介绍了侨民文学"第一浪潮"中重要的文学批评家，还详细列举了他们对俄侨文学、对苏联文学的看法，以及对俄罗斯文化遗产的态度等内容。

对于季·吉皮乌斯的文学评论研究，我们搜集到了几本重要文献资料：季·吉皮乌斯 15 卷本文集的第 13 卷《在我们巴黎》[2]《梅列日科夫斯基与吉皮乌斯：侨民生活》[3]《季娜依达·吉皮乌斯：最新材料与研究》[4]。同样，格·阿达莫维奇的评论主要依据他的著作《孤独与自由》《注释》，以及奥·卡拉斯捷廖夫的论文集《从阿达莫维奇到茨维塔耶娃》中前半部分对格·阿达莫维奇文学评论的研究。研究霍达谢维奇文学批评的主要依据为上文提到的《霍达谢维奇文学批评：1922—1939》，以及格列勃·斯特鲁威的评论《寂静的地狱：霍达谢维奇的诗歌》[5]、М . 戈尔巴乔夫的副博士论文《霍达谢维奇 1918—1927 年抒情诗的新古典主义风格》[6]。

有关阿达莫维奇与霍达谢维奇论战的文章，最早出现在斯特鲁威 1954 年编写的《流亡中的俄罗斯文学》一书中，后来学者 R. 哈格伦特专门在《斯拉夫与西欧杂志》上撰文讨论了这次论战[7]，1985 年，他又在论著《一种联合的视角：流亡中的阿达莫维奇》[8]中再次提到了两人的论战；学者大卫·贝西娅在《霍达谢维奇：他的生活与艺术》中曾专章介绍了两人的论战；奥·卡拉斯捷廖夫也曾与奥·费佳金合作撰写《阿达莫维奇与霍达谢维奇的论战（1927—1937）》[9]一文，在《从霍达谢维奇到茨维塔耶娃》一书中，他重印了自己发表于《俄罗斯文学杂志》1997 年第 11

[1] Петрова Т. *Литературная критика русской эмиграции первой волны:* (Современные отечественные исследования): Аналитический обзор. М.: ИНИОН РАН, 2010.

[2] Зинаида Гиппиус. *У нас в Париже*. том 13 из Собрания сочинений в 15 томах. Дмитрий Сечин, Русская книга, 2016.

[3] Хрисанфов В. *Д. С. Мережковский и З. Н. Гиппиус*. Из жизни в эмиграции. СПбГУ, 2005.

[4] Гиппиус З. *Зинаида Гиппиус: новые материалы и исследования*. ИМЛИ РАН, 2002.

[5] Струве Г. *Тихий ад. О поэзии Ходасевича* // За Свободу! 1928. № 59 (2391), 11 марта. С. 6

[6] Горбачев А. М. *Неоклассический стиль лирики В.Ф. Ходасевича 1918–1927 гг.* Ставрополь, СГУ, 2004, 167 стр.

[7] Hagglund R. The Adamovich-Khodasevich Polemics // *Slavic and East European Journal*. 1976/ -Vol. 20. -№ 3.-P. 239–252.

[8] Hagglund R. A Vision of Unity: Adamovich in Exile. Ann Arbor: Ardis, 1985.

[9] Коростелев О., Федякин С. Полемика Г.В.Адамовича и В.Ф.Ходасевича (1927–1937) // *Российский литературоведческий журнал*. 1994. 4. С. 204–250.

期的文章《格·阿达莫维奇、弗·霍达谢维奇以及年轻一代诗人们：回应针对影响问题的陈年争执》，这篇文章用多种方法（包括引用维克多·玛姆琴科的统计方法考察四音步抑扬格、五音步抑扬格在年轻一代诗人中使用的概率）证明年轻诗人们最终走向了阿达莫维奇，而不是霍达谢维奇。另外，奥·卡拉斯捷廖夫还有一篇收录于该书的文章《"巴黎音调"与俄罗斯侨民文学青年诗人流派的对峙》，涉及年轻一代诗人内部的观念冲突，同样应当引起研究者的重视。

**本书主要研究思路**　本书将以巴黎俄侨诗歌界的"父"与"子"两代人之间的互动，揭示 1920—1940 年巴黎俄侨诗歌的基本面貌。20 世纪 20—40 年代巴黎的俄罗斯侨民文学发展迅猛，后来一直作为整个"第一浪潮"侨民文学的最高峰而存在。在该地聚集的大批优秀知识分子，将俄罗斯侨民文学的各种体裁发展到相当高的水平，而诗歌是其中最为璀璨夺目的一支。考虑到本书的中心议题是巴黎俄侨诗歌的代际互动和影响问题，本书将采用文学史与文学批评相结合的写作方法，首先就 1920—1940 年巴黎诗歌状况进行总体描述，分析"父"与"子"两代诗人形成的原因以及每个群体的主要写作特点，对老一代诗人的代表（弗·霍达谢维奇、格·阿达莫维奇、格·伊万诺夫）与俄罗斯传统文学的关系、年轻一代诗人鲍·波普拉夫斯基、主要文学团体"巴黎音调"代表（阿·施泰格尔、利·切尔文斯卡娅）创作的特点进行概述和分析。接下来本书的中心论证环节，将介绍同时代的学者关于"父"与"子"以及总体俄侨诗歌状况的主要观点，其中包括吉皮乌斯对于文学的意识形态属性的观点、对年轻诗人的建议和要求，霍达谢维奇与阿达莫维奇有关年轻一代写作风格持续十年的论战，同时代的诗人和评论家如杰拉皮阿诺、别尔别洛娃、斯特鲁威等作家对巴黎诗歌面貌的回顾和评析，年轻作者如波普拉夫斯基、尤里·曼德尔施塔姆等对评论界的回应，以及他们自己理解的"年轻一代人"的任务等等。在考察了巴黎诗歌界的诸众现象、批评之后，我们将再次回到巴黎俄侨诗人的"共同体"，探讨巴黎俄侨诗歌的写作实质，分析"父与子"问题的文化学意义，以及 20 世纪 20—40 年代俄侨诗歌对发展俄罗斯文学做出的贡献等。

巴黎俄侨诗歌是多重因素综合影响的产物，文学与政治、与域外文化之间的联系盘根错节，诗人的主要文学看法与观点也无法一言以蔽之。鉴于本书要探讨的问题相当复杂，以及各论题之间细枝末节的联系，本书拟参考如下的布局安排行文思路：绪论将详细描述巴黎俄侨诗歌界的"父与子"现象，分析这一现象产生的原因以及两代人在文学上的基本观点；第一章与第二章的重点分别在"父"与"子"的代表诗人身上，在老一代诗人中间，拟选取弗·霍达谢维奇、格·阿达莫维奇与格·伊万诺夫三位诗人，因为这三位诗人不仅是老一代诗人中间最优秀的代表，而且他们在俄罗斯时还分别是"白银时代"诗歌流派的重要代表，对俄罗斯传统文学的认同度非常高。其中，弗·霍达谢维奇是普希金研究专家，格·阿达莫维奇曾经是"诗人行会"的重要成员，而格·伊万诺夫的诗歌不仅吸取了俄罗斯诗歌传统的精华，还表现出存在主义的某些特征，对这些诗人作品的分析将有助于描绘老一代诗人的整体面貌。而作为年轻一代诗人的代表，我们将选取"巴黎音调"的重要代表阿纳托里·施泰格尔、利季娅·切尔文斯卡娅，以及年轻诗人中最重要的诗人鲍里斯·波普拉夫斯基为考察对象。他们的诗歌作品既表现出与莱蒙托夫、勃洛克、安年斯基等人的关系，又显露出法国文学的影响；第三章主要聚焦巴黎文学批评界对"父与子"问题的看法，其中包括吉皮乌斯关于侨民文学任务和属性的批评、霍达谢维奇与阿达莫维奇持续十年的论战，以及其他一些重要批评家的观点；介绍了上述各点，本书最后将对 1920—1940 年代巴黎俄侨诗歌的状况做出总结。

　　总体来说，本书希望通过以上的探讨，取得如下结论：1920—1940 年代的俄侨诗歌在巴黎的发展经历了一条曲折艰难、丰富多彩的道路。这一时期侨居在巴黎的俄罗斯诗人可以分为"父辈"与"子辈"两个阵营，在诗歌创作的道路上，"父辈"更加坚定地捍卫了俄罗斯文学的经典内核，将保卫语言和文化遗产视为写作的主要任务；而"子辈"更多地将注意力转向域外，法国现代派的诗歌为他们提供了写作的养料，身份认同的焦虑又使他们更加倾向于达达主义、超现实主义等诗歌流派，同时他们也表现出俄罗斯诗歌遗产中的若干特征。无论是老一代的"纯粹俄罗斯诗歌"，还是年轻人写作的"俄罗斯－蒙帕纳斯诗歌"，他们的写作共同构成了 20 世纪 20—40 年代的俄侨诗歌状貌，在"书写侨民流亡体验"这一点上，二者是统一的。

# 第一章

# 老一代俄罗斯诗人与俄罗斯文学传统

关于知识分子与国家这个庞大的"利维坦"之间的博弈关系，在历史上最鲜活的一个例子是苏联政权建立之初发生的"哲学船事件"。与哲学家、神学家们的命运类似，20 世纪 20 年代初期还有一大批文学家借助各种力量，离开了经历新旧制度更替的俄国。从 1924 年起，随着一大批作家、诗人将居住地从柏林迁到巴黎，俄罗斯侨民文学的巴黎中心渐渐形成。正如尤里·伊瓦斯科指出的那样，俄罗斯侨民中心的形成与地理和政治有关，而老一代文学家之所以流亡国外，政治原因所占的比重就更大——格·伊万诺夫写过诗歌《俄罗斯是幸福，俄罗斯是光明……》，也同样写过《绳索、炮弹、苦役犯的黄昏……》，"对祖国的爱和对布尔什维克的憎恨主题可以在很多侨民诗人那里寻找到"[1]。他们中的一些作家，有些怀着爱国的热情，关心苏联文学的发展，在巴黎办的报纸上介绍国内的文学现状（如斯维亚托波尔克－米尔斯基主编的年刊《里程碑》杂志曾经大量转载了苏联期刊上发表的作品，包括叶赛宁、谢尔文斯基的诗歌，特尼亚诺夫的长篇小说等）；但更多的作家则对新政权怀有抵触甚至是敌视的态度（譬如在梅列日科夫斯基夫妇组织的"绿灯会"聚会上，与会者对苏联文学的评价总是相当片面的）。革命前的俄罗斯文化生活成为他们永久的怀念，而对祖国的怀念则加深了他们对苏联政权的诅咒。有些作家曾幻想以暴力手段推翻苏维埃政权，在梅列日科夫斯基等人那里，这种想法甚至极端

---

[1] Иваск Ю. Поэзия "старой эмиграции" // *Полторацкий.Русская литература в эмиграции*. Сб. статей. Питсбург, 1972. C. 45.

到在第二次世界大战时公然支持希特勒对苏联的进攻。

这批侨居国外的知识界人士以俄罗斯"白银时代"文化圈子为核心，在二十多万的侨民中，有一大批是在国内便已经十分知名的作家，如梅列日科夫斯基、吉皮乌斯、伊万·布宁、巴尔蒙特、霍达谢维奇、茨维塔耶娃、高尔基、奥索尔金、什梅廖夫、扎伊采夫、阿尔达诺夫、格·伊万诺夫、希林（纳博科夫）、阿维尔琴科、苔菲等等。其中有一些作家如高尔基，因为个人原因在法国短暂停留后，又回到了苏联；而大部分作家则在巴黎定居下来，直到第二次世界大战前夕迁往别处，有的甚至终生留在了法国（如霍达谢维奇、格·伊万诺夫）。本书要考察的"老一代诗人"，也正包含在这一批文学家中间。这些诗人聚会的主要方式是梅列日科夫斯基夫妇在家中组织的文学沙龙——"星期天读书会"和"绿灯社"，而维系他们创作的则是侨民们自己主办的报纸和杂志《当代记事》《最新消息报》《白昼报》《复兴报》《环节》《新航船》《俄罗斯意志》《新家》《里程碑》等，此外，侨民们还创办了许多俄文图书出版社，如当代记事出版社、俄罗斯土地出版社、"基督青年会"出版社等等。

值得一提的是，在所有侨居巴黎的老一代诗人中，除了最有号召力的梅列日科夫斯基夫妇，后世影响力最大的当属伊万·布宁和马琳娜·茨维塔耶娃。从伊琳娜·奥多耶夫采娃的回忆录《塞纳河畔》中，我们可以了解到布宁的人格魅力，以及他在巴黎时的种种经历。[1] 布宁于 1920 年离开敖德萨，经过君士坦丁堡、索菲亚和贝尔格莱德来到法国，1933 年他获得诺贝尔文学奖时也是在法国。不过，布宁生活的城市主要是格拉斯，并没有与巴黎的文学圈子形成特别稳定的联系；而茨维塔耶娃于 1925 年随丈夫迁居法国，在法国生活了十三年半，但我们不得不注意的一个事实是，她虽然生活在巴黎，但她的个性已经将她与巴黎的文学圈隔离开了。从别尔别洛娃的回忆录《我的着重号》中可以读到，老一代的侨民诗人对她十分淡漠，她本人也不屑与他们为伍。茨维塔耶娃的写作风格不属于彼得堡文学流派的任何一个支脉，她的诗歌也很少在侨民刊物上发表，这使得她在物质生活上极度贫乏，不得不为了糊口做一些翻译工作、创作儿童文学作品。可以说，在侨民阶段，茨维塔耶娃的诗歌几乎在巴黎文学圈没有造成任何影响。这是一个非常奇特的现象，作为一个在今天具有如此影响力的诗人，茨维塔耶娃与本书所讨论的巴黎俄侨诗歌问题之

[1] 伊·奥多耶夫采娃：《塞纳河畔》，蓝英年译，文化发展出版社，2016，见第 288–390 页关于布宁的回忆。

间的关系竟然如此微弱。当然，我们也认同尤里·伊瓦斯科的观点，"如果说茨维塔耶娃在人群中间更加普通，更'平易近人'，那反倒不再是茨维塔耶娃了，她也不会在自己高昂的诗歌中创造独特的、充满神话学的庞大世界，那高昂的诗歌曾削弱了众多轻吟自己'巴黎音调'的诗人的听觉"[1]。

鉴于上述原因，布宁和茨维塔耶娃，甚至是在巴黎的刊物上发表过诗作的希林，从整体上来说并没有参与到与巴黎俄侨诗歌界的对话中来，虽然他们在年龄和经历上属于"父与子"的范畴，但与本书关注的问题关系不太大。考虑到作品的影响力和诗人在文学圈的活跃程度，我们选择弗·霍达谢维奇、格·阿达莫维奇和格·伊万诺夫作为"老一代诗人"的代表。这三位诗人在侨民生活开始之前，均已在俄罗斯从事诗歌写作，他们与"白银时代"各流派之间有直接的联系，譬如格·阿达莫维奇在告别俄罗斯之前曾是"诗人行会"的核心成员。对于19—20世纪之交俄罗斯文学历史上的一系列轰轰烈烈的变革，他们是参与者或见证人，他们与俄罗斯文学传统的关系越是紧密，在侨民阶段表现出的精神困境和心理撕扯就越剧烈；同时，他们与年轻一代之间的交流与碰撞也就越频繁，具有探讨价值。

## 第一节　霍达谢维奇在巴黎的诗歌创作

弗拉基斯拉夫·霍达谢维奇在很小的时候便树立了成为一名诗人的志向。出生于莫斯科一个普通波兰裔家庭的他，父亲是一名不成功的画家，外公是著名的文学家雅科夫·勃拉夫曼。他六岁起便开始写诗，在他本人的回忆文字中，曾经有这样一段经历：七岁那年，霍达谢维奇去叔叔所在的乡间木屋做客，当他得知旁边住着大诗人阿勃隆·迈科夫时，便一个人前去拜访，声情并茂地朗诵了他的诗歌，从那以后，他骄傲地认为自己是诗人迈科夫的熟人。

霍达谢维奇早年写作的诗歌带有明显的象征主义的影响痕迹，其中一些诗歌具有半自传的性质。诗歌最重要的主题有孤独、现实世界和诗意世界之间的对立，摇摆虚弱的自我存在感，对于理想状态既充满向往又背离的矛盾心态。这种象征主义

---

[1] Иваск Ю. Поэзия "старой эмиграции" // Полторацкий.Русская литература в эмиграции. Сб. статей. Питсбург, 1972. С. 50.

的影响直到他出版诗集《青春》（1908）、《幸福的小屋》（1914）时还可以看到。霍达谢维奇本人并不满意这两本出版于年轻时代的诗集，没有将它们收入自己的诗歌选集中，他认为自己的诗歌生涯开始于第三本诗集《沿着种子的道路》（1920）。不过，我们还是能从第二本诗集中看到许多代表霍达谢维奇个人风格的作品，在《哎，孩子……》《落日》《灵魂》《珍妮的噪音》等诗歌中，他将普希金的诗歌传统与 19世纪 20—30 年代由巴拉丁斯基、丘特切夫、莱蒙托夫等建立的俄罗斯浪漫主义诗歌遗产有机结合了起来。

> 我知道，你自由自在
>
> 不记得任何事，任何人，
>
> 你坠落到一颗心上，
>
> 仿佛一枚轻盈的、不被注意的火星子，——
>
> 你仿佛死亡，在绯红的
>
> 夏日的傍晚从远处走来！
>
> 你的打扮极其温柔，
>
> 头上的装饰极其奢华，
>
> 你远远地推动
>
> 一张光滑的圆伞垂向大地，——
>
> 你以火光吻向
>
> 我疲惫的嘴唇！
>
> （《落日》片段）

在霍达谢维奇的第三部诗集《沿着种子的道路》中，抒情基调变得更加自信。就像诗集名所示的那样，霍达谢维奇希望刚刚经历过巨大政治变革的国家可以像被抛入土地的种子一样，实现死亡和重生，经历新一轮的成长与繁荣。收录入诗集中的诗歌除了有纯粹描写个人心理体验的，还有对国家革命与战争背景下生活场景的思考。进入诗歌中的面孔形形色色，如战争后为生计担忧的诗人、在清晨的公园被发现的自杀者、缝纫机前的女工等等。霍达谢维奇作为普希金的研究学者，对 19

世纪前半期的俄罗斯经典文学十分熟悉，在描写莫斯科、威尼斯以及莫斯科郊外的生活场景时，他的渲染方式时常令人想起普希金在《我又一次探访……》中的场景，尤其是诗歌《房子》与普希金的《青铜骑士》在内容上有很多相似之处。因为饥荒和经济萧条而被拆毁的莫斯科的小屋，让人想起彼得堡的那场洪水和被冲毁的房子，这在一定程度上也隐喻了写作背景下被国内战乱卷入历史洪流中的普通人。霍达谢维奇不断在写作中深化自己对现实、对形而上的生存层面的思考。

到了第四部诗集《沉重的竖琴》（1922），霍达谢维奇对生命、死亡等主题有了更加深刻全面的思考，他需要寻找一种更加崇高的精神，来解决双重生活的痛苦。这部诗集的手稿被霍达谢维奇带到了德国，最终在俄罗斯出版并获得了很高的赞誉，被批评家们认为是"二十世纪俄罗斯诗歌的最高成就之一"[1]。收录其中的诗歌文本大多具有日常性，仿佛经由日记改编，但其中贯穿着诗人对现实世界和彼岸世界的深沉思索，隐含着超脱日常存在、完善心灵世界的象征主义意蕴。

> 大雪落下。一切变得安静，默不作声。
>
> 僻静的房子沿着小巷绵延。
>
> 一个人走着。一把刀子猛戳向他——
>
> 他靠在篱笆上，没有叫出声来。
>
> 然后他倒下，面朝地躺着。
>
> 微风吹拂着雪的呼吸，
>
> 夜晚微弱可辨的烟尘——
>
> 美妙的安宁的征兆——
>
> 在他的上方自由地旋转。
>
> 而人们将会像黑色的蚂蚁
>
> 从街道、院子里向这里聚拢，站在我们中间。
>
> 他们会问，发生了什么事，他是怎么被杀的，——
>
> 谁也不会明白，我曾经爱过他。
>
> （《黄昏》）

---

[1] Фридлендер Г. М. *Пушкин. Достоевский. "Серебряный век"* СПб.: Наука, 1995. C. 500.

这本诗集中不时可以看到对普希金的引用和借鉴，譬如批评家魏德列认为，《座谈会上》的原型便来自普希金的《预感》一诗。这里除了诗歌韵律的相同（全文穿插着抑抑扬格的四音步扬抑格），最主要的还是在对诗人和诗歌主题的理解上。两首诗的情感都从失望转向了希望。但阿格诺索夫指出，如果比较普希金的诗歌《夜晚的和风》与霍达谢维奇的《星星闪烁，和风颤抖》，就可以发现，霍达谢维奇不仅善于制造典型的普希金式的"和谐"，他还会"开着玩笑突然间毁灭"和谐，认为世界可能是"荒诞的"[1]。这是普希金不擅长的。正如斯特鲁威概括指出的那样，霍达谢维奇诗歌的独特性在于它"结合了普希金的诗学和非普希金式的、观看世界的眼光"[2]。

1922 年，霍达谢维奇携第二任妻子尼娜·别尔别洛娃离开了俄罗斯，经过柏林、布拉格、威尼斯，1925 年罗马的苏联使馆拒绝为他办理延期护照，他最终去了巴黎，成了真正的侨民。根据法国当时的法律，外国人没有权利从事稳定的工作，侨居的生活十分困窘，他和妻子不得不依靠文学从事自由写作的职业，譬如主持《复兴报》文学栏目，为《当代记事》《最新消息报》《白昼报》等撰写文章。据别尔别洛娃回忆，侨居在外的霍达谢维奇情绪十分低落，经常产生厌世的念头。其间，他也时常出席梅列日科夫斯基夫妇在家中举办的"绿灯社"聚会，尽管他经常撰写诗歌评论文章，但诗歌却写得很少，以至于他的主要身份从"诗人"渐渐变成了"文学评论家"。

霍达谢维奇第一次在法国发表诗歌始于 1927 年他主持《复兴报》期间。几首来自诗集《沿着种子的道路》《沉重的竖琴》的诗歌，以及他在国外完成的《欧洲之夜》组诗被刊登出来。这一组诗与先前的诗歌最大的区别，便是诗歌中弥漫的绝望情绪，在前两本诗集中，诗人刻画了克服艰难的世俗羁绊，心灵还在追求上升的力量；而在《欧洲之夜》中，诗人勾勒了一个个恐怖、阴暗的场景，通过现实世界抵达彼岸世界的努力完全是徒劳的，世界的真实面貌鄙俗不堪，而它所养育的是污浊的自然环境、蛆虫一样的人和动物、"各种各样的畸形儿"、"大量白痴般的灰皮狗"。霍达谢维奇在这组诗中，将世俗生活描写成了一片废墟和孤岛。所有人，包括抒情主人公"我"，都是拙劣的、萎靡的，失去了生机和信仰。别尔别洛娃从这组诗歌中，看到了"令人恐惧的倦怠感，消极主义和宇宙悲剧意义的感受（宇宙彻

---

[1] 弗·阿格诺索夫：《俄罗斯侨民文学史》，刘文飞、陈方译，人民文学出版社，2003，第 302 页。

[2] Струве Г. *Русская литература в изгнании.* Париж: YMCA-Press, 1984. C. 145.

底无意义之感受的最后一个阶段）"<sup>[1]</sup>。

> 倒霉的傻瓜在院子的水井中
>
> 今天一早就大哭大叫，
>
> 我这里如果再多一只鞋子，
>
> 一定会扔向他。
>
> …………
>
> 没有刮脸的老头，移开了床，
>
> 用力把钉子敲进去，
>
> 但今天他被打扰，
>
> 一个客人正沿着楼梯走来。
>
> （《面向院子的窗户》片段）

诗中的"傻瓜"在生活的不公正面前呼喊，而他的呼喊并没有引起任何同情；"没有刮脸的老头"暗示着自杀的举动，除此之外，诗中还有死去的工人、翘着鼻子的演员等不幸的人物形象。在很多首诗歌中，"我"都是抱着冷漠的态度在观察这一切，甚至还带着戾气和残暴，譬如在另一首诗歌《在海边》中，我"躺在那里，如同一条慵懒的阿米巴虫"；在诗歌《镜子前》中，"我"陷入了迷途之中，然而这时候并没有但丁《神曲》中的"豹子"，也没有维吉尔为他指引道路。霍达谢维奇仿佛拥有了一种超能力，他可以听见、看见、预见到日常存在幽深曲折的细节，捕捉到异度空间中的悲剧性秘密。譬如在《音乐》一诗中，有些声音似乎只有诗人才能真正听到，诗人是作为一个"先知"而出现的，只是这里的"先知"只有预言的功能，对现存状况束手无策。"白银时代"的一个重要特征就是相信魔力，相信改变世界是可能的；而 20 世纪 20 年代后期，无论是在苏联，还是在移民地，文学的这种力量已经被人普遍否定，霍达谢维奇像醉酒之后醒来的人一样，在一阵炫目中感受到清醒后的残酷现实。一切越来越没有可能得到复兴，理想被挤压，所剩的空

---

[1]　Берберова Н. *Курсив мой*. Нью-Йорк: Russica Publishers, 1983. T. 1. C. 264–265.

间越来越小。诗人始终将理想的真实世界作为现实世界的一种参考来描写，并且可见世界始终是低下的，是对真实世界充满荒诞色彩的模仿。

> 就在这一片狼藉的水里
> 你的第四天到来！……
> 哦上帝，这不是件轻松的工作，
> 终生用幻想重建你的世界，
> 它闪烁星星的光荣
> 它焕发着最初的美丽。

节选的这首《星星》是该诗集最后一首诗歌，再现大自然奇异而和谐的美感成了霍达谢维奇无法完成的任务，星星"在舞蹈，在颠簸"，光明与黑暗都失去了既定意义，在一切的无序和重建的徒劳中，霍达谢维奇陷入了自我认同和世界观的混乱。他虽然在诗歌中感叹"怎么可以在这样的悲伤中生活"，然而这样的悲伤却一再蔓延，在晚期写作的几首诗歌中，无论是《可怜的韵脚》《面向院子的窗户》《穿过阴郁的冬日……》，还是《An Mariechen》《地下》，都描画了他自己无法抵达的另一种存在。他观察得越仔细，就对周遭世界的真相理解得越深刻，悲痛和蔑视的程度也就越深。

> 他在一杯啤酒旁边注视着
> 姑娘们怎样跳起狐步舞，——
> 他的身体突然一下子软下来，
> 仿佛心灵在体内骤然停止。

> 想什么呢？他忘了。无法弄清。
> 怎么可以在这样的悲伤中生活！
> 他跳起来！闪过，闪过，
> 在风中，朝海岸上跑去！

他宽大的皮夹克摇晃着，

克制住呻吟声，

他将手臂弯向后背

在漆黑的欧洲的夜色里。

一个有意思的现象是，"欧洲"的形象在俄罗斯文学家那里，一向被赋予理性和自由的标签，尤其是经历过"白银时代"文学"童话般的狂欢"以及"苏联政权最初几年的疯狂"。相比之下，"欧洲"在知识分子心中所具有的对立意味就更加明显。而霍达谢维奇笔下的欧洲却完全是另一幅面孔，这不能不令批评家们失望，无论是左翼还是右翼阵营的侨民批评家都纷纷抱怨《欧洲之夜》"过于令人窒息"[1]。回顾别尔别洛娃回忆录中提到的诗人本人的状态，"欧洲"之所以会给霍达谢维奇带来这样的印象，或许与诗人本人精神上的危机，以及他和其他侨民由于流亡生活产生的心理创伤有关。然而，接踵而至的批评对造成这一现象的原因并没有显露出兴趣，霍达谢维奇在文学批评上的论敌、批评家格·阿达莫维奇针对他诗歌中表现出来的消极情绪表现出不屑，他甚至发出警告，认为如果霍达谢维奇不能更改自己的审判，最后只会毁灭，"因为他在与生活做一对一搏斗——如果诗人不及时原谅世界——出路只有一个"[2]。

通过阅读霍达谢维奇在不同时代的诗集，可以发现还有一个考察霍达谢维奇世界观流变的参照物，那就是他多次在创作中提到的一个古希腊神话人物——俄尔甫斯。这也是巴黎俄侨年轻诗人鲍里斯·波普拉夫斯基在创作中经常涉及的一个形象。这位古希腊的著名歌手具有非凡的音乐才能，他能上天入地，将彼岸生活和此岸的现实联系在一起。正是这个意象引起了霍达谢维奇的兴趣。在 1909 年前后，他便以《俄尔甫斯的归来》为题写作诗歌，将"俄尔甫斯"作为自己追求的一种理想。

哦，怜悯一下不幸的俄尔甫斯吧！

[1] Коростелев, О. "Под европейской ночью черной..." : Ходасевич в эмиграции / О. А. Коростелев // От АдамовичадоЦветаевой:Литература,критика,печатьРусскогозарубежья.СПб.:Издательствоим. Н. И. Новикова, 2013. С. 169.

[2] Адамович Г. Литературные беседы.//Звено. 1928. № 1. С. 7.

他在你们的岸边唱歌多么痛苦！

父亲，请看一眼这里，看这边，看你的儿子

正无力地握紧竖琴的弯弓！

对俄尔甫斯的同情和悲悯，从另一个角度看便是对包括自己在内的诗人的同情。俄尔甫斯便是霍达谢维奇自身的象征，他空有美妙的嗓音，歌唱的地点却是在"平庸的岸边"，日复一日毁坏自己的嗓音。在这一阶段，可以读到霍达谢维奇与外在世界的不相容，他没办法讴歌一个异己的世界，第三人称的抒情很快便转向了自白式的控诉："我歌唱，用尽最后的力气 / 歌唱生活受着全面的煎熬，/ 没有欧律狄克，我亲爱的女友，/ 而愚蠢的老虎向我献媚。"这一主题在 1912 年收入《幸福的小屋》中的另一首诗歌《在世界上方逝去的世纪……》里再次出现：

在世界上方逝去的世纪，

在影子拖长的嗓音上逝去的世纪

还在从斯特克斯河的芦苇

呼唤我们的竖琴。

而我们听见了呻吟和吱吱声，

走上了通往俄尔甫斯的道路，

而我们的曲调，就像太阳，愉悦着他们日渐变冷的胸膛。

…………

但是痛苦！我们有时候敢于

把一切都倾入竖琴的歌调，

我们折磨着自己的世纪，

以它独特的印记。

现代人踏上了通往俄尔甫斯的道路，然而霍达谢维奇却发出一声叹息，新时代的诗人们与神话中的祖先不同，他们受制于自己时代的语境，被一种现实的忧虑所困扰，无法触及本体论的问题，就像在诗的末尾写的那样，"后代们这些空虚的话语，/ 死去的先辈们无法理解"。霍达谢维奇在这里提到了"诗人的使命感"这一命题，这也是常常困扰他的一个问题，在普希金时代便已经成为思维定式的"诗人—先知"命题被重新思考。在霍达谢维奇眼里，同时代的诗人们包括他自己，都难以担当得起这样的重担。那个诗人与时代紧密结合的时代已经落幕了——从表面上看，霍达谢维奇向往的是古希腊的时代，我们也可以说是普希金所代表的俄罗斯的"黄金时代"。

在后来的两部诗集中，这种"先知者"的地位再次被强化，同时霍达谢维奇对诗人所具有的更新和创造世界的任务增加了许多信心。在《沿着种子的道路》中，积极改造世界被认为是诗人行动的主要内容，同时，霍达谢维奇也在其中灌注了乐观的情怀："怎么能不会热爱这整个世界，/ 你不可思议的礼物？/ 你给予我五种不真实的感觉，/ 你给予我时间和空间…… / 我从一片空无中 / 创造你的海洋、沙漠、群山，/ 创造你太阳的荣光……"霍达谢维奇似乎相信"创造力"是改变一切的力量，他也相信自己拥有这样的能力。在后一部诗集《沉重的竖琴》中，他几乎把这种自信推到了"自大"的地步。在诗歌《音乐》中，诗人具有异于常人的能力，他能聆听到那种"无声的交响曲"。诗人认知世界的方式不是依靠理性，而是凭借他敏锐的直觉、天才的超能力。该诗集的另一首诗歌《谣曲》则更是赋予"俄尔甫斯"以"奇迹创造者"的地位：

> 朝向从容的旋转的舞蹈，
>
> 整个房间在有节奏地行进，
>
> 某个人伸出手穿过风，
>
> 递给我一把沉重的竖琴。
>
> 没有那抹泥灰的天空，
>
> 也没有光亮如十六支蜡烛的天空：
>
> 俄尔甫斯将脚掌，
>
> 立在光滑的黑色悬崖上。

希腊神话中俄尔甫斯的音乐具有的神奇的能力，转变为"诗人 – 创造者"具有的无限潜能。诗人不应当拒绝和逃避被赋予的使命，他应通过创造达到认知世界的目的。根据诗歌与诗人的神话学概念，俄尔甫斯能将原来静态停滞的世界变为动态流动的世界。学者弗拉基米尔·塔帕洛夫指出，只有像俄尔甫斯那样"握着竖琴"的形象才能够成为诗人。"只有在这种情况下诗人的声音获得了对听众的影响力，唤醒他们认知更高的精神现实的必要听觉。"[1] 不过，这首诗除了受到批评家在形象和主题上赞誉，也同时收到一些不和谐的批评，譬如尤里·特尼亚诺夫在一篇文章中，曾批评《谣曲》带有"可怕的棱角，刻意为之的笨拙"[2]。这是一种多度燃烧象征主义的热情造成的瑕疵：霍达谢维奇太渴望以新的理念，穿透外部世界的迷障，以至于有些过犹不及。

　　这种造神的热情到了《欧洲之夜》的阶段便完全熄灭了。让读者感到困惑的是，侨居的霍达谢维奇本应像俄尔甫斯一样，在现实的羁绊下发出更加多情、更加深刻的声音，然而在这部诗集里，我们却寻找不到任何俄尔甫斯的身影。在诗人先前的大部分诗作中，无论这个世界多么不和谐，总会闪现出彼岸世界的一点微光，而《欧洲之夜》中所有诗歌的基调昏暗阴沉，所有的场景都在不可逆转地走向堕落，仿佛霍达谢维奇本人也难以拯救这失控的局面。他作为俄尔甫斯的世俗化代表具有的非凡能力完全丧失，诗歌中不再出现《斯坦斯》中的那种诗句："我看到许多，了解许多，/ 我的头上满是白发，/ 我关注着星星的路径，/ 我听得到草叶的生长。"经历过社会和个人重大变动的霍达谢维奇，无力从诗歌中寻找到精神的寄托。从早期的诗集《青春》《幸福的小屋》，到《沿着种子的道路》《沉重的竖琴》，直到最后的《欧洲之夜》，霍达谢维奇从一开始的惆怅不安，到逐渐接受这个世界并充满创造和改变的力量，再到最后重新变得惆怅不安，在认知上经历了螺旋上升的过程——最后一个阶段的状态和最初的阶段相比，是"清醒"后的惆怅，更确切地说是认清无路可走之后的绝望心情。

　　一个能够体现他对写诗感到灰心的证据是，除了《欧洲之夜》，20 世纪 20 年

[1] Топоров В. Н. *Об «энтропическом» пространстве поэзии (поэт и текст в их единстве)* / В. Н. Топоров. // От мифа к литературе: сб. в честь 75-летия Е.Н. Мелетинского.–М: РГТУ, 1993.–С. 93–111.

[2] Тынянов Ю. Н. *Поэтика. История литературы. Кино.* - М., 1977.– С. 173.

代后期到 30 年代的霍达谢维奇几乎完全放弃了写诗。一方面，这与整个俄罗斯文学进程中诗歌创作的普遍萧条有关系，譬如奥西普·曼德尔施塔姆、安娜·阿赫玛托娃等都在这一阶段出现了"休耕期"，即使是他在巴黎侨民文学界的对头格·阿达莫维奇也同样很少发表诗作；另一方面，停止写诗也是霍达谢维奇面对内心精神的危机做出的回应，他或许的确像上面讨论的那样，等不到"俄尔甫斯"的来访了。1934 年，霍达谢维奇在《复兴报》上发表《诗歌的危机》一文，全面描述了诗歌发展遇到的困难时期："俄罗斯诗歌写作的节律和语音潜力似乎已经枯竭——也就是说，这些潜力已经习以为常，丧失了情感力量，而艺术的感染力总是与新意和出其不意相辅相成。所有的韵律、诗节手段都已经被用尽——甚至包括那些在某些程度上与俄语和俄罗斯文学精神强行共存的手段"[1]。在文章的结尾，霍达谢维奇也提出了一些殷切的希望，然而他自己却没有起到良好的示范作用。从 20 世纪后期开始，他转而开始创作散文体作品，如长篇小说《杰尔查文》（1931）、中篇小说《瓦西里·特拉夫尼科夫的一生》（1937）以及学术专著《论普希金》（1937）、回忆录《大墓地》（1937）等。他的散文作品因为追求历史材料的真实性，几乎无一例外都受到同行们的赞誉，同行们认为他对于捍卫俄罗斯文学的传记体裁作品功不可没。甚至有人认为长篇小说《杰尔查文》是霍达谢维奇最重要的代表作品。霍达谢维奇的创作热情转移到发挥空间更大的长篇叙事中，他关注的那些命题，诸如生与死、对时代的超越、诗人的使命等等，通过另一种文体呈现出来。

　　霍达谢维奇的诗歌创作道路尽管有其个人的独特性，但在格律、主题、语言风格上自始至终没有摆脱 19 世纪俄罗斯经典文学的轴心——以普希金、巴拉丁斯基、丘特切夫、维亚泽姆斯基为代表的"黄金时代"诗歌传统。霍达谢维奇传承了他们的精确性、文字上的透明，继承了他们对词语的珍爱、对格律的严格遵守，以及他们诗歌中饱满的思想。针对霍达谢维奇的诗歌与古典文学的关系的批评，一直呈现出两极分化的态势，作为否定和"凶残"一面的代表，文学批评家斯维亚托波尔克 - 米尔斯基曾经称他是"一个从地下室里钻出来的小巴拉丁斯基，一个为不爱诗

---

[1] 弗·霍达谢维奇：《诗歌的危机》，载《摇晃的三脚架》，隋然、赵华译，东方出版社，2000，第 289 页。

的人们所喜爱的诗人"[1]。这显然是对霍达谢维奇和巴拉丁斯基表现出的双重不屑的态度。我们不该忘记，即便是完全地模仿巴拉丁斯基，霍达谢维奇的诗歌也自有其动人之处，譬如在浪漫的抒情里时时不忘智性的思考。另一位重要的批评家斯特鲁威就不认同这种观点，他认为无论是从思想逻辑的丰富性上，还是从包括手法、技巧等在内的诗学评价上，霍达谢维奇都值得独辟一章来专门介绍。他还指出霍达谢维奇创作的两个最主要主题：抒情主人公"灵与肉的分离"以及"死亡"。[2] 应该说，霍达谢维奇诗歌中的"分裂程度"，在普希金时代是无法想象的。霍达谢维奇对古典文学的"模仿"，更多的是表面上的形式上的相似，古典文学为他提供了灵感和养料，而他从普希金、巴拉丁斯基的诗歌中攫取了其中感染他自身的东西，从那里他已经攀爬到了更高的位置。

我们之所以在结尾重提这一文学轴心对霍达谢维奇建立自身诗学的重要性，是为了重申霍达谢维奇在整个俄罗斯侨民文学界的身份和地位：作为老一代诗人的代表，他脱胎于何处。不像来自彼得堡的那一批诗人和"白银时代"那样关系紧密，尽管早期的创作与象征主义有密不可分的联系，但在他的文学观念发展的所有阶段，直接继承的是更为远古的源头。当然，这样一个坚定捍卫俄语诗歌格律和语言纯洁性的诗人，对于法国文学是无法做到欣然接受的。他排斥盛行于法国的现代文学流派，对侨民年轻诗人流于无病呻吟的相互模仿深恶痛绝，认为这"反映了在侨民作家的核心中文学青年没有为自己找到祖国"[3]。我们再看组诗《欧洲之夜》，可以说，当时的霍达谢维奇处在"诗歌还能够存在的最后分界线"上，用尽力气说出"一个诗人最后的话"[4]。这是一个古典诗人在异国最后的挣扎。从大的角度来说，他在为俄罗斯古典文学做最后的哀悼，哀叹整个时代的逝去；从他个人的角度来说，他也是在表达自己主观上的不舒适感、流亡情绪，以并不算客观的态度，分享属于他个人的"流亡经验"。

[1] Святополк-Мирский Д. Кн. «Современные записки» (I– XXVI. Париж 1920—1925 гг.). «Воля России» (1922, 1925, 1926 гг. № I–II. Прага) // Версты. 1926. № 1. С. 206–210.

[2] Струве Г. Тихий ад. О поэзии Ходасевича // За Свободу! 1928. № 59 (2391), 11 марта. С. 6.

[3] 弗·霍达谢维奇：《流放文学》，载《摇晃的三脚架》，隋然、赵华译，东方出版社，2000，第 271 页。

[4] Владислав Ходасевич.// Русская литература 20-х - 30-х годов. Портреты поэтов. Том 1. Сост. и отв. ред. Гачева А., Семенова С. М.: ИМЛИ РАН. 2008. С. 487.

# 第二节 格·伊万诺夫及其存在主义诗歌

俄罗斯是幸福。俄罗斯是光明。
可是也许，根本就没有俄罗斯。

涅瓦河上的落日没有燃尽，
普希金没有在雪地上死去，

既没有彼得堡，也没有克里姆林宫，
有的只是雪，雪，田野，田野……

雪，雪，雪……而夜却漫长，
雪永远不会融化。

雪，雪，雪……而夜却黑暗，
它永远不会终结。

俄罗斯是寂静。俄罗斯是灰尘。
也或许，俄罗斯只是一种恐惧。

绳索。子弹。结冰的黑暗。
以及那使人发疯的音乐。

绳索。子弹。受苦役的黎明
悬挂在那片在尘世尚未被命名的土地上。

这首诗最先发表在 1931 年巴黎的杂志《当代记事》上，当时距离格奥尔吉·伊万诺夫登上那艘名为"卡尔波"的轮船离开俄罗斯，已经过去了 9 年。对于俄罗斯的记忆，在他的内心幻化成真假难辨的幻影，他喜欢使用否定的修辞来传达内心复杂的印象。这就像他在 1928 年出版的回忆性质的随笔《彼得堡的冬天》，以"百分之七十五的虚构"构建一个赫列勃尼科夫、戈罗杰茨基、曼德尔施塔姆、索洛古勃等人生活的彼得堡，对于移民前生活的祖国俄罗斯，伊万诺夫的态度是极其复杂的。他大概没有想到，从 1922 年离开到 1958 年在医院去世后葬在法国耶尔的公共墓地期间，他再也没有机会回到俄罗斯，"不存在的"俄罗斯，是他永远也回不去的地方。即使在他死前的最后几天写下的诗歌《永恒幸福的春天的欢欣……》，也依然是关于俄罗斯的。

格·伊万诺夫于 1894 年出生于旧俄科文省杰利舍夫县的贵族家庭，父亲是一名退伍军官，母亲的祖上是荷兰人，她在音乐和美术上的品位对年幼的格·伊万诺夫影响很大。13 岁时，格·伊万诺夫转入彼得堡的中学读书，因为身体原因，学业上并不顺利。1910 年，他开始写作诗歌，一开始曾经追求过未来主义的写作风格，并担任过"自我未来主义经理部"的三位经理之一；后来，伊万诺夫结识了阿克梅派诗人库兹明和古米廖夫，并对古米廖夫的诗学观念表现出浓厚的兴趣。他逐渐放弃了过度强调自我观念的夸张式写作，在追求诗歌的艺术性和技巧之外，也开始减弱作品的过度抒情，关注语言的精确和所指内容的真实性，努力在现实和艺术之间寻找平衡点，表现出严谨而节制的诗学风格。

格·伊万诺夫早期出版的诗集《漂向齐特尔岛》（1912）、《正房》（1914）、《帚石南》（1916）以及《花园》（1921），均带有典型的阿克梅派诗歌特征。有的时候我们甚至可以说，他早期的诗歌有过度"阿克梅化"的痕迹。譬如，格·伊万诺夫经常在早期的诗歌中描写版画、风景，大量罗列譬如祖传的地毯、旧的咖啡壶、糖罐、碟子、器皿上精细的雕像等等，这种精雕细琢的意象组合给人以目不暇接的观感，仿佛每个被罗列的名词都携带着丰富的信息，给读者带来震撼；但与此同时，这种写作手法又给人堆叠滥用名词的印象，不客气地讲，年轻时的格·伊万诺夫有些类似于中国青年作家郭敬明，为了凸显贵族气息而刻意使用过多的符号，看似精致绝伦，其中的思想却很贫乏。

相比于其他的阿克梅派诗人，格·伊万诺夫虽然按照阿克梅派的方式接受了生活的"所有表现形式"，他"却不想像勃洛克、勃留索夫、别雷，以及阿克梅派的阿赫玛托娃那样，从俄罗斯现实的习俗和细节背后，看到祖国的生活中巨大的社会和精神上的进展"[1]。在他的诗歌中，我们读不到太多对社会时局的隐喻、对政治势力的评判，甚至连俄罗斯社会的日常生活也很少见到。这种远离外在社会背景的态度，曾经受到勃洛克的负面评价。1919 年，在一篇对格·伊万诺夫诗歌的评论文章中，他认为伊万诺夫诗歌中缺乏一个真正的抒情诗人的灵魂："令人恐怖的诗歌没有谈到任何东西，这些诗歌不欠缺任何东西，无论是才气，还是智慧，抑或品位，与此同时——这些诗歌又仿佛不存在，它们欠缺所有的成分，对于这一点没有任何可以补救的办法"[2]。学者尤·奥弗洛西莫夫也曾尖锐地指出："格奥尔吉·伊万诺夫属于那种外部形式优于内容的诗人。音乐效果、节奏与音符，而在这一切的后面空无一物、空无一物……"[3]伊万诺夫这种对现实生活的疏离态度在他晚年的诗歌创作中也还是能够清晰地辨认出来。他似乎并没有生活在动荡不安的社会风暴之中，满眼看到的都是可以被称之为永恒的自然景象，或者像下面这首诗歌一样，对遥远的、古老的异域传说的回忆。

你在哪里，塞利姆？你的扎伊拉，

哈菲斯的诗歌，鲁特琴和月亮在哪里！

正午的世界残酷的阳光，

只给心灵留下一串名字。


我的歌谣被忧虑灼烧，

不知道哪里是它忧伤的尽头，

塞利姆坟墓上方的风

在哪里吹落东方玫瑰的花瓣。


叶·亚库诺娃在学位论文《格奥尔吉·伊万诺夫早期抒情诗的独特艺术世界》

---

[1] Соколов А. Г. *Судьбы русской литературной эмиграции 1920-х годов.* Издательство Московского университета, 1991. С. 74.

[2] Блок А. *Собр. соч.: В 8 т. Государственное издательство художественной литературы,* 1962. Т. 6. С. 337.

[3] Офросимов Ю. Рецензия на "Сады". *Новая русская книга*. 1922, № 2, c. 21.

中总结出格·伊万诺夫的一个创作习惯：他通常会把能够代表整本诗集精神主题的诗歌作为全书第一首[1]。参照这个观点，我们可以捕捉到很多有趣的信息——上面这首诗集《花园》的开篇诗歌不仅是整本"书"（这里需要强调一下，格·伊万诺夫编纂诗集时并不是依照一般的做法，将诗歌按照年代或分主题收录，而是整部诗集都围绕着同一个主题，正如后来出版的《玫瑰》一样，俄文将这种诗集称作"诗书"）的"题眼"所在，而且显露出诗人整个创作阶段都比较典型的几个特征，譬如他诗歌的"引文"特征：在他的诗歌中总是会出现一些读者们耳熟能详的人物姓名（阿格诺索夫在《俄罗斯侨民文学史》上列举了几种类型的姓名：古希腊神话人物、具有异域情调的姓名以及《圣经》中的人物[2]），直接引用或者化用普希金、莱蒙托夫、勃洛克、曼德尔施塔姆等诗人的句子等。在这首诗中，格·伊万诺夫借用有关塞利姆的传说，揭露了"死亡"的主题。作为"死亡"的象征，在伊万诺夫诗歌中有很多意象，具体到诗集《花园》中，主要体现在"花瓣凋落""泥土"，以及"落日"等意象上。T.索科洛娃曾经考察伊万诺夫早期抒情诗中对于"光"（月光、星辰、落日）的描写，其中提到了诗集《花园》中的"落日"。她认为，"在诗集《花园》中，落日最常见的语义是'死亡'。太阳落山的地平线是生与死两个疆域的分界线。落日的象征生成了世俗存在短暂性的印象，这一象征与一切存在的灭亡相联系"[3]。与"落日"相关的是紧张不安的情绪，如"昏暗弥散开来。只有落日云霞的不安 / 染红了大地的边界""落日在树林之上。成群的牛羊穿过 / 一层轻盈的雾气…… / 亲爱的朋友，我什么都不需要， / 我漫步到这里，要在此休息"等等。

上述诗歌中还有一个意象与伊万诺夫随后的创作有关——"玫瑰"。1931 年，已经侨居巴黎的格·伊万诺夫从先前发表的诗歌作品中选出主题最接近的一批，以《玫瑰》的名字出版。早在诗集出版之前，梅列日科夫斯基就凭借刊登在报纸杂志上的若干首格·伊万诺夫的诗歌，称赞他是真正的诗人，认为相比霍达谢维奇，他更加真实。梅列日科夫斯基还在《复兴报》上称他为"侨民中的勃洛克，俄罗斯诗

---

[1] Якунова Екатерина Алексеевна. *Своеобразие художественного мираранней лирики Георгия Иванова: Дис канд. филол. наук*: Череповец, 2004. 161с.

[2] 弗·阿格诺索夫：《俄罗斯侨民文学史》，刘文飞、陈方译，人民文学出版社，2003，第 322 页。

[3] Соколова Т. Символика света в ранней лирике Георгия Иванова. *Известия Российского государственного университета им. Герцена*. 2016, №119. С. 240.

歌的阿里翁"[1]。《玫瑰》的出版，使这些赞誉在侨民中间获得了立足的依据，年轻一代的诗人也纷纷将伊万诺夫视作侨民诗歌界的领袖，一致认定无论是霍达谢维奇，还是吉皮乌斯，没有人的作品能与《玫瑰》相比。诗集中的诗歌都标注着 1930 年，但这些诗歌并不像"波尔金诺之秋"那样，在很短的时间内完成。事实上，格·伊万诺夫写作它们的时间是 1922—1930 年。不同于一般作品的参差布局，收入诗集的诗歌无一不短小精悍，最长的不过 20 行，诗歌意象十分统一，美学上极其简洁，很少见到艺术手法的运用，看不到晦涩玄妙的隐喻，每首都是一个微型场景，内容简洁明了，语言通透却富含深意。

> 这只是蓝色的烟，
> 这只是梦中之梦，
> 荒凉花园上悬挂的星星，
> 你窗户上的玫瑰。
>
> 这便是这个世上所谓的
> 春天，
> 寂静，在清凉的深邃之上
> 清凉的光。
>
> 黑色船桨滑动的幅度更宽，
> 天蓝的暮色更为洁净……
> 这便是这个世上所谓的
> 命运。

前面已经提到，格·伊万诺夫擅长构筑十分精致的画面或场景，这些景象看似与我们肉眼可见的画面无异，事实上却并不是由"人"栖身其间的环境。伊万诺夫的诗歌内容是形而上的，他的兴趣超脱于世俗生活。他倾向于在与大自然的某种神

---

[1] Крейд В. *Георгий Иванов*. Молодая гвардия 2007. C. 253.

秘的内在对话中实现精神的上升，探索人的生存意义。这首诗的观察视角从荒凉花园的场景过渡到"命运"，似乎突兀，又似乎存在着玄而又玄的隐秘联系。自然景观是美丽动人的，无论是烟雾笼罩的夜色，还是天上的星星和窗前的玫瑰。但格·伊万诺夫会使用充满悲观主义的内在律动将所有意象串联起来，这也是整部《玫瑰》的一贯基调。他曾经解释过自己为什么使用"悲观主义"作为自己诗歌的"主旋律"：处于流亡中的诗人"必须从一种'可怕的高度'凝望这个世界，就像灵魂打量死人"[1]。"可怕的高度"来自曼德尔施塔姆 1918 年的一首诗歌。格·伊万诺夫继承了俄罗斯诗歌那种悲观的、对灵魂和存在之最高意义的热爱，这是来自莱蒙托夫的传统。在许多首诗歌中，格·伊万诺夫曾化用他的诗句，赋予其个人的理解方式。就像尤里·伊瓦斯科赞叹的那样，莱蒙托夫对格·伊万诺夫的价值评判形成有重要意义："格·伊万诺夫写下的有关莱蒙托夫的文字是那样出色，甚至连莱蒙托夫本人也写不出来！对他来说，诗歌中保留下来的唯一现实的东西是莱蒙托夫的旋律和勃洛克的乐章"[2]。

格·伊万诺夫的悲观主义情绪在诗集《玫瑰》中表现得十分充分。与此同时，我们可以发现，从这部诗集开始，格·伊万诺夫开启了他诗歌中持久的"冲撞"[3]。"我"与"世界"（以及与"世界"对等的"生活""死亡""大自然""命运"等范畴）之间的对立存在一直是伊万诺夫写作的重点，这表现在两者相遇时的"对话"上。在前面的几部诗集中，虽然也可以看到一些对话性，但那种对话基本上是隐匿的，而在《玫瑰》中，"我"被一再强调，从而凸显出来，成为诗歌对话性最有力度的一方。如果说《帚石南》《花园》等诗集中的抒情主人公还满足于隐匿个人的身份，抒发抚今悼昔的感伤，那么在《玫瑰》中，"我"的地位则被极大地拔高，"我"存在于世界的无序性与永恒爱情之间，存在于俗世和超越现实的情境之间，对尘世生活充满悖论性的热爱，使抒情主人公时常陷于一种无法摆脱的对死亡的渴望之中。

在这种情况下，"自杀"主题成为解决所有不安、无助情绪的直接出路；并且，

[1] Там же. С. 258.

[2] Иваск Ю. Поэзия "старой эмиграции" // *Полторацкий. Русская литература в эмиграции. Сб. статей.* Питсбург, 1972. С. 53

[3] Заманская В. В. *Экзистенциальная традиция в русской литературе XX века.* Флинта, Наука. 2002. С. 255.

这种死亡不是残忍的、冰冷的，相反，与那些千篇一律的、使人昏昏欲睡的星星、玫瑰、海边的风、漆黑的椴树（这里可以看出格·伊万诺夫试图忽略世俗世界的努力）相比，死亡似乎充满了诱惑，它在黑暗的远处向抒情主人公伸出手来，发出朦胧的召唤：

> 淡蓝色的云
>
> （太阳穴的凉意）
>
> 淡蓝色的云
>
> 仍旧是云……
>
> 衰老的苹果树
>
> （或许，再等一等？）
>
> 忠厚的苹果树
>
> 又一次开花。
>
> 仍旧是某种俄罗斯的——
>
> （笑一笑，握紧它吧！）
>
> 这狭长的云，
>
> 仿佛一条载着孩子的船。
>
> 尤其是蓝色的
>
> （伴随着钟表的第一次斗争……）
>
> 无边无际森林的
>
> 令人绝望的线条。

围绕着主人公，单调乏味的环境与括号内自杀前的意识流动形成了反差。格·伊万诺夫一连使用了好几个表明厌倦心理的词语："仍旧""又一次""无边无际"，这是抒情主人公走向绝望情绪的直接导火索。斯特鲁威指出，处于流亡状态的伊万诺夫创作的《玫瑰》，"充满了某种刺骨的优美，某种令人忧虑的音乐"[1]。抒情主人公"我"处在一个无意义的、充满宿命意味的世界里，而这世界既令人悲伤，又保持

---

[1]　Струве Г. *Русская литература в изгнании*. Нью-Йорк:Издательство им. Чехова, 1956. С. 215–216.

着它的美好动人之处。需要注意的是，与彼得堡时期创作的诗歌相比，侨居之后的格·伊万诺夫反转了自己的主人公角色：以前那个戴着面具的、从游戏中获得满足的"我"变成了追求真实的"我"，擅长观察与反思，"我"与"世界"隔开了，仿佛站在镜子面前，"我"在一些瞬间突然看到自己。

> 你合上眼睛一会儿
>
> 和清凉一起吸进
>
> 一阵遥远的歌声，
>
> 一个模糊的颤抖。
>
> 没有了俄罗斯，也没有世界。
>
> 没有了爱，也没有屈辱——
>
> 沿着太空蓝色的国度
>
> 自由自在的心在飞翔。

阿克梅派通常在诗中使图像具体化，传达物的造型和体态，而在这里完全看不到这些。仿佛是一个瞬间的"顿悟"，"我"摆脱束缚，通过飞翔获得了自由。"俄罗斯""世界""爱""屈辱"，这些人为界定的概念在一个瞬间全都低于"我"，"我"因为感受到了自己的存在而同时获得了自由。在批评家罗曼·古尔看来，伊万诺夫是俄罗斯，甚至是世界上最早表现出"存在主义"意识的人[1]。他通过对立人和他生活于其中的世界，宣告"人生而自由"（尽管这句话在几十年后出自法国哲学家萨特之口）。世界是虚无的，是各种偶然性的叠加，人有选择与世界疏离的自由（"合上眼睛一会儿"），也有自我毁灭的自由（上一首诗歌中的"自杀"主题）。从这个意义上说，尽管乍看起来伊万诺夫构筑的世界充满了悲哀和不安，却是清醒的不安，是实现超脱之后的"人"的真实认知，因此也是难能可贵的，具有其肯定性的意义。

在探讨伊万诺夫及其同时代诗人作品中表现出"存在主义"意识的原因时，斯维特兰娜·谢苗诺娃将其归结为他们所处的流亡状态。那些大部分时间都漂泊在国

---

[1] Гуль Р. Георгий Иванов. // *Новый журнал*. 1955. № 42. C. 110–120.

外的诗人最有可能面临身份认同的问题，因此，其存在主义的意识表达得也最为尖锐和充分。伊万诺夫及其同时代人体验到的这种自我剥离的感受，来自"时代的悲剧性，世界观上的摇摆，最主要的是那种被抛弃到社会上的空虚、孤独与绝望的感觉"。"他们被驱赶到经典的存在主义的场景中——被遗弃，这儿是地地道道的被遗弃状态，被遗弃到别人的、'荒诞的'世界，一切与自己无关、孤独。"[1]

> ……怎么办呢？返回彼得堡？
>
> 陷入爱恋？还是炸掉歌剧院？
>
> 又或只是——躺在冰冷的床上，
>
> 闭上眼睛，永远不再醒来……

　　对比伊万诺夫的诗集《花园》中的"死亡"主题，后期的作品中这一主题得到了深化，作为"存在主义"意识的先决条件而存在。在濒死的时刻，或者是"死后"，人将能够告别束缚，意识到"我存在"。这种"临界"状态使人失去了所有的支撑，思想意识也得到最大限度的解放。对于获得存在主义意识的那个状态，格·伊万诺夫将它称之为"闪光"（сияние），这种"闪光"类似于我们中文中所说的"灵光乍现""顿悟"，是伊万诺夫努力追求的境界。为了得到它，他不惜与"死亡"直面相对，因为死亡是存在的终极形式。建立在"死亡"上的对于"我存在"的体认，是最彻底、最稳固的。另外，诗集的名称"玫瑰"本身便包含了"死亡"的含义，与"白色的雪"相对应的"红色的玫瑰"，色彩的强烈反差恰如生与死。

> 这已经不是浪漫主义。
>
> 那是怎样的苏格兰！看：一颗
>
> 硕大的星星在黑色的椴树间燃烧
>
> 在讲述着死亡。

---

[1] Семенова С. Два полюса русского экзистенциального сознания. Проза Георгия Иванова и Владимира Набокова-Сирина. *Новый мир*. 1999. № 9. C. 183.

除了对自我的"存在"之感知，在对世界虚无本质的认识上，格·伊万诺夫也同样比自己同时代的诗人走得更远。从他侨民阶段发表的一系列诗歌中可以看到，世界的构成是荒诞的，充满了敌意，人生活在一个逻辑上混乱不堪的空间里，一切宏大意义都最终被证明是虚无的、没有意义的。揭露世界的荒诞存在需要清醒的头脑和睿智的语言，这些伊万诺夫都具备，并且，他还擅长使用一针见血的讽刺。

> 血白白地流淌，
> 还有悲伤，还有信念全都是徒劳——
>
> 我的天使，我的爱，
> 不管怎样生活还很美好。
>
> 树林轻松地发出喧嚣，
> 海鸥们在我们的头顶旋转，
>
> 庞大的海上落日
> 投下歪歪斜斜的火苗……

阅读了第一段诗歌，再去看第二段，会感受到一种无力反驳的讽刺：无论是浪漫主义的热血，还是带有感伤意味的悲伤，以及乐观主义的信念，全都被证明是徒劳的。在这种状况下，人怎么可能发现生活的美好呢？现象世界中的景象总有一些暗示，让我们窥见世界的本质，落实到这首诗歌里就是海上落日所抛出的歪斜的火焰，并不优美的落日让我们想起另一首诗歌："当然，还有一些消遣：/ 对贫穷的恐惧，对折磨的热爱，/ 艺术那甜蜜的水果糖，/ 以及最终的自杀。"诗句中的悖谬意味降低了"艺术"的层次，最终再次出现的"自杀"又一次成为"消遣"的终极阶段，这里可以看出抒情主人公的玩世不恭，也印证了世界虚无的本质。面对这种虚无，面对不可避免的死亡，诗人认为我们所能做的便是"活着"，要一直活下去，直到命运最后的审判来临：

向右一步，向左两步。又是墙壁。

透过畜圈的小窗

白色的月亮正在打量。


…………


前方是刽子手与断头台，

永恒正靠近，面对面站着！

微笑一下吧。大手一挥

斧头落下。


　　选择在刀斧之下继续活着，保持微笑，直到生命的最后一刻——这是对无妄之灾的一种策略性应对，从某种意义上来说也是个人掌握主动性的体现："我"原本可以选择自杀，但我最后选择了活着，直到生命的最后一刻。这也是存在主义的题中之义。我们无法根据这样的诗句来判断格·伊万诺夫本人的生存意志是否已经受到了侨民生活的严重影响，但是他自为地选择"活着"，必然与整个侨民知识分子界的生命遭际有密切的联系。学者瓦·扎曼斯卡娅认为，一个很有意思的现象是，在《玫瑰》这部诗集中首次出现了"命运"，这一现象不能说没有悖谬的色彩。"不同于大多数存在主义传统的艺术家，格·伊万诺夫的抒情诗没有摆脱神秘主义的调子，尽管他们不是十分明显和有力：在这种背景下，诗集《玫瑰》中命运的形象尤其令人惊讶的是，这其中充满了非神秘性。在诗人看来，这是与全世界的庄重有勾连的明亮瞬间，是飞翔、轻盈、光明的瞬间。"[1] 在伊万诺夫那里，"命运"的概念具体指什么，这是值得玩味的。它是一种对既定存在的"飞翔"和"超脱"，它并不以延绵的时间作为载体，而是一个非常短暂的瞬间，在这一个瞬间里凝聚着幸福与不幸、生与死、现在与永恒。


　　只有寂静，

---

[1] Заманская В. В. *Экзистенциальная традиция в русской литературе XX века.* Флинта, Наука. 2002. С .258.

只有蓝色的冰，

水砣永远也

到不了最底部。

最锐利的眼睛

也望不到底，

最敏锐的耳朵

也听不见时间——

命运在那里飞翔，

寂静，春天，

两者中的一个，

你我中的一个。

（《在你的房间里……》，1930）

　　"命运飞翔"的那个瞬间，又一次使我们想到了上文所提到的"闪光"，这是与自我存在意识迸发紧密联系的瞬间，抒情主人公在一个特定的场合里窥见了"真理"。在后期的诗歌中，格·伊万诺夫依然无数次地返回到这种顿悟的瞬间，譬如他在 1943—1958 年间的一首诗歌《花园在白雪的闪光中伫立》中写道："让我和你来谈一谈最重要的一件事，/ 最恐怖的一件事，最温柔的一件事，/ 和你谈一件不可避免的事：/ 你无知无觉地看着生命流逝，/ 你毫无意义地幻想与忧伤。"人明知会死却沉浸于短暂的生命，抒情主人公着迷于自己领悟到结局却又无动于衷的那个状态，把握住这个状态对他来说，也就把握住了存在的自由。他在 1930 年写作的一首诗歌《很好，没有了沙皇》可以为这种状态的合理性做注解："很好——没有了任何人，/ 很好——没有了任何物，/ 就这样黑暗，这样死气沉沉，/ 不会有更死寂的时刻，/ 不会有更黑暗的时刻，/ 没有任何人能帮助我们，/ 我们也不需要任何帮助。"在伊万诺夫看来，在人的存在状态中，失望与希望的感受联系如此密切，以至于可以互相流通，最大的绝望也便是最大的希望。

　　出版于 1938 年的短篇《原子的裂变》可以看作是格·伊万诺夫存在主义思想的集中体现。评论家帕纳马列夫将这个短篇的实质总结为，它"事实上包含了所有 20 世纪 30 年代文学思考的基本主题，将它们在不可避免的结局——世界末日面前进行验证，事实证明，没有一个主题能够经受得住这种验证"[1]。许多评论家将这个短篇称作"小说"（霍达谢维奇将它称为"小说中的叙事诗"[2]），事实上这篇以散文体和格言式的表述完成的文章，并没有普通小说完整的故事结构，而更像是意识流式的片段式描述，是一个女友猝然离世的年轻人在街上漫步时的所见所想。小说的语言充满了挑衅的意味，叙述者的尖酸与玩世不恭表现得十分明显。在"我"的眼里，外部世界的境况十分卑劣污浊，即便是街头穿裙子的优雅少女，也被"我"看到了本质。佩戴在脖子上的十字架使"我"想到了口袋里用于防身的左轮手枪，而街边的泔水，又令"我"联想到梅毒、死耗子、漂浮的报纸。在主人公看来，第一次世界大战和革命改变了周遭的生活，并且这个世界与战争一样，没有原则性的区别，到处都是争斗和死亡，对生存的恐怖感受并不亚于战争带给人们的迫害。对于"艺术拯救世界"的信条，文中流露出怀疑的态度，"那种托尔斯泰本人比所有人更早地感到的东西，是不可避免的边线、界限，在这界限背后——便不存在任何虚伪的美之慰藉，不存在任何一滴为虚构的命运而流的眼泪"[3]。

至此，格·伊万诺夫已经将"人"剥离出所有可能作为依傍之物的世界之外，黑色幽默的语言外壳之下，是一颗失去上帝、国家、文艺信仰的孤独"原子"，然而这颗孤独的原子并未显现出自暴自弃的心态，这种"孤独"的裂变，其力量是巨大的。伊万诺夫揭露的世界尽管充满了冰冷和残忍，却是对生存之本性最发人深省的表达，这种悲剧性的矛盾表达是他终生无法逃脱的写作方式，也是对他许多诗歌最精确的注解。

除了诗集《玫瑰》，格·伊万诺夫在巴黎期间还在杂志上发表过一些其他的诗歌。1937 年，他整理出国之前的旧作，重新在柏林出版诗集《漂向齐特尔岛》，1950 年在巴黎出版诗集《没有相似点的肖像》，以及后来在他死后出版于美国纽约的诗集《1943—1958》。这些成熟时期的诗歌以更多样的方式呈现了他的存在主义思想，譬如，《没有相似点的肖像》中对"梦境"的大量描写，将流亡生活和彼得堡时期的往事完全杂糅在一起，陷于时间混乱中的抒情主人公一再回到人

---

[1] Пономарев Е. Распад Атома в поэзии русской эмиграции. Георгий Иванов и Владимир Ходасевич. // *Вопросы литературы*. 2002. №4. С. 49.

[2] Там же.

[3] 格·伊万诺夫：《原子的裂变》，汪剑钊译，《世界文学》2015 年第 5 期，第 31 页。

的存在状态的问题上。对于格·伊万诺夫来说，彼得堡以及俄国的生活随着苏联政权的建立，已经成了旧日的梦境（他本人在第二次世界大战时对纳粹德国的态度，也成为后来研究者诟病的一个关键点）。晚年时他与妻子、女诗人伊琳娜·奥多耶夫采娃生活拮据，离开巴黎，搬到法国东南部的耶尔，住在一个专门为临终之人提供的临时居所里，没能等到政权更迭、重返俄罗斯的那一天。政治所带来的被放逐的感受，对于一个拥有存在主义思想的诗人来说，在创作上的影响是显而易见的。下面这首选自诗集《玫瑰》的诗歌，仿佛就是对诗人流亡经验的总结：

> 在 1913 年，我们尚不清楚
> 将来会有什么，会有怎样的命运，
> 举起斟满香槟的酒杯，
> 我们欢快地迎接——新年。
>
> 我们变老了这么多！一年年过去，
> 一年年过去，我们毫无觉察……
> 但是这死亡与自由的空气，
> 玫瑰花，美酒，以及那个冬天的幸福，
> 我相信，谁也不会忘记……
>
> 想必，透过铅灰色的幽暗，
> 死者的眼睛也会如此凝望
> 永远遗失的世界。

## 第三节　来自"白银时代"的阿达莫维奇

在巴黎俄侨文学界，格·阿达莫维奇作为诗人收到的赞誉，远远不及他在文学批评上风光。尤里·伊瓦斯科像所有主流学者那样，在总结阿达莫维奇整个一生的文学贡献时指出，"阿达莫维奇的意义在于，他作为一个领袖，在避免任何表达方式的情况下，还有能力在巴黎的咖啡馆为国外的诗歌营造文学的氛围；并且这种氛围的'精神流质'经过一再的流转，远远超出了巴黎的范围"[1]。

作为文学"领袖"，阿达莫维奇指导青年作者的写作，为侨民文学的发展提供看法，他的言论无论是一针见血，还是像很多学者批评的虚张声势，都是作为批评家而发出的，而他的诗歌写作在这个阶段被遮蔽了。很少有人记得，这位诗人在1916年便凭借其诗集《云》跻身"诗人车间"的领导者行列，凭借诗歌中显露出的对日常生活的敏锐性，成为和古米廖夫、阿赫玛托娃具有同等地位的"阿克梅派"代表。整个俄侨文学界还记得阿达莫维奇是一名诗人，是"白银时代"的继承者，主要还要依靠他那句最著名的诗："我们何时会返回俄罗斯……哦，东方的哈姆雷特，会在何时？/步行，走在被冲毁的路上，迎着一百度的严寒/……"

阿达莫维奇于1892年出生于莫斯科，1903年，他的父亲病逝，全家迁往彼得堡。因此，从文学源流上来说，他属于彼得堡的文学圈，这也是为什么后来在巴黎时他能够与格·伊万诺夫、梅列日科夫斯基等人走得很近的原因。1914年时，他便和彼得堡的文学圈，尤其是与以尼古拉·古米廖夫、安娜·阿赫玛托娃、奥西普·曼德尔施塔姆为代表的"阿克梅派"产生了紧密的联系。在彼得堡时期，阿达莫维奇一共出版了两本诗集：《云》（1916）以及《炼狱》（1922）。在早期的诗歌创作中，阿达莫维奇继承了安年斯基、勃洛克、库兹明、古米廖夫、阿赫玛托娃等人的诗歌风格，但不久他便找到了自己的方向。从诗歌的主题和表现手法来看，阿达莫维奇早期创作的诗歌结合了阿克梅派和象征主义的双重诗学特征，明显显露出对经典作家的借鉴和引用。他欣赏象征主义对世界颠覆性的认识方式，同时又不愿意放弃古米廖夫所倡导的写作手法，在其创作的折中主义表象下，又隐藏着内在的独立性。

我不知道，我忘掉了一切。

你在用晦暗的词语惊扰着什么？

---

[1] Иваск Ю. О послевоенной эмигрантской поэзии // *Новый журнал*. 1950. № 23. С. 196.

我饮用芳醇的饮品，

在日暮之时，松林之中。

我只看到——朋友的面孔

被炽烈的愉悦扭曲

而乌云仿佛睡意蒙眬，

像一枚沉重的戒指朝松林坠落……


不要喊我，不要望着我！

我不爱你，也不认识你，——

我只是回想起火焰的蓝色大海，

就像想起被遗弃的天堂。

（《齐格菲》[1]）


　　读到诗歌的名字《齐格菲》，读者便会明白阿达莫维奇选取的抒情对象来自世界文化的宝库，这也是许多阿克梅派诗人通用的做法。从诗中可以明显感受到安年斯基那种典型的内在抒情性，以及哀婉的感情基调。在安年斯基那里，"忧愁"主要来自旧日与上帝之间的统一、现在无法实现这种统一的痛苦感受。[2] 在阿达莫维奇的诗歌中，"忧愁"的主题很常见。与安年斯基不同，他经常将这种情绪与落日前的沉思相联系，意在描写形而上层面的"落日"。暮色四合的场景最容易使人产生紧张不安的情绪，与日常的琐事分离，仿佛在这种大自然的更替轮回里隐藏着真理，但对于这种真理的把握是艰难的，真理本身是令人痛苦的。维·日尔蒙斯基评价阿达莫维奇的诗集《云》时，对他的创新意识表达了赞赏之情："阿达莫维奇会发展成为独立和独特的新流派代表，如果他沿着深化心灵和艺术的道路走下去，不堕入轻易就赋予现代诗人外在完成性之诱惑的话。"[3] 阿达莫维奇通过汲取经典诗人

---

[1] 齐格菲为德国英雄史诗《尼伯龙根之歌》中的英雄形象，全身沐浴龙血，善战骁勇，唯有肩上一处因盖有菩提叶没有被龙血沐浴，因而成了其致命的弱点。

[2] Коростелев О. *Поэзия Георгия Адамовича:* авторефератдис......кандидата филологических наук: 10.01.01 / Лит. ин-т им. Горького.- Москва, 1995. C. 8.

[3] Жирмунский В. Г. Адамович. Облака. Пг., 1916 // *Биржевые ведомости*. 1916. 14 (27) окт. № 15861. C. 5. (Утренний вып.)

的养料，试图结合象征主义和阿克梅派的不同风格，贯穿象征主义对存在、生命、死亡的思考，并在诗歌中反映曼德尔施塔姆一贯的"对世界文化的忧愁"。

> 哦，我的生活！不需要奔波，
>
> 不需要抱怨，——这一切都是空无。
>
> 安宁降临到世上，——你也在寻找安宁。
>
> 我希望，沉重的雪落下，
>
> 蓝色－透明的苍穹四处绵延，
>
> 这样我才能活着，
>
> 才能感觉到心头结的冰，
>
> 树上挂的寒霜。
>
> （1920）

这首诗来自阿达莫维奇的第二本诗集《炼狱》。写作这些诗歌时，阿达莫维奇已经走向了更加自主的创作观念，这同时也与阿克梅派整体的发展阶段有关，一个充满争议但在写作实践上却真实存在的提法——"新古典主义"出现了。"新古典主义"是为了抵制20世纪初期产生并盛行的未来主义等破坏既定诗歌规范、宣扬诗歌语流非节制性宣泄的现代流派，主张回归经典作家的文学遗产，捍卫诗歌语言的纯洁和规范。与18世纪抵制巴洛克、洛可可风格，号召回归古希腊、古罗马艺术规范的"新古典主义"类似，阿达莫维奇参与其中的"新古典主义"也对诗歌的格律有严格的要求。在这部诗集中，阿达莫维奇扩大了自己的写作视野，更多地采用古典诗歌的形式，而不是阿克梅派经常使用的三音节变异格，增强了诗歌中词语之间对比的力量。譬如，这首诗中"心头结的冰"与"树上挂的寒霜"，有形与无形之间的对比，强化了抒情主人公意识的清醒，以及这种冰冷感受的分量。《炼狱》中的很多诗歌都减少了浪漫主义抒情的分量，意象和主题的实在性都有所加强。关于阿达莫维奇在这一阶段对阿克梅派的背离，斯特鲁威认为，从《炼狱》中可以明显感受到这一点。"确实，阿克梅派中间的某些东西也保存了下来：对'文学性'的崇拜，与其他诗人之间的呼应——这里阿达莫维奇最喜爱的诗人显然是莱蒙托夫和安年斯基……阿达莫维奇作为一个批评家废话连篇，作为一个诗人却十分吝啬，这里显示出他的一个突出优点：他倾向于简洁"[1]。

斯特鲁威的观察，恰好指出了阿达莫维奇文学观点发展的重要方向：摒弃泛滥的抒情和文字游戏，以及对"简洁性"的追求，这和他在巴黎的文学批评、"巴黎音调"的形成是一脉相承的。1923 年，阿达莫维奇侨居德国，随后又来到法国，在巴黎定居，这可以算作他诗学观念走向成熟的一个转折点。事实上，在侨民文学界，阿达莫维奇很少写诗，他经常在《环节》杂志、《最新消息报》《数目》等处发表文学批评、书评、随笔，很快便获得了"侨民第一位批评家"的称号。在他的倡议下，年轻一代的文学家举办文学聚会，发表诗歌，并形成了风格独特的"巴黎音调"写作风潮。

关于"巴黎音调"的具体艺术特色，我们将在下文具体讨论。这里需要强调的是，随着阿达莫维奇文学批评水平的提高，他的诗歌观念和创作方式也在发生改变。他已经意识到"新古典主义"的不足之处，与此同时，巴黎俄侨文学界对法国文学表现出明显的兴趣，有些批评学者对法国文学评价过高，并号召解放古米廖夫给俄罗斯诗歌带来的影响。在这种形势下，阿达莫维奇不断更新自己的诗歌观念，他将前一个阶段领会到的"简洁性"发挥到了极致，越来越少在诗歌中突出叙事色彩，转而将诗歌变成了与自我之间的对话，不断通过类似于呓语、自白性质的语言，向内在深刻的灵魂发力。他的诗歌很少有长诗，不仅结构上精短，在抒情语言的应用上他也尽量简约，就像他在诗歌中写的那样，"通过后退，重复 / 没有色彩，几乎没有词语， / 一种存在，统一的幻影， / 仿佛月亮出自云彩……"。通过一些高度浓缩的意象，为数不多的词语被集中到一个中心点，聚焦在最核心的观点上，正如他评价施泰格尔的那样，他的诗歌也如针尖一样，能够稳稳地刺穿一切。这方面的诗歌，主要表现在他 1939 年出版的诗集《在西方》以及 1967 年在纽约出版的《统一》，这两本诗集代表了阿达莫维奇写作的成熟阶段，也是他自我风格展现最充分的作品。

　　我什么也没忘记，

---

[1] Струве Г. *Русская литература в изгнании.* Нью-Йорк: Издательство им. Чехова, 1956. С. 214

什么也没背叛……

未被建造的建造之阴影

我把它珍藏，如同遗产。

预言性的噪音被再次听到，

仿佛扎在心上的尖针，

半个目光，半句话

从敌人中认出了朋友，

仿佛是在那里，远方的烟雾中，

四十，三十，——多少——年？

依旧是那虚弱的，冬日的

紫色夕阳在绵延，

像往日一样，带着往日的力气，

依旧是在那喧响的寂静中

一个迷人的幻影显现在搪瓷的墙上。

与《云》和《炼狱》中的诗句相比，这里抒情主人公的感情已经像风干的泪痕，我们可以凭借其痕迹去猜想内在的情感张力，却看不到过于狂热的宣泄。"半个目光，半句话"，这种表达十分节制，又十分准确。阿达莫维奇在与霍达谢维奇论战（见第三章第二节）时所强调的"个人文献"式写作、对艺术手法的摒弃也在这首诗中有所体现。譬如，这首诗的第三小节几乎很少使用虚词，没有任何多余的限定和描述，也没有比喻和对比的手法，伊戈尔·钦诺夫指出，阿达莫维奇"追求福音书式的简约和艺术上的贫乏、苦行僧式的节制、对最重要和严肃内容的集中着力……我们可以理解，为什么阿达莫维奇能够在自己那个时代写出'诗歌的不可能性'：尤其是，写出了这种不可能性——在文学宽阔的、富饶、多彩的花园中，诗歌成为一种创造奇迹的成分，它似乎可以永远改变人的面貌"[1]。在评论诗集《在西

---

[1] Чиннов И. Смотрите—стихи // Новый журнал. 1968. № 92. С. 138.

方》的文章《几乎没有词语》中，季娜依达·吉皮乌斯除了肯定了阿达莫维奇的"简洁性"，认为他在写诗时"仿佛失声一样"，还强调了阿达莫维奇诗歌的另一个与众不同的特点：言未尽。仿佛总有什么话要说，"句子在进行到一半时停顿，——这绝对不是外在的姿态：从这一现象后面可以感觉得到警惕性的、对词语不完全信任的态度"[1]。诗人深谙词语的选取和组合会影响含义在细枝末节处的表达，当语义随着词语组合堕入"表面性"的危险境地时，他会果断止损，让诗句停留在意犹未尽的状态中：

> 我们一会儿哭，一会儿笑，忍受着
>
> 我们忧愁的生活里的一切，
>
> 为了我们没有预料到的一切，
>
> 就像虚弱的梦，我们将它们珍藏，
>
> 赎罪将会到来……在那里，
>
> 对地球上所有损失的清点将会消失——
>
> 你会明白吗？——一切都会讲解给我们，
>
> 我们热爱和不相信的一切。

这首诗里的"一切"，似乎包含了所有的谜题，但又无法给人以十分精准的印象，就像诗人 1922 年写作的那首《在那里，任何一个地方，任何一个时间……》中，虚词的大量使用从表面上看混淆了语义，但实际上最大限度地保留了诗人的意图。阿达莫维奇经常在写诗时采取"迂回战略"，当被描述的物无法被确切定位时，他会在事物的外围进行重复性地击破，一次次通过讲解说明，使被描述物在读者的意识中渐渐清晰。尽管"言未尽"，但一切都十分明了，这些未经说透的部分不会令人困惑，也不会掩盖诗歌的核心意义，类似于中国古代文论中苏轼的看法"言有尽而意无穷者，天下之至言也"。吉皮乌斯也指出，"有时候没有说完的部分讲得比说完的部分更好"[2]。阿达莫维奇指导"巴黎音调"写作时强调，应当运用自身的真实

---

[1] Крайний А. Почти без слов. Георгий Адамович. «На Западе». *Последние Новости*. Париж, 1939. 9 марта. № 6555. С. 3.

[2] Там же.

经历，做足够真诚的内心剖白，要将本人不做修饰的一面呈现出来，而"言未尽"之所以能与"袒露情感"结合起来，主要还是依靠诗歌文本的简洁性。在阿达莫维奇的诗歌中，最常见的标点符号便是句号、省略号和破折号，以"短暂的停顿"实现语义间的转换和并置。相比之下，句子短小、排列紧凑，被选入诗歌的词语仿佛"化学反应的成分，而真正进行的化学反应需要读者的意识透过文字自行补充"[1]。

从上面举例的几首诗歌，可以大致了解阿达莫维奇写作的几个基本主题：乡愁、哀愁与无聊情绪，日落前的景象，诺言与不成功的爱情，等等。1982年，在阿达莫维奇去世10周年之际，批评家亚历山大·巴赫拉赫撰文称，归根结底，阿达莫维奇是为了"心灵"、为了自己而写作，他的所有写作主题或许能够用两句他自己的诗句来表达——当然，他有时候在评价这些永恒主题时，也会带着怀疑主义的色调，文字间暗含讽刺："关于我们都会死去。关于我们现在活着。/关于一切多么可怕。又是如何无法补救……"[2]在写作的连贯性上，阿达莫维奇从没有根据同一个主题写作组诗，他的每首诗歌都可以拆出来单独分析，都是自足的。这是阿克梅派诗人的共同特征，即每首诗歌的终结都在其自身的范围内，而不是像象征主义者那样，通过许多不同的诗歌描写统一的、心灵瞬间的主观性体验。朗钦甚至认为，严格讲来，在阿达莫维奇的抒情诗中抒情主人公是不存在的，只存在普通的、对于生活与存在一系列思想进行反思的"我"，或者是对印象的记录，或者对于这个"我"陌生化的描写（仿佛在写另一个人，仿佛是写一个普通人）。

诗集《在西方》表现出成熟时期阿达莫维奇诗歌的另一个特点："行动"的匮乏。由于缺乏具有明显跨度的动作，每首诗都呈现出一种相对静止的状态，不再通过动作行为来反映抒情主人公的外部世界，而是倾向于表现细微的心理波动——这一点让人想起他的好友格·伊万诺夫，后者也十分擅长营造小的场景，在没有任何事件和动作的前提下，抛出抒情主人公的静态沉思。与格·伊万诺夫相比，阿达莫维奇似乎更少去关注"画面感"的形成，确切地说，抒情主人公经常会处于仔细聆听某种心灵变迁的状态，或者是突然回想起过去的心理感受，或者是因为惧怕进入另一种状态而产生的焦虑。为了表现这种抒情主人公的心灵状态，《在西方》中很少直

[1] Вадвич Н. Русские поэты. // *Русский временник*. 1939. № 3. С. 126.

[2] Бахрах А. Памяти Адамовича (К 10-летию со дня смерти) // *Русская мысль*. Париж, 1982. 28 февр.

接使用跨度很大的动词，有时诗中穿插着静态动词，有时则是副词、形容词短语和形动词作为谓语成分，从而削弱了整首诗的动态效果。侨民时期的阿达莫维奇对阿克梅派和象征主义的借鉴越来越体现出个人的风格：不仅动词变得匮乏，形容词也比普通象征主义者使用的少很多，意象仿佛赤身裸体、不加修饰，被直接抛到读者的眼前。

> （打瞌睡的风雪衣在胳膊上，
>
> 上面的扣子所剩无几……）
>
> 不，理智还没有衰退，
>
> 但心灵……心灵已经厌倦。
>
> 无助地想要去爱，
>
> 无意义地想要被忘怀……
>
> （一根本不应被拉长的最细的线在拉长）

这首诗歌和阿达莫维奇早期的抒情诗相比，已经有了非常大的差异。尽管仍旧在写无聊、无助、哀愁，但文字上已经将"情感宣泄"的成分降到了最低，读起来平淡了许多，若不仔细分辨，甚至会忽略其中蕴含的力量。从"风雪衣"到"心理状态"再到"被拉长的线"，阿达莫维奇的诗歌经常出现急剧性的跳跃，有时候他会自己打断叙述的语流，"仿佛诗歌不再是口语，而是思想的片段，像是从鼻息出来的呓语、低声耳语，是刚刚开始体现到言语中、没有有序地持续到最后的意识流动"[1]。这一时期的阿达莫维奇（作为侨民诗人、《在西方》和《统一》的作者）已经走出了单纯模仿安年斯基和勃洛克的阶段，也完全将阿克梅派对具体之"物"的聚焦、增强词语的分量，象征主义追求的形而上的世界观等原则烂熟于心。他发展出一套属于自己的话语体系，用最精确的词句激发诗歌文本的潜力，以简短、没有缀饰的表达，耳语式的语言风格，直抵读者的内心。

---

[1] Коростелев О. "Без красок и почти без слов…" (поэзия Георгия Адамовича) // *Адамович Г. Стихи, проза, переводы* / Сост., подг. текста, вступ. статья, примеч. О. Коростелева. СПб.: Алетейя, 1999. С. 70.

不过，无论阿达莫维奇怎样在自己的创作园地深耕细作，都无法否认他侨居之前的那个文学圈子对他的影响。在许多诗歌中，他表现出对彼得堡忧郁的怀乡症，对他来说，"在地球上只有一个首都，其他的都只是城市"。彼得堡作为一种生活方式，从那里汲取的一切养料，构成了阿达莫维奇诗歌创作的内核。奥列格·卡拉斯捷廖夫在评论阿达莫维奇诗歌的长文中，曾经以"年轻的阿克梅派主义者""新古典主义""巴黎音调"等关键词来概述他的写作特征。作为老一代（也有评论者称其为"中间一代"）侨民诗人的代表，阿达莫维奇可以被称为是"白银时代"文学在侨民界的继承者，也是俄罗斯传统文化在法国的最后一批代表。他始终对阿克梅派与象征主义这两个相差悬殊的文学流派及其变体保持兴趣，在自己的诗歌中结合两者的特点，同时也没能避免这两个流派的不足之处。正是通过对"白银时代"文学纲领的学习和继承，才有了他为年轻写作者制定的"巴黎音调"的写作规范。从这个意义上来说，年轻一代的写作者尽管没能够直接吸取俄罗斯传统文学的养料，却间接通过他们的导师，了解到 20 世纪初期俄罗斯文学的若干特征。

## 本章小结

20 世纪 20—40 年代，在法国巴黎几乎聚集了俄罗斯知识分子中间最精英的代表。这些知识分子中间也包含了最为优秀的一批诗人：马琳娜·茨维塔耶娃、伊万·布宁、弗拉基斯拉夫·霍达谢维奇、康斯坦丁·巴尔蒙特等等。这批诗人在巴黎的流亡心理是非常值得琢磨的话题。他们在俄罗斯所接受的文学训练使得他们在心理上形成了一层"保护膜"，不愿意跳出自己本国的文学圈子，不愿意用尽全力拥抱法兰西的灿烂文化。这批诗人的代表弗拉基斯拉夫·霍达谢维奇、格·伊万诺夫和格·阿达莫维奇，无一不是来自彼得堡诗歌界的翘楚。他们继承了普希金时代的文学精髓，有些本人就是普希金、杰尔查文的研究者，在 20 世纪初期俄罗斯文学史上蔚为壮观的"白银时代"，他们本身就是参与者。这样的文学地位使得他们对现实状况产生不满情绪，如何在异国的环境中建立俄罗斯文学的王国是他们肩负的最大使命。不管是霍达谢维奇孜孜不倦投身于俄罗斯传统的研究，还是阿达莫维奇在"白银时代"诗歌风格道路上的探索、对"年轻一代"文学的支持，又或是伊万诺夫的诗歌以俄罗斯文化为基础对存在主义思想的发展，总的来说，这些都是在母体文学基础上进行的尝试，老一代诗人始终没有跳出俄罗斯文学的基本框架。

# 第二章

# "不被注意的一代"：年轻俄侨诗人的生活与创作

　　与"老一代"形成鲜明对比的是，俄罗斯侨民文学界"年轻一代"的出场要潦草和窘迫许多。20世纪20年代后半期，度过了艰难的"成活"和适应期，俄罗斯侨民的"子辈们"开始积极投身文学创作，通过创作活动实现自我认同。他们中间有的来自剑桥大学或索邦神学院，有的则来自土耳其的集中营、法国的工厂、德国的采石场。在繁重的体力劳动之余，他们聚集在价格低廉、环境恶劣的咖啡馆探讨文学和写作知识。住在比利时的学者季娜依达·沙霍夫斯卡娅曾经多次参加蒙帕纳斯的年轻人聚会，她在回忆文章中曾经这样描述咖啡厅里的独特景象："几乎所有来聚会的都是年轻人，脸上带着倦色，穿着寒碜，吃的东西也很糟糕。那些年龄大些的曾积极参与过国内战争，而年轻一些的则是战争残酷性的见证人和牺牲品。过去的负荷和现实条件下贫困的重担压垮了侨民诗歌。实际上，除了年轻，他们身后别无他物……几乎每一次，当我来到蒙帕纳斯时，我都明白自己会在上述几个咖啡馆里遇到哪些人。因为所有人在那个时候都没有家，在某个地方过夜，想要去找个人是不可能的。咖啡馆是一个拯救孤单的俱乐部"[1]。许多后来成名的作家和诗人，在物质生活上都与沙霍夫斯卡娅的描述很接近，譬如鲍里斯·波普拉夫斯基、加伊托·加兹丹诺夫都曾做过出租车司机，而诗人弗拉基米尔·斯莫连斯基曾经为了生计四处打零工。

---

[1] Шаховская З. *В поисках Набокова. Отражения*. М.: Книга, 1991. С. 142–143.

在这样经济困窘的情况下，文学写作成了一件极其奢侈的事情。而年轻一代本身的文化程度又造成了更大的障碍。由于大多数年轻文学青年出生于战乱年代，没有接受过良好的教育，由老一代作家把持的文学期刊和杂志也总是对他们紧闭大门。处于对立地位的年轻一代开始创办自己的文学出版物（《俄罗斯意志》《数目》《新家》《新航船》《乔迁》），成立年轻人的文学组织团体（"诗人之家""经过""游牧点""十字路口""圆圈""诗人修道院"），并成立了一些创作协会，其中最重要的是成立于 1925 年的"青年作家和诗人协会"。20 世纪 30 年代中期，年轻一代的侨民作家逐渐到了创作上的成熟期，他们中间涌现出一大批优秀的诗人和作家，创作的势头也持续高涨。直到 1939 年第二次世界大战前夕，巴黎局势动荡不安，文学刊物相继停办，年轻一代也有很多人参加志愿军，文学创作活动暂时告一段落。因篇幅所限，这里仅简要介绍最重要的几个文学团体 [1]，从中可以窥见年轻一代的大致面貌。

**"青年作家和诗人协会"**（Союз молодых писателей и поэтов，1925—1940）由杰拉皮阿诺、克努特、拉津斯基等人共同组建，杰拉皮阿诺为协会第一任主席。除了创办人，主要参与者还有马姆钦科、尤·索菲耶夫、尤里·曼德尔施塔姆、斯莫连斯基、尤里·费尔津、列·祖罗夫、鲍·波普拉夫斯基等年轻一代作家。该协会每周六聚会，以朗诵个人作品、开展文学讨论为主，也针对成员如波普拉夫斯基、尤里·曼德尔施塔姆等人的作品进行专题讨论。一批老一代诗人和作家如霍达谢维奇、格·伊万诺夫夫妇、阿尔蒙特等人都被邀请做过关于俄罗斯传统文学的讲座。该协会共出版过 5 本诗集（1929—1931），还曾举办过茨维塔耶娃、古米廖夫、叶赛宁等作家和诗人的个人专题研讨会或已故作家的纪念活动。

**"十字路口"**（Перекрёсток，1928—1937）小组的主要发起人为霍达谢维奇，其主要成员为奥楚普、尤里·曼德尔施塔姆、杰拉皮阿诺、克努特和戈列利谢夫 - 库图佐夫等。小组的名称来自克努特的一句话："我们走到了十字路口。"这句话形象地传达出年轻一代在侨居异国他乡时的精神困境。不过，相比大多数其他团体的成员，"十字路口"小组对生活和写作表现出较为乐观的态度。小组成员在活动时主

---

[1] 本部分的介绍文字，主要参考汪介之（汪介之：《流亡者的乡愁：俄罗斯域外文学与本土文学关系述评》，广西师范大学出版社，2008 年）、阿格诺索夫（阿格诺索夫：《俄罗斯侨民文学史》，刘文飞、陈方译，人民文学出版社，2003 年）在专著中所做的资料收集和整理。

要朗读自己的作品，探讨诗歌理论与创作的问题。小组成立以后，邀请了谢·马科夫斯基、魏德列等批评家分别做过"论青年诗人""论诗歌的朴素"等专题报告。除了小组成员，其他一些诗人如格·伊万诺夫、别尔别洛娃等也曾经在聚会上读过自己的作品。成立之后，小组以《十字路口》为名共出版了两本诗集（均在1930年出版），整个小组成员的写作风格深受霍达谢维奇所倡导的现代意识的古典诗歌观念影响。

**"游牧点"**（Кочевье，1928—1939）小组的创始人为批评家斯洛尼姆，主要成员有加兹丹诺夫、费尔津、纳博科夫、瓦·亚诺夫斯基和别尔别洛娃等。小组成员受到斯洛尼姆关注本土文学的兴趣的影响，在聚会时除了讨论侨民作家的最新作品，也会讨论苏联同时期的文学创作，举办马雅可夫斯基纪念晚会等活动。1931年4月，别尔嘉耶夫曾经给该小组成员做了题为《文学倾向与社会订货》的报告。除了年轻一代的作家和诗人，参与该小组聚会活动的也有老一代的代表、《当代记事》和《数目》的撰稿人等。

从整个俄罗斯侨民文学"第一浪潮"来看，侨居在巴黎的年轻一代作家虽然人数众多、发表的作品数量庞大，但相比老一代深厚的影响力，他们中的大多数人也不过如流星一般，短暂地在俄罗斯侨民文学史上一闪而过。真正能够打破瓦尔沙夫斯基所称的"不被注意"的命运的，除了俄罗斯侨民界公认的天才诗人鲍里斯·波普拉夫斯基，剩下的似乎更少。不过，在所有浮光掠影的文学团体之外，年轻一代文学家中间的确存在过一个特点鲜明的文学流派——"巴黎音调"。这是俄罗斯侨民文学历史上最后一个文学流派，在"时间和重要性上也是20世纪俄罗斯诗歌史上最后一个流派"[1]。

# 第一节 "巴黎音调"

在整个俄罗斯侨民诗歌的历史中，"巴黎音调"可以说是唯一一个具备了文学新流派的所有特征。尽管这个"流派"没有自己明确的宣言和统一的文学组织，也无法为研究者提供条理清晰的发展轨迹，但它触及的写作主题、归属于这一流派的

---

[1] Коростелев О. "Без красок и почти без слов…" (поэзия Георгия Адамовича) // *Адамович Г. Стихи, проза, переводы* / Сост., подг. текста, вступ. статья, примеч. О. Коростелева. СПб.: Алетейя, 1999. С. 73.

所有代表诗人的创作确是最为旗帜鲜明的，也最能反映年轻一代侨民诗人的写作状况。虽然，对这一文学现象持否定和怀疑态度的人不在少数，如尼娜·别尔别洛娃在《我的着重号》中声称："……我看不到确切的共同之处，或许，除非是那些相同的高尚、无私以及天才性的模仿（就像普希金时代那些和他同时代、有些比他活得更久的诗人们之间的模仿一样）。就让他们在俄罗斯文学中不作为'音调'的代表，或者甚至是好几种'音调'的代表，而是作为代际传承的一代人存在吧——不是什么燕麦时代，也不是硬纸板时代"[1]。但这些质疑在很多时候都是主观性的，他们断然否决了"巴黎音调"为抵达一种新型写作风格所做的努力，却不能给出关于侨民文学年轻一代更加客观和全面的认知。从某种程度上说，我们若要揭示年轻一代的思想动荡及其局限性，非要借助一些成为"现象"的普遍写作范式不可，而"巴黎音调"是发现和研究诸多问题最切题的一个视角。

据说，"巴黎音调"这个名称来自鲍里斯·波普拉夫斯基这位最具有巴黎特性的侨民诗人。但真正对"音调"的产生和发展起到关键性作用的，毫无疑问是格·阿达莫维奇。阿达莫维奇的同时代人、作家弗·雅诺夫斯基在回忆录中称，没有格·阿达莫维奇，"巴黎音调"是不可能出现的："侨民文学独特气候的产生和发展，首先有赖于阿达莫维奇。当然没有他还是会存在那些作家、诗人，甚至有可能他们会更优秀，但是文学上的巴黎'音调'作为一个独立和单一的现象——尽管其风格很难确定——我认为，没有了阿达莫维奇是不会出现的"[2]。这里提到的阿达莫维奇的决定性作用，主要是指他作为年轻人的文学领袖所具有的威望。蒙帕纳斯的年轻人虽然经常在咖啡馆组织文学聚会，但他们对文学的认知还处在兴趣和欣赏的阶段，没有真正的文学导师对他们的写作提供帮助。阿达莫维奇在这样的背景下出现，作为老一代作家的代表，他没有像自己的同时代人（如霍达谢维奇）那样对年轻一代的写作者表现出不赞许的态度，相反，他带着兴趣和热情为年轻人解惑。在 20 世纪中期，除了咖啡馆，他还开始在《环节》杂志撰写专栏《文学谈话录》。同时，这份杂志也会举办一些文学晚会，邀请阿达莫维奇做关于文学的报告。1927 年，"绿灯社"的成立又为年轻人提供了更多认识文学的机会，在"绿灯社"的集会上，阿达莫维奇读过自己的诗歌，也宣读了一系列评论文章，如《诗歌有目的吗？》《文学的终结》等，如此一来，他作为文学导师的形象在年轻人心目中一步步奠定下来。

[1] Берберова Н. Курсив мой:Автобиография. ACT: Редакция Елены Шубиной, 2015.

[2] Яновский В. С. Поля Елисейские: Книга памяти. СПб. "Пушкинский фонд", 1993. С. 101.

　　瓦季姆·克列伊特在其编选的诗集《"巴黎音调"的诗人们》（这也是迄今唯一一本关于"巴黎音调"的专题诗集）序言中指出，发掘"巴黎音调"的源头，可以发现阿达莫维奇中学时代喜爱的伊诺肯基·安年斯基，以及后来被他称之为老师的象征主义诗人勃洛克[1]。这似乎在暗示，年轻侨民诗人是通过阿达莫维奇才接触到了"白银时代"文学的这两位代表诗人。但我们没有足够的资料可以证明，所有的"巴黎音调"诗人都是通过阿达莫维奇才认识了这两位诗人。安年斯基与勃洛克的诗歌的某些成分恰好契合了他们情感表达的需要，这就像莱蒙托夫的诗歌中漂泊的抒情主人公恰好与年轻一代所处的背景相同而得到了他们的青睐，这更多的是自发选择的结果。如阿达莫维奇的论述，"巴黎音调"与俄罗斯人的天性有关，其基础是对那种有关最终的、绝对的、不可替换又不能消除的事物幻梦般含糊不清的认识：一些在天性上非常俄罗斯的，与我们永恒的"全是或者全否"认知，并且拒绝任何中间状态的做法相联系。[2]

　　克列伊特在文章中还详细阐释了勃洛克对阿达莫维奇"音调"观念的形成起到的作用：对于他而言，勃洛克是"声调的天才"。所有人都熟知文学上的一种提法：人是一种风格。阿达莫维奇否定了这一点，他认为人不是一种风格，而是节奏和声调，通过声调和节奏可以表达很多东西。譬如勃洛克就表达了他那个时代的本质。勃洛克曾经给阿达莫维奇写过一封信，这封信虽然被他留在了俄罗斯，但信中的一句话却戳中了他，似乎成了后来洒在"巴黎音调"上方的一道光："坐在生活的秋千架上荡得更高一点，您就会看到，生活比您现在看到的还要阴暗、可怕"[3]。这一论断多少会令阿达莫维奇产生同感，也更使年轻的侨民诗人们深受启发，因为他们本身所处的环境，四周都是陌生与冷漠，无论是物质条件还是精神文化生活都远不能使他们满意。不过，另一位文学评论家伊瓦斯科对这种观点持否定态度。他认为，年轻的诗人在写诗时是折中派，从他们的作品中可以看到安年斯基的主题，也可以找到霍达谢维奇、阿赫玛托娃、曼德尔施塔姆等诗人的痕迹。提到勃洛克，他指出只有格·阿达莫维奇和格·伊万诺夫继承了他，而在巴黎20世纪20—30年代的诗人群中，勃洛克并没有激发他们的灵感。

---

[1] Крейд В. В линиях нотной страницы. Предисловие / *Поэты Парижской ноты. Молодая гвардия*, 2003. С. 8.

[2] Адамович Г. Комментарии. / *Одиночество и свобода*. Алетейя, 2002. С. 191.

[3] Крейд В. В линиях нотной страницы. Предисловие / *Поэты Парижской ноты*. Молодая гвардия, 2003. С. 11.

不过，安年斯基在"音调"的形成中所起的影响是毋庸置疑的。安年斯基的创作风格介于象征主义和阿克梅派之间，在创作主题上，他很少涉及社会性的主题，最典型的写作内容是表现心灵由于恐惧和悲悯的力量而分裂，在过于敏感的笔触中，以"袒露的良心"实现与自然环境之间的共鸣。在安年斯基的抒情诗中，自然的心灵与心灵的自然以互相应和的方式存在，外部世界的事件、隐秘的担忧以及悲剧性的感受似乎与周围的环境和物的世界实现了统一。他经常表现那种漫无边际的心理感受，在诗歌中使用夜晚、菊花、槭树枝、淡紫色的烟雾等意象，在略带神秘主义的气氛中，呈现悲剧性的心灵感受。仔细阅读他的诗歌会发现，安年斯基在描写中突破了时间和空间的制约，这是永恒的心灵和永恒的悲剧自然之间的对话，是没有社会背景限制，也没有任何可供慰藉的确定性因素确立的心灵独白。从这个意义上说，安年斯基写的不是社会的人，而是自然人的感受，这也是最能引起年轻侨民诗人共鸣的地方，因为他们所经历的侨民生活，与其说是社会和地域性的流亡，不如说是他们内心的分裂和流亡。

> 在我的面前永远展开着
> 那涂满墨迹的一页。
> 我要离开人群，可是去哪里，
> 我到哪里可以躲避那些黑夜？
>
> 所有活着的都变得那么遥远，
> 所有不存在的又都那样清晰，
> 一些已经忘却的诗句汇流一处
> 在黎明之前变成黢黑的斑点。
>
> 我整个人在那里，无法做出回应，
> 在那儿，海市蜃楼般的字母若隐若现……
> ……我喜欢有孩子的房间
> 也喜欢他们整夜整夜的啼哭。
> （安年斯基《回忆的忧伤》）

这首比较典型的诗歌构想了一种处于分裂状态下的心灵真实。在阿达莫维奇看来，安年斯基的词语比勃洛克更加内涵丰富，写下的诗句都是恰如其分的。安年斯基使用一种刻意压低的声音去言说，除去了诗歌语言所有的修饰，并且，他的诗歌透露出"绝望"之美。[1] 在深夜的回忆中突然被唤醒的"良心"，是俄罗斯诗歌中经常见到的情节。安年斯基重新使用这一情节，不仅要描述心灵在这种情境下的痛苦状态，还要描述在这样的痛苦中包含着某种希望，以及最后，与痛苦的和解帮助抒情主人公"我"发现其鲜活的心灵。可以说，安年斯基这种袒露"良心"的情节以及赋予绝望以希望的意义的做法，在"巴黎音调"诗人那里得到了良好的继承。[2] 绝望和痛苦的感情经过适当形式的宣泄，最后造成人心灵的纯净，类似于古希腊的悲剧所具有的净化功能。这种对立情感的转化有些奇特，怎样才能从痛苦中发现类似于"受虐狂"一般的快感，如何在对死亡的假想中体验到甜蜜？这在普通人那里是很难想象的，但对那些处于极端状态下的诗人，看似背道而驰的两种感情其实是可以实现无缝对接的，就像汉语成语中表达的"乐极生悲"的境界。许多侨民诗人都描写过这种"绝望"和"希望"的悖论性关系，譬如阿达莫维奇在诗歌《在西方》中，在伤感的抒情里突然出现一句："两个虚弱的嗓音，两幅面孔。/ 这世上的希望没有尽头……"而格·伊万诺夫也把这种无望和情感净化作用联系到一起："无望的希望之阴影 / 化为光芒"。

其实除了阿达莫维奇、安年斯基、勃洛克以及潜在的先驱者莱蒙托夫，格·伊万诺夫也对"巴黎音调"的写作方向产生过影响，他甚至在写给好友马尔科夫的信中称，年轻诗人的写作是对他诗歌的注解，他本人的诗集《玫瑰》就是"音调"最早的范本。[3] 格·伊万诺夫本人十分注重诗歌的音乐性表达，在诗集《玫瑰》中，他使用简短且协调的句子构筑富有哲理性意味的场景，诗歌的音乐性很强，并且作为一名阿克梅派诗人，他并没有过分强调"物"对认识世界的重要意义。相反，他尽力使用最简单的词语，以摆脱作为沉思对象的"物"的束缚，通过极度的简洁形式实现对深层次的认知。很多论者指出过，格·伊万诺夫的写作要比"巴黎音调"更

---

[1] Там же. С. 7.

[2] Налегач Н. "Поэзия обнаженной совести" и традиции Анненского в лирике поэтов "Парижской ноты". // *Сюжетология и сюжетография*. 2013. № 2. С. 37.

[3] Иванов Г. *Третий Рим. Художественная проза, статьи.* Изд. "Эрмитаж" (США), 1987. С. 302.

宽泛、更深刻，直到第二次世界大战以后，侨民诗人中如格·阿达莫维奇、伊戈尔·钦诺夫还在部分程度上继承格·伊万诺夫的写作风格。

总体来说，20 世纪 20—30 年代年轻侨民诗人从格·伊万诺夫等人的写作源头里寻找到日记体裁、自我剖白、简洁的原则、词汇的节制，以及对世界残酷本质的认知、流离失所、生存斗争注定失败等主题，还有些诗人捕捉到悲悯情节、浪漫主义、怀疑主义，把它们与个人主观性的体验结合起来，形成情感力超越诗歌格局的独特诗歌文本。属于"巴黎音调"的诗歌都有这样的一些共性：结构上比较简单，语言简洁并且平白，不使用过多的修饰语，很少出现意象和隐喻，单纯以独白的形式袒露情感——当然，他们传达的是绝望和悲哀的情感，对世界的现状和生活的未来具有宿命论的认识。这种认知和他们自己所处的实际状态是分不开的。杰拉皮阿诺曾经形容他们的侨民状态："在第二次世界大战前的那个时期，我们仿佛生活在时间和空间之外"[1]。他的这一感受十分贴切地指出了侨民诗人的写作在艺术上的一个特点："音调"的代表诗作，大多体现了时空上的不确定性。

关于"巴黎音调"的代表诗人的问题，也是研究者经常会涉及的。从瓦季姆·克列伊特的论述中可以得出结论，从事"巴黎音调"写作的主要是年轻一代的侨民诗人。但 K. 拉特尼科夫则认为，"巴黎音调"联合了 1920—1930 年代的一批在文学对话中留下明显足迹的诗人，其中既有在那些革命之前就在祖国创作的、老一代的代表，也有来自"未被注意的一代"、在远离俄罗斯的异国土壤上才开始创作道路的年轻诗人[2]。或许后一种论调更加符合实情，"巴黎音调"不存在一个有明确纲领的组织机构，它的存在更多地依靠风格的相似，而不是拘囿在特定年龄层的认知。它属于那些侨居国外、体验到文化断裂和自身信仰危机的诗人，是一个特定时间段的典型写作倾向。从时间上来说，"巴黎音调"的写作从 20 年代初期一直延续到 20 世纪 50 年代末，尽管第二次世界大战以后，这种写作风格由于新的背景已经削弱了，但还有少数一些侨民诗人出版诗集。总体来说，侨民中间具有明显"巴黎音调"特色的诗人有格·阿达莫维奇、阿纳托里·施泰格尔、利季娅·切尔文斯卡娅、伊戈尔·钦诺夫、尤里·曼德尔施塔姆、尤里·杰尔皮阿诺、别利克·斯塔夫洛

---

[1] Ю. Терапиано. *Встречи*. Нью-Йорк, изд. им. Чехова, 1953. С. 148.

[2] Ратников К. *"Парижская нота" в поэзии русского зарубежья*. Челябинск. Межрайонная типография. 1998. С. 5.

夫等等，能够代表"巴黎音调"成就的是 10 本诗集：阿·施泰格尔的《这种生活》
（1931）、《忘恩负义》（1936）、《二二得四》（1950；1982）；利·切尔文斯卡娅的
《来临》（1934）、《拂晓》（1937）、《十二个月》（1956）；伊戈尔·钦诺夫的《独白》
（1950）、诗歌选集《线路》（1960）；阿达莫维奇的《在西方》（1939），以及 1967
年出版的具有总结意义的诗歌选集《统一》，其中包含了他半个世纪以来所有的优
秀诗歌。

"巴黎音调"诗人写作的局限性问题在那个时代就已经遭到了诸多批评。格·阿
达莫维奇虽然是这一诗歌风格的创建人和宣传员，但他对"音调"的观念和评价也
发生过很大的变化：1930 年，他曾在《数目》第一期上发表文章《注释》，对"巴黎
音调"充满了信心，认为它将会是一种未来的文学样式。但在 1967 年出版的论著
《注释》中，他又否定了自己的设想，认为"音调"没有成功，"生活妨碍了"它在
应有的高度、带着应有的力量展现自身。[1]"巴黎音调"写作到达一定阶段，难免
陷入了程式化的困局：浸染着悲伤和怀疑的诗句，除了个人情绪不指向更多的东西，
修辞和手法上的精简又局限了进一步分析探讨的空间。这是这一风格的诗人们在文
学探索上不够开放、主动导致的，同时，他们本身的世界观局限性也加剧了他们在
文学观念上的狭隘。与"白银时代"的任何一个文学流派相比，无论是深度还是广
度，"巴黎音调"都显得过于单薄和单调。但通过下文关于波普拉夫斯基创作的论述，
以及后面对阿纳托里·施泰格尔和利季娅·切尔文斯卡娅的介绍和分析，我们也仍
然要承认，"巴黎音调"是独立的，既有其特殊的存在背景，也不乏艺术上的探索
精神，它完全配得上"侨民文学乐队中的第一小提琴手"这个称号。

## 第二节 "超现实"的"巴黎音调"：波普拉夫斯基

放眼年轻一代所有的巴黎俄侨诗人，遍览所有的诗歌圈子和流派，鲍里斯·尤
里安诺维奇·波普拉夫斯基毫无例外都会被列出来，作为一个独立的存在。作

---

[1] Крейд В. В линиях нотной страницы. Предисловие / *Поэты Парижской ноты*. Молодая гвардия, 2003. С. 16.

为一名诗人，他超出了自己曾经所属的"诗人行会"分会会员、"加塔拉帕克"（Гатарапак）成员（1921—1922）、"越过"组织成员（1923—1924）、青年诗人作家联盟成员（1925—1940）等身份，也不单单作为"巴黎音调"的代表诗人，可以十分肯定地说，他是所有年轻巴黎俄侨诗人里面最优秀、也最具艺术独创性的一位。

波普拉夫斯基曾经发表过一首诗歌《雨》，其中有这样的诗句："在我们的四周，仿佛在非人间的花园，/ 修道院滚动如同圆桶，/ 留声机歌唱，高昂却又难以言传地 / 甜蜜，像地狱里的俄尔甫斯。"这是他第一次在诗歌中里提到"俄尔甫斯"，上文中我们曾经提到老一代诗人霍达谢维奇曾经多次写到"俄尔甫斯"，而波普拉夫斯基对他的偏爱也十分明显，随着后来几首诗作的问世，"蒙帕纳斯的俄尔甫斯"甚至成了波普拉夫斯基的代称。似乎是一种命运的巧合，这位在希腊神话中具有非凡音乐天赋的歌手和诗人，他精湛的歌唱才能、不幸的爱情以及漂泊的命运都逐一投射到了波普拉夫斯基身上。

1903 年，波普拉夫斯基出生于莫斯科的一个有很高文化修养的家庭：他的父母亲都曾经在莫斯科音乐学院学习，是柴可夫斯基的学生。后来父亲为了家庭生计而放弃了音乐，转而经商。良好的家庭氛围使他从小便接受艺术的熏陶，而父亲身上的波兰血统，又为他的性格注入了许多高贵自持、悲天悯人的成分。因为家境殷实，波普拉夫斯基幼年便多次跟随家人出国，法语和法国文化对他来说并不陌生，他就读的也是莫斯科的法国中学。俄国十月革命之后，波普拉夫斯基和家人并没有立即出国，而是在 1919 年举家迁居到了哈里科夫，后来又来到了克里木。1920 年，年轻的波普拉夫斯基在哈里科夫当地的丛刊《无线电》上发表了组诗《致赫伯特·威尔斯》，诗歌本身具有很强的未来主义特征。这是早年波普拉夫斯基最欣赏的风格。他通过模仿自己的导师马雅可夫斯基，表达了对诗歌的最初认知：

> 房屋在天使们油烟的白色殓布里
>
> 歇斯底里地颤抖，在乌云中散乱，
>
> 而上帝，丢失了法律的卷集
>
> 迁移到某个地方，裹在星云里。
>
> 我们聚集在百年的台阶之上，

用扩音器安插工厂的烟囱

将隆隆声的青铜獠牙吹奏到

圣经中奔跑着的禁军的后背上：

我们会抛掷纸板时代！

我们在思想的反射器里寻找上帝！

在乌云上铺设浮桥的道路

靠发动机把人们送到太阳上！

通过这几行诗可以明显感受到典型的未来主义诗歌的特征：革命理想主义的抒情格调、词语间靠发音而不是语义联系的实验性并置、现代工业主义的新元素肆意拼贴。一个少年对未来蠢蠢欲动的态度在“反射器”和“发动机”的强大威力引领下显露出来。从感情基调上来说，抒情主人公是乐观的，“我”的地位已经取代了“文本”的地位成为全诗的中心。后来，波普拉夫斯基逐渐告别了破坏词语结构和自我夸张式的写作。1921年国内战争期间，他跟随父亲从君士坦丁堡来到了巴黎，开始了正式的侨民生活。他和大部分年轻侨民一样，在物质生活上饱受煎熬。虽然没有停止创作，但直到1928年，他才第一次在侨民文学刊物《俄罗斯意志》上发表了八首诗，作为一个籍籍无名的年轻诗人，他没有多少发表的机会，更不可能依靠写作挣稿费生活。为了赚取最基本的生活费，他曾经做过一段时间的出租车司机，还一度依靠社会救济维持生计，穷困潦倒的他与那个“靠发动机把人们送到太阳上”的英雄形象已经相距太远。在波普拉夫斯基后来发表的诗歌中，未来主义的痕迹已经被渐渐消除（尤其是在波普拉夫斯基死后出版的诗集中，很难再看到这种影响）。或许是现实的生活太过穷困窘迫，他生活在孤独的异乡，凄凉而冷漠的景象促使他对人性和世界进行了另一种解读，暂停对马雅可夫斯基、布尔柳克兄弟、卡缅斯基等未来主义诗人的模仿，转而对事物逻辑的荒诞、存在的悖谬进行更为深入的思考。

1931年，波普拉夫斯基在一位商人遗孀的资助下，出版了他的第一本、也是生前唯一一本诗集《旗帜》。这部诗集包含波普拉夫斯基后来写作的几个最重要的主题：生存悲剧、宿命论、命运和死亡。从当时波普拉夫斯基给伊瓦斯科写的信可以看到，这些诗歌最主要的现实或者动力是"惊奇与怜悯"[1]。为了得到读者的认可，波普拉夫斯基和出版社还对很多作品进行了改动，使其更加通俗易懂一些，但收到的效果并不算好。杰拉皮阿诺在回忆波普拉夫斯基的文章里，曾感叹诗人应该同更有经验的朋友商讨，对选中的诗歌进行更为细致的遴选，以使其成为更有分量的诗集。不过他也承认，这些诗歌多完成于波普拉夫斯基 16—24 岁期间，他的写作经验和对世界的认知都远远没有成熟。[2] 但从整体的创作历程来看，在这部诗集中，波普拉夫斯基已经告别了普希金式和谐规整的诗歌传统，他不屑于茹科夫斯基式的浪漫抒情风格，而是将自我未来主义的对抗性精神和他个人的生活相结合，挖掘生存境况里荒诞、冷峻并充满矛盾的本质，并通过充满悲剧意味的意象将它们表现出来。

波普拉夫斯基去世后，他的诗歌经由朋友整理，又陆续以《落雪时刻》(1936)、《在蜡制的花环中》(1938)、《方向不明的飞艇》(1956)、《自动写作的诗行》(1999)的名字结集出版。这几部诗集的出版让人们得以窥见他的艺术世界是多么完整，带着反复无常、虚无缥缈，同时，波普拉夫斯基在写作体裁上的模糊性也清晰可辨。阅读他的作品会发现，"区分他的诗歌和小说、日记、批评的边界处于摇摆震荡的状态之中"[3]。

尽管生活艰难，波普拉夫斯基却一直对艺术保持着天然的敏感和执着的爱，这也反过来哺育了他个人的写作。虽然出生在音乐世家，但波普拉夫斯基却对造型艺术表现出执着的热爱。他从小便学习绘画，在侨居巴黎期间，他进入索邦神学院的历史语文系读书，没有放弃绘画，并且期间又赴柏林学习了两年雕塑，后来他在《俄罗斯意志》《当代记事》《数目》等侨民杂志上也发表了一些关于艺术评论的文章。尽管最终他被告知自己在雕塑上的天赋不够，从而迫使他转向文学创作，但他在艺术方面的感受力又塑造了他作为一名诗人的个性。很多评论家认为，波普拉夫

[1] Иваск Г. Возрождение Бориса Поплавского (1903–1935) // *Русская мысль*. 1980. № 3323. 28 авг. С. 11.

[2] Терапиано Ю. *Литературная жизнь русского Парижа за полвека (1924–1974)*. Париж-Нью-йорк: Издательство «Альбатрос-треья волна», 1987. С. 220.

[3] *Русская литература 20-х - 30-х годов. Портреты поэтов*. Том 1. Сост. и отв. ред. Гачева А., Семенова С. М.: ИМЛИ РАН. 2008. С. 641.

斯基的诗歌在艺术层面闪耀着两种十分绚丽的光芒：音乐性与色彩感。之所以会有这样的表现能力，除了得益于他个人的家庭环境影响以及他在艺术上的不懈追求，还与他汲取养料的两个源头——俄国"白银时代"的文化遗产以及法国达达主义、超现实主义艺术原则有关。国内波普拉夫斯基的译者汪剑钊在考察诗人的发展轨迹时，指出他从未来主义走向超现实主义是一个逐渐转变的过程："如果说《落雪时刻》还停留于世纪初'白银时代'的文化氛围里，带有对马雅可夫斯基式的未来主义的留恋，《在蜡制的花环中》已经流露出某种向新的写作风格过渡的痕迹，那么，在《方向不明的飞艇》和《自动写作的诗行》这两部诗集中已经显露了作者对超现实主义写作的自觉意识"[1]。

关于波普拉夫斯基诗歌的音乐性，在评论家那里曾经有过各种各样的表述："麻醉人的音乐性"（阿·巴赫拉赫）、"音乐的波浪"（加·加兹丹诺夫）、"音乐的迷人特性"（阿·拉津斯基）、"神奇的音乐"（尤·伊瓦斯科）等。同时代批评家尼·塔吉谢夫甚至将他的言语纯粹而富有音乐性的表达与老子的《道德经》联系在一起，认为在波普拉夫斯基所有的诗作中，尤其是他最后的一批创作，就像《道德经》里追求的"无物"的境界，致力于以语义的纯真来抵达一种宇宙的浩瀚无垠。[2] 这些批评家都指出，波普拉夫斯基诗歌内部的音乐性和节奏性是与他所描写的对象结合在一起的。他常常通过重复、参差不齐或者稀少的韵脚，将十分平常的主题与复杂的、深思熟虑的叠韵、元音重复、韵律学游戏等结合起来。米哈伊尔·加斯帕罗夫称波普拉夫斯基为"扬抑格死亡的大师"[3]，就是因为他别出心裁地运用五音步扬抑格来描摹死亡、恐惧以及与死亡相关的陶醉感，找到了两者之间的契合之处，也实现了最强烈的感染效果。同时，由于波普拉夫斯基在绘画上的钻研探索，他总是能够找到十分准确的词语，给自己描写的场景以可视化的处理，这样他的诗歌中就不仅具备了音乐的特点，还有了绘画的直观特点，譬如这首《世界幽暗、冰凉、透明》的开头部分：

---

[1] 波普拉夫斯基：《地狱里的春天》，载《波普拉夫斯基诗选》，汪剑钊译，河北教育出版社，2003 年，第 6 页。

[2] Татищев Н. Дирижабль неизвестного направления (Из книги «В дальнюю дорогу») /*Борис Поплавский в оценках и воспоминаниях современников.* Издательство "Logos", 1993. C. 125.

[3] Гаспаров М. *Метр и смысл.* Фортуна ЭЛ, 2012. C. 281.

世界幽暗、冰凉、透明，

早已准备一步一步走向冬天。

他亲近孤独和阴郁的人们，

他们从梦中醒来，率直而坚强。


他在想：容忍吧，坚强一些吧，

大家都不幸，大家都沉默，大家都在等待，

大家都挂着笑容勤奋地工作，

然后打着瞌睡，书本掉落在胸口。


  诗歌的开头部分便道出了世界、冬日与人心之间的共同之处：孤独、阴郁。在这两个小节中，波普拉夫斯基没有使用一个长句子，而完全靠短促的音节在观念中的敲击，完成了对诗歌世界的塑造。他将诗歌分化成细碎的、不连贯的短语，仿佛是"世界"进入冬天时的脚步，在一步步迈向幽深。波普拉夫斯基希望通过"大家都不幸""大家都沉默""大家都在等待"这样从一种动作到另一种动作的递进，实现他对冬天漫长状态的模仿，但也必须承认，这样的做法也造成了语义的断裂，一个词语挤压另一个词语，形成令人压抑的感受。有学者认为，波普拉夫斯基一直以来都在寻找意义、形象和音符几个方面的平衡，他的"音乐性"不再是勃留索夫式的严格对称，在巴黎诗人那里有其自身对"音乐"的理解，"过分执着于音乐性和过分执着于形象，这本身就像同时追赶两只兔子"[1]。

  除诗歌内在的音乐性之外，波普拉夫斯基也写过一些关于音乐本身的诗歌，譬如《音乐的精神》《在水的太阳音乐之上》《多余的音乐》《月亮在浅蓝色的钢琴上》等等。波普拉夫斯基本人具有敏锐的音乐感受力，他曾在日记里写过，"音乐是致命性力量的流动，是狄奥尼索斯。是死亡以及再一次的重复"[2]。在他的诗歌中，"音乐"是轻盈的，同时也是悲剧性的，总是与莫可名状的神秘力量相联系。如果说格·伊万诺夫多次在自己的诗歌中描写"音乐"和"痛苦"的联系，或许我们可以

[1] Гальцева Р. Они его за муки полюбили // *Новый мир*. 1997. N7. C. 213–221.

[2] Поплавский Б. Дневник 2 апреля 1929 г. / *Борис Поплавский. Собрание сочинений в трех томах. Т. 3. Книжница*. Русский путь. Согласие. 2009. C. 280.

将波普拉夫斯基的音乐称之为"死之音乐"，因为朦胧的旋律常常使人坠入梦境，在节奏极为缓慢平静的意象更迭中，预示着最终的死寂状态。

> 在深夜的花园里，音乐的精神
>
> 绽露神秘的夜莺笑容，沉入幻想。
>
> 舞会已经结束。曙色初露，一片安谧，
>
> 唯有死亡弹动一只纤细的铁手，
>
> 为死去的亡灵祷告，
>
> 太阳在河对岸静静地升起来。

波普拉夫斯基描写的"音乐"有些类似于勃洛克的风格，但他对"音乐精神"的理解又带着自己的宗教性判断：他认为"音乐的精神"是一种自由，而"音乐"则是一种必需。人们在音乐中死亡，而他们会在音乐的精神里复活。[1] 在这首《音乐的精神》中，到处弥漫着神秘主义的气息，自然环境中的静谧气氛和弹奏钢琴的"铁手"，是"动"与"静"之间的对抗，也是合作——二者共同推进了"死亡 / 复活"的主题。当亡灵故去时，太阳也在河对岸静静地升了起来。"死亡"主题是所有年轻侨民在作品中反复提及的，但相比他们，波普拉夫斯基笔下的"死亡"似乎最缺乏巨大的失落感，它不是需要被哀悼和痛惜的悲怆性存在，而是逐渐被推进的、带着某种神秘和美好属性的东西。因此，我们更加认同瓦尔沙夫斯基的论断："波普拉夫斯基永远都不属于那一类作家，他们认为世界无法忍受，除了丑陋、庸俗、残酷和低贱，他们无力在人和生活中看到其他东西。相反，我没有见到哪个人像他那样随时准备好发出赞美之词"[2]。波普拉夫斯基本人是怀着诚挚和热情讴歌"死亡"的，他是侨民作家中最富有狄奥尼索斯精神的那一类代表，即使是面对悲剧，也带着酒神的激情。

上文提到，侨居巴黎的波普拉夫斯基在个人的艺术探索中，逐渐由未来主义转向了超现实主义。杰拉皮阿诺也评价，波普拉夫斯基诗歌作品的优秀品质以及他作

---

[1] Поплавский Б. Дневник 2 марта 1929 г. / *Там же.* С. 280.

[2] Варшавский В. С. *Незамеченное поколение.* Нью-Йорк, 1956. С. 195.

品给人的印象在于——"他本质上是第一位、也是最后一位超现实主义者"[1]。波普拉夫斯基与超现实主义代表作家的勾连，从他的个人日记里可以看到。在所有的超现实主义代表人物中，有七位曾经在他的日记随笔中作为写作的榜样被提及：洛特雷阿蒙、但丁、莎士比亚、爱伦坡、波德莱尔、兰波、阿波利奈尔。超现实主义作为一种思潮流派得以确立，标志性事件是诗人布勒东 1924 年在巴黎发表的"超现实主义宣言"。这一流派强调利用精神的自动主义，以口头或文字速记的方式，达到对世界的认知。而波普拉夫斯基也多次在文章和日记中表达过类似的观点，譬如，他在《侨民青年文学的神秘主义氛围》一文中，直截了当地否定了作为技艺的"艺术"之存在："不存在艺术，也不需要它。对于艺术的爱是庸俗的，就像寻找美好生活的那种庸俗……艺术的缺乏要比艺术本身更美好"[2]。他追求的这种不使用任何技巧的写作方式，最突出的表现在 1999 年由叶莲娜·梅涅加尔朵所整理出版的诗集《自动写作的诗行》中，这也是研究界最早对波普拉夫斯基超现实主义写作的关注。

> 月亮在浅蓝色的钢琴上
>
> 演奏着小夜曲
>
> 我们躲到柱廊的背后
>
> 探身观看和等待着
>
> 但是那比任何人都更怕声音的人
>
> 却来击打它的背脊
>
> 月亮的玻璃小丑不再出声
>
> 银色的血液流失过多
>
> 它的脑袋滚落到
>
> 远处黑色的矮树林背后
>
> 别了，月亮。月亮的刽子手

---

[1] Терапиано Ю. Борис Поплавский // Терапиано Ю. *Встречи: 1926–1971* / ИНИОН РАН. Центр гуманитарных научно-информационных исследований. Отдел литературоведения. Москва: Intrada, 2002. С. 94.

[2] Поплавский Б. О мистической атмосфере молодой литературы в эмиграции // *Числа*. Париж, 1930. № 2–3. С. 309.

生活在玻璃的雪屋中

他的岁月在气球上

悄悄地飞向太空。

一切已成过去，他也已忘掉曾经杀死过自己

（《月亮在淡蓝色的钢琴上……》）


如果说从前几句诗行还能够看出叙述的逻辑（月亮——演奏——乐曲，我们——隐藏、观看、等待，害怕声音的人——击打——月亮的脊背），那么从"月亮的玻璃小丑"开始，诗歌便一步步滑向了思维自由发散的阶段，及至"他的岁月在气球上悄悄地飞向太空"，逻辑已经完全中断，词与词的组合关系不再依靠逻辑意义，也不依靠未来主义所遵从的"语音联系"。真正与诗歌创作有关系的，是作者本人的个人感受力、他的经历和他的文学素养在这一瞬间的突然迸发。研究波普拉夫斯基的学者拉达·塞罗瓦特卡认为，"对于超现实主义者来说，创作行为之所以有趣，首先是从产生意识的主体角度来说的（甚至结果并不在于其本身多重要，而是作为这种意识在思考、阐释创造物的时候自我更新的强大动力才变得重要）"[1]。诗人表达感受的过程，就是从产生模糊的主题（"词语－信号"）走向可见的形象（"外部世界的事物"），然后这一形象开始变得复杂，经由联想的过程而被其他内容填充，最终成为诗歌的主要部分，这与波普拉夫斯基在写作观念的转变方面是一致的。值得注意的是，波普拉夫斯基的《自动写作的诗行》完成于1930—1933年，也就是说，有一部分诗歌是在《旗帜》出版之前便已经完成的。之所以没有被选入诗集，也是考虑到读者的接受度：在当时的背景下，这样的诗歌超出了读者的期待视野。从另一个角度来说，这或许也反映了波普拉夫斯基的写作先锋特征。

波普拉夫斯基酷爱法国文学，按照尼娜·别尔别洛娃的看法，"法国文学离他更近，他喜欢它们并向它们学习，我觉得他最终会成为一头法国文学里的驴子"[2]。但是对法国的超现实主义的模仿并没有完全改变他俄语诗歌写作的内在气质。同样

---

[1] Сыроватко Л.В. О стихах и стихотворцах / *Культурный слой: Вып. 7*: Гуманитарные исследования. Центр «Молодёжь за свободу слова».–Калининград: Изд-во «НЭТ», 2007. С. 65.

[2] Берберова Н. *Курсив мой*. Автобиография. М., 1996. С. 316.

是超现实主义诗歌，如果我们比较布勒东、兰波与波普拉夫斯基的诗歌就会发现，波普拉夫斯基的笔触是忧伤的，他没有学到法国超现实主义诗歌自由联想中轻松、活泼的成分，俄罗斯文化中特有的悲悯感受已经限定了他的想象范围，影响到他从"主题"到"形象"这一过程的抒情基调。譬如，他虽然描写春天，但落实到笔下却是"地狱的春天"，是洋溢着死亡的力量感的另一种表达：

> 春天沿着台阶默默走上来。
>
> 突然，每个人都想起自己多么孤独。高喊，孤独！无比地憋闷。
>
> 而在黑夜的歌声里，在清晨的咆哮中，在公园黄昏喑哑的亢奋里，
>
> 死去的岁月从卧榻上站起来，
>
> 携带着卧榻，仿佛携带着邮票。河流摇晃，仿佛沥青的海洋。
>
> 摩托艇时而上窜，时而下沉，
>
> 电车鲨鱼远远地看见敌人，
>
> 对着走廊的鼻孔喷出一道道喷泉。
>
> （《地狱里的春天》节选）

伊瓦斯科认为波普拉夫斯基应当算是俄罗斯最接近法国超现实主义的"现代主义者"。但他的这种现代性和法国的超现实主义是有区别的。法国的超现实主义有其自由狂放的目的，是以意识的解放为前提的实验性写作；而波普拉夫斯基做不到这一点。即使表现是梦境与现实的结合，梦中的抒情主人公也总是摆脱不了自身悲剧性的气质。梅涅加尔朵通过分析波普拉夫斯基诗集中的若干意象最后得出，布勒东等法国作家的超现实主义与以波普拉夫斯基为代表的年轻侨民作家的写作的不同之处在于，前者缺乏超验性，仍旧将艺术探索局限在与象征主义的联系上，而波普拉夫斯基和年轻侨民诗人们则以自己的写作主题证明了"神秘主义氛围"的存在。[1] 在伊瓦斯科看来，"他的感性对 20 世纪的'现代派'来说是异己的。的确，阿波利奈尔没有这种特点，而波普拉夫斯基的悲悯心是非常俄罗斯式的，使他和陀思妥耶夫斯基的'穷人'很相似，而在诗歌上又同伊诺肯

---

[1] Менегальдо Е. *Поэтическая вселенная Бориса Поплавского.* СПб.: Алетейя, 2007. C. 262.

季·安年斯基一脉相承……有幻觉的波普拉夫斯基会哭泣，尽管他不是一个爱哭的人！"[1]

　　这或许是所有年轻侨民作家都避不开的一个事实：尽管他们生活在异国的文化环境里，作品中浸染了法国或者别国文学的特征，却永远剔除不了内在的"俄罗斯性"。纳博科夫在评价诗集《旗帜》时批评作者"对俄语的认识极度肤浅"[2]。波普拉夫斯基从小便学习法语，但他从没有渴望成为一名"法国作家"。在瓦尔沙夫斯基的回忆录中，波普拉夫斯基完全没有法国朋友，也从未进入过任何法国文学的圈子。[3] 学者尤利娅·马特维耶娃曾经从文化和语言两个层面考察了波普拉夫斯基究竟是"俄罗斯作家"还是"法国作家"，其中指出，虽然很多时候波普拉夫斯基作品中的世界让读者辨别不出是巴黎还是莫斯科，但诗歌中的一些意象，如总是与死亡和梦境相联系的"雪"，显然与俄罗斯文化背景密切相关[4]。从写作风格上来看，波普拉夫斯基与"巴黎音调"的其他代表诗人一样，对莱蒙托夫、安年斯基、勃洛克的兴趣高于对普希金时代的作家，会创作许多"祖露良心的诗歌"[5]。俄罗斯文学"白银时代"的准则在他那里可以找到明显的回应。

> 目空一切的年轻人
> 穿着下摆宽大无边的裤子，
> 突然听到幸福短促的射击，
> 波涛中红色月亮的飞翔。
>
> 突然，在长号的嘴唇间响起
> 雾中旋转的圆球的尖啸。
> 在致命的梦境里，黑色的圣母

[1] Иваск Ю. Возрождение Б. Поплавского (1903–1935) // *Русская мысль*. 1980. № 3323. 28 авг. С. 11.

[2] Набоков В.В. Поплавский. «Флаги» // *Руль*. 1931. 11 марта.

[3] Варшавский В. *Незамеченное поколение*. Нью-Йорк, 1956. С. 175.

[4] Матвеева Ю. В. Творчество Бориса Поплавского: к вопросу культурной и языковой идентификации / Ю. В. Матвеева // *Сибирский филологический журнал*. 2008. № 3. С. 76.

[5] Терапиано Ю. Человек 30-х годов // *Русский Париж* / Сост., предисл. и коммент. Т. П. Буслаковой. М., 1998. С. 286.

伸开双手，粗野地喊叫一声。


而透过夜晚的、神圣的和地狱的暑热，

透过单簧管在其中歌唱的紫烟，

行走了几百万年的白雪

开始无情地飞来飞去。


在波普拉夫斯基这首最为人所知的《黑色的圣母》中，他用混乱的语言和意识构筑起认知的世界；"黑色的圣母"所处的背景（空虚、寒冷、雪、梦境）就是世界末日的景象，也是诗人自己所处的现实世界场景；诗中所有的动作凌乱而迅疾，波普拉夫斯基对色彩的运用有波德莱尔、兰波的诗歌的况味，也令人想起马雅可夫斯基那首早期的诗歌《夜》："血红和苍白已被揉皱而抛弃，/ 墨绿里洒上了一把把灿烂的金币，/ 黄亮的燃烧的牌一张张分发出去，/ 发到争先跑来的窗户的黑手掌里。/ 眼看楼房被暗蓝的长袍紧裹，/ 街道和广场处之泰然，并不惊愕。"

"幸福"再次与"死亡"结合在了一起，表达了他对世界末日的迷醉之情。"黑色的圣母"的形象来源于世界文化中的圣母崇拜，在这里被急剧变形，融入了波普拉夫斯基本人的世界观：他经常会将多神教与基督教的文化结合为统一的形象，在非理性的末日景象中，我们可以捕捉到安年斯基在世纪末的浅吟低唱。如果说"巴黎音调"最典型的特征是讴歌死亡的"末世论"和存在主义的早期思想雏形，那波普拉夫斯基无疑是体现这些特征的最主要代表。

可叹的是，波普拉夫斯基本人的命运也同他诗歌的基调、同神话故事中的俄尔甫斯有内在的契合。俄尔甫斯的音乐天才不仅让他在众神中引人注目，还吸引到美丽动人的女子欧律狄刻，两人情投意合，十分相爱。欧律狄刻有一次在田野间玩耍，不料却被蛇咬伤致死。俄尔甫斯听到噩耗痛不欲生，他拿出自己的金琴弹出如泣如诉的音乐，琴声把周围的顽石都感动了。1931 年，波普拉夫斯基在巴黎也同样邂逅了他的"欧律狄刻"——就读于索邦神学院、后来成为他未婚妻的娜塔莉娅·斯托里亚洛娃。两人情投意合，经常一起出席文学聚会、外出郊游、交谈人生理想和对文学的看法。波普拉夫斯基渐渐变得阳光积极，充满了对生活的热情，他还以女友为原型创作了小说《自天堂回家》。这一时期波普拉夫斯基的状态，从他献给爱人的一组诗歌《在水的太阳音乐之上》也可以看出来：

> 死亡很深刻，而更深刻的是
> 透明树叶和滚烫草叶的复活，
>
> 我突然明白，或许一个春日的
> 美妙的世界欢快又正确。

斯托里亚洛娃成了波普拉夫斯基心中太阳的闪光。因为她的存在，"心灵醒来并谛听"，她是波普拉夫斯基一生最阳光灿烂的一页，照亮了他原本因为侨居和写作上的苦闷而潮湿的内心，但这种美好时光并没有持续太久。1934 年 12 月，斯托里亚洛娃跟随父亲回国，临别前她与波普拉夫斯基约定好很快便会见面，然而到了莫斯科不久，她的父亲便被逮捕，而她在孤独、无依无靠的环境里也和波普拉夫斯基失去了联系，1937 年又以"参加反苏联组织"的罪名被逮捕，她并不知道，这时候波普拉夫斯基已经去世了两年。

波普拉夫斯基的死亡是侨民文学界一件令人扼腕的事件，一个重要原因便是他太过年轻，而死因又过于偶然。1935 年 10 月 9 日，波普拉夫斯基因吸食过量的海洛因，死在一个并不十分熟悉的朋友谢尔盖·亚尔科家中。据谢尔盖·亚尔科死前写给女友的信中所述，波普拉夫斯基对生活失去了希望，想要自杀又害怕独自地死去，于是便希望在认识的人中间找到一个陪伴者。这样，年仅 32 岁的天才诗人便以一种十分荒诞的方式告别了他的文学事业。他的死亡令整个侨民文学界震惊，几乎所有的报纸杂志都发表了纪念他的文章，人们仿佛第一次发现他令人钦羡的才华。而作为一名优秀的诗人，相比于他本人那些富于寓言性的诗歌，评论家的声音或许都是滞后的："……时间，再见 / 我们憎恨落日的美 / 我们抬不起白垩的脸 / 与冰块冻结在一起的脸 / 我们以额触地：/ 那里在底层 / 在巨大的锁链上 / 基督在阅读一本铁书 / 我们永远和他在一起 / 再见"。(《一切非常恐怖一切非常静谧的东西》)

## 第三节 "巴黎音调"的古典与直白性

　　如上文所述，作为一个嫁接培育的文学流派，"巴黎音调"与域外文学和俄罗斯古典文学都有很深的联系。而作为所有代表诗人中"最具有古典潮流的代表"[1]，阿纳托里·施泰格尔出生于一个旧式瑞士男爵家庭，他短短的一生都在颠沛流离的状况下度过：他幼年便患有肺结核，童年时代生活在乌克兰，后来由于革命，全家人搬迁去了君士坦丁堡和捷克。为了疗养身体，他又到过巴黎、马赛、尼斯、伦敦、罗马、柏林、伯恩、格拉斯等城市，在任何一个地方他都没能安定下来享受生活。这种动荡不安的生活造成了他内心的惶恐感，甚至也影响了他的相貌："瘦削的身材有点驼背，苍白、阴郁的窄脸，高贵的鼻子上鼓起了包，褐色的眼珠周围似乎淡青色的眼白，看起来自尊心很强，很少会笑"[2]。施泰格尔少年时代便萌生了写作的愿望。据他的妹妹、后来的著名女诗人阿拉·加洛文娜回忆，一开始他希望成为一名小说家，尝试未果才转向了诗歌。在阅读偏好上，他喜欢亚·勃洛克、奥·曼德尔施塔姆、格·伊万诺夫、安·阿赫玛托娃的诗歌，也曾经和马琳娜·茨维塔耶娃有过交往。从同时代人的回忆中可以看出，施泰格尔对俄罗斯的古典诗歌遗产也表现出持续的热情，曾经在笔记本上抄下喜爱的诗歌，为自己编写诗歌选集。对于彼得堡的俄罗斯文学，他曾多次向导师阿达莫维奇求证，询问"诗人行会"的大体状况，参加"流浪狗"咖啡厅的文学之夜，试图弄清楚整个"白银时代"文学的发展状况，了解彼得堡才华横溢的诗人群体。事实上，有很多证据可以表明，施泰格尔在写作诗歌的初期，就曾经模仿格·伊万诺夫的风格，并且不是当时的伊万诺夫，而是伊万诺夫在彼得堡时期的旧作。这些主动的学习都证明了施泰格尔与一般年轻侨民诗人的不同：他更加积极主动地拥抱俄罗斯文学的精髓，也更愿意把这里作为自己诗歌写作的起点。

　　施泰格尔生前一共出版了三本诗集，每本都很薄，有的只收录了 50 多首诗歌，印数在 300 册以内，在侨民朋友中间流传，读者都是年轻的侨民诗人。这些小册子能够带来多少影响是可想而知的。经过诗人整理的第四本诗集，直到他死后才得以

---

[1] 弗·阿格诺索夫：《俄罗斯侨民文学史》，刘文飞、陈方译，人民文学出版社，2003，第 41 页。

[2] Шаховская З. *В поисках Набокова. Отражения*. М.: Книга, 1991. С. 158.

出版。学者拉特尼科夫认为，这几本诗集仅凭名字，便可以看出施泰格尔在艺术和生活上探索的路径，另外，这也反映了整个"巴黎音调"的流变轨迹。[1] 施泰格尔的第一本诗集《这一天》（1928）在于捕捉生活的瞬间印象，寻找稍纵即逝的生存感受；到了《这种生活》（1931），他的认识开始深化，试图对生活的本质和矛盾进行诗意的分析；随着诗人更深入的学习和探索，探讨的视域又一次开拓，在第三部诗集出版时，他关注的是对更大范围的悲剧性的认知，建立一种与世界之间独一无二的，即诗集名《忘恩负义》（1936）所反映的极端尖锐性的关系；最后一本诗集《二二得四》（1950；1982）也反映了"巴黎音调"的独特诗学：寻求一种终极的、总结性的、不可改变的词语和诗歌公式的正义与准确性，实现类似于"二二得四"乘法口诀表这样的确切性表达。

在写作初期，施泰格尔也经历了"不得要领"的阶段，他使用过于悲伤的基调，表现出很强的主观性，又带着年轻人那种近乎天真的愤怒，有时会造成情感上硬邦邦的强行对接，抒情主人公的感受总是同外在的、制造冲突和矛盾的自然力量互不交叉，人为的痕迹很明显。直到 1928 年与阿达莫维奇正式建立师生关系，施泰格尔的文学观念才得以更新，开始使用另外的方式写诗。除此之外，勤奋的施泰格尔对许多前辈诗人都怀着崇拜和谦卑的姿态。他的学习成果表现在诗歌中"引经据典"的部分，一些著名诗人如格·伊万诺夫成为他模仿的对象。伊万诺夫的诗集《玫瑰》对他影响很大，在他 20 世纪 30 年代的诗歌中也经常出现"玫瑰"的意象，例如这首写于 1928 年的《我们谈论玫瑰与诗歌……》

> 我们谈论玫瑰与诗歌，
> 我们为爱情和英勇操劳，
> 但我们步履匆匆，我们永远在黑暗中——
> 顺便说一句，所有人都跑着，在路上。
>
> 我们在众目之下度过一整天。

---

[1] Ратников К. *"Парижская нота" в поэзии русского зарубежья.* Челябинск. Межрайонная типография. 1998. C. 76.

> 我们整个的一生在独行的路上，
>
> 在展览会、舞会和茶点室。
>
> 生活在前行。而我们没有察觉。

　　格·伊万诺夫在自己的诗集《玫瑰》中，将"玫瑰"作为超越物质实在的灵魂意象来歌颂。它是"爱情"和"生命"的象征，是灵感的源泉，与诗人经常使用的另一个意象"雪"形成色彩上的强烈对比："还有夜莺在歌唱，玫瑰在雪地开放……""我们歌唱黝黑的皮肤，/ 缎子似的发辫上的玫瑰，/ 歌唱那一对眼睛，/ 那一对绝世无双的眼睛。"但是在施泰格尔的笔下，作为爱情象征的"玫瑰"被降格到了较为庸俗的地位，指代的是庸俗生活中披着崇高的外衣、而本质上却虚张声势的存在（不仅"玫瑰"，诗歌中的"诗歌"应该也是带有讽刺意味的）。生活在尘世中的人，为物质生活和所谓的精神享受所牵绊，根本没有注意到时间的流逝，生命本身被忽略了。施泰格尔的这首诗歌具备了"巴黎音调"诗歌的基本特征：结构十分短小精悍，诗人用凝练和平白的语言营造了一个微缩场景，在结尾处以一句具有转折意味的话点题，抓住读者的认知，给人以阅读上的意外体验。这一句"生活在前行。而我们没有察觉"正是起到了这样的效果，阿达莫维奇将施泰格尔的这种结尾称作"针尖刺人的风格"[1]，它具有箴言一类的性质，仿佛前面的众多铺垫都是为了最终的这句"点睛之笔"。

　　当然，施泰格尔最重要的主题还是传达个人生存的孤独感，表现他在面对大自然强大而无所不包的力量时的无助感受。这种自然力量最突出的存在便是"死亡"。在他看来，"死亡"并不遥远，相反，它是距离生活最近的存在。普通人总是将"生"与"死"完全对立，而在施泰格尔笔下它们几乎是同一件事情。对死亡的审视，也便是对我们生活的深刻反思：

> 大限将会到来（不是立刻，不是现在，不是明天，不是下周），
>
> 但它，呜呼，这一刻将会到来，你会在夜里突然从床上坐起
>
> 会看到不加修饰的真实

---

[1] Адамович Г. Комментарии. / *Одиночество и свобода.* Алетейя, 2002. С. 326.

以及生活——它本来的模样……

（1935）

这首诗歌收录在他的第三本诗集《忘恩负义》中，也就是上文提到的他进行世界观探索的阶段，对生活、死亡、宗教的理解更加客观。人只有在无限濒临死亡的时候，才会认清生活的真相。在表现这样深刻的主题时，施泰格尔并不使用崇高伟岸的词汇，相反，他的词库是有限的，有些搭配甚至是程式化的，譬如"老房子""破败的池塘"等。他尤其注意诗歌中的叙事效果，譬如这首关于大限将至的诗歌，从人对于不可知死亡的推测开始，呈现死亡荒诞悖谬的一面：表面上我们不知道死亡何时到来，但我们似乎可以肯定，现在不会死亡，明天不会，下周也不会，但是那个生死之间的界限总还是存在，它将会是未来某个确切的时刻。一连串的"否定"以及语气词"呜呼"，看起来虽是口语化的表达，但暗流涌动的情感却被一步步推到十分对立和矛盾的境地；有时他也经常运用设问修辞，时而发问，时而又自己给出答案，似乎希望通过层层的追问寻求真实的"我"，譬如他那首十分短小，却流传最广的诗歌：

没有人问我们：您作过恶吗？

只会有人问我们：您爱过人吗？

我们会低着头，

痛苦地说：是啊，当然，

爱过……爱到了无以复加！……

这样一种"爱"与"恶"的对立是直击人心的。相比于"恶"，"爱"似乎更加复杂，具有多重阐释的空间。虽然只是非常细微的一个场景，但施泰格尔展示了风格、分寸感以及词语背后的文化含义具有的特殊魅力。他刻意使用断句式的表达，使诗歌显得轻巧、敏锐，并且具有了很强的节奏感，像抒情主人公所有的意志都积聚到了一起，悬于一线。阿格诺索夫在评价他这种写作方式所蕴含的情感力量时指出，"压低声音的简短诗节，半中截断的诗行，使施泰格尔的诗歌具有悲剧意味，但是，这却没有掩盖住他那明亮的回忆和爱情的感受"[1]。施泰格尔常常是用悲剧性的感受来表达爱，这一点和波普拉夫斯基是不同的。如果说成熟而阅历丰富的波普拉夫斯基是通过"死亡"来表达一种与命运的对抗，借以"提高对生活的感受"[2]，那么施泰格尔更像一个涉世未深（或者说，虽然经历颇多却依然心地单纯）的孩子，还在努力从"死亡"中辨认生活的真相。

从上面举到的几处例子还可以看到施泰格尔的另一个特点：他的抒情主人公常常不是单数的"我"，而是"我们"。在杰拉皮阿诺的回忆中，施泰格尔是一个十分真诚的人。在巴黎的时候，他会定期出席文学活动，一个人静静地坐在角落里，聆听别人的发言。他与文学圈子里的人都保持了非常友好的关系，与此同时，他又没有人云亦云，按照圈子内流行的方式写诗。他总是在人群中保持自己的"异质性"，是那些优秀的"极少数中的一个"。他"节制、精确、深刻，并且诚实"[3]。在文学上，他有抱负，也有担当。当他从事创作，他是代表一个群体在发声，写作的意义在于塑造处于流亡状态下的"我们"，表现整个时代的人和外部世界的勾连。他的诗歌具有明显的对话特征，这种对话，是"我们"与"读者"之间的对话——同时，由于他的读者多是年轻的侨民诗人，这又让对话成了"自我"的独白。所有关于爱情、死亡、孤独、生存状态等的沉思，其实是个人体验的"反刍"。他不需要虚拟一个阅读群体，因为这似乎是预先确定了的，他通过写作进行的交流是开放的，同时又具有极大的封闭性，甚至连同样生活在巴黎的老一代诗人也难以听到他们的声音。季娜依达·沙霍夫斯卡娅评价施泰格尔的创作远远超出了最具有"音调"特色的大众诗歌的框架："施泰格尔简短的、一气呵成的诗歌在简约型和纯粹性上超出了蒙帕纳斯，那些原本成为规约的东西都达到了尽善尽美的地步。"[4]但有一个框架他始终也没能突破——时代背景为他们这一代侨民诗人圈定的读者群、艺术层次。这是施泰格尔个人作为诗人的悲哀，也是整个年轻侨民诗人的悲剧性所在。

施泰格尔小时候便患有肺结核，疾病让他对周围世界的观察多了几分敏感，也让他的文字增加了"窒息感"。他会将自己关于疾病的经验写入诗中，但又不仅仅

[1] 弗·阿格诺索夫：《俄罗斯侨民文学史》，刘文飞、陈方译，人民文学出版社，2003，第 41 页．

[2] Поплавский Б. Ю. О смерти и жалости в «Числах» // *Новая газета*. 1931. № 3. 1 апр.

[3] Терапиано Ю. *Встречи. 1926—1971* / ИНИОН РАН. М.: INTRADA, 2002. C. 92.

[4] Шаховская З. *В поисках Набокова. Отражения*. М.: Книга, 1991. C. 159.

停留在对身体的病态感受上。1944 年 10 月 24 日，当第二次世界大战的炮火还在全世界猛烈扫射时，他一个人静静地躺在没有战火纷扰的瑞士医院里死去。他的很多朋友因为参加战争牺牲在了战场上，而他生前虽然憎恶法西斯，也曾写过一些反对纳粹的讽刺文章，却没有直接参与战争。这和他怯懦敏感的天性是一致的：作为"巴黎音调"的代表诗人，他写下了个人在盲目的自然力量面前的无助；作为一个流离失所、手无寸铁的知识分子，对于暴力和无序的现状他同样体会到无能为力的悲哀。

相比阿纳托里·施泰格尔，与他同年出生、也同样是阿达莫维奇最称职学生的女诗人利季娅·切尔文斯卡娅，其世界观似乎更加沉重、悲观。瓦西里·雅诺夫斯基认为切尔文斯卡娅凭借艺术的习惯、艺术的态度，生活在艺术的世界里，"以想象力建立了自己爱与嫉妒的悲剧，但对此不能简单地予以否定，因为这种不地道的真实有时候是以真实的存在做保障的"[1]。切尔文斯卡娅一家于 1920 年移居君士坦丁堡，两年后永久地定居在了巴黎。她不像施泰格尔那样漂泊，生活也足够简单：诗歌成为她一生中最主要也是最私密的兴趣所在。

定居巴黎之后，由于阿达莫维奇的推崇，切尔文斯卡娅很快便成为蒙帕纳斯最著名的诗人之一。但还必须指出的是，切尔文斯卡娅之所以最终在侨民诗人中间成为不可取代的符号，最重要的推动力还在于阿达莫维奇与霍达谢维奇之间的论战。这两位巴黎最重要的俄罗斯诗歌评论家针对艺术中的"技巧"和"真诚"等问题，展开了持续十年的辩论（本书第三章将有专节介绍），而切尔文斯卡娅作为具备所有"巴黎音调"典型特征的代表诗人，自然成为霍达谢维奇批评的对象。他指责切尔文斯卡娅的诗歌是没有任何艺术内涵的、直接的、"个人文献"的诗歌，这种指责却也在另一个层面促进了切尔文斯卡娅诗歌的传播，使其收获了更多的读者。

在第二次世界大战之前，切尔文斯卡娅一共出版了两本诗集：《来临》（1934）和《拂晓》（1937）。尤其是第二本诗集，在年轻侨民诗人中间影响很大，阿达莫维奇评价该诗集"仿佛是专门为给'巴黎音调'做实例论证而创作的"[2]。的确，该诗集几乎体现了"巴黎音调"所有诗歌的特征：结构比较简洁，诗行较少，整首诗被分割成十分短小的片段以提高诗歌内部的紧张性，等等。这样使得整首诗残缺、不

[1] Яновский В. *Поля Елисейские*. СПб.: Издательство Пушкинского фонда, , 1993. С. 213.

[2] Адамович Г. *Одиночество и свобода*. Алетейя, 2002. С. 422.

完整，诗歌似乎是由一个个悲伤、绝望的音符拼凑而成的。

> 我们在塔楼上，我们在整个世界的上方，
> 更高的地方一无所有，
> 也不存在更加可怕的东西。
> 仿佛没有任何人知道，
> 我们怎么在这里，这是何时，
> 又是为了什么？
> 吊灯熄灭，悲伤，潮湿，
> 没有爱，听我说，没有爱……
> 你知道吗，我们也会把心灵熄灭，
> 因为这些人中没人能帮上忙，
> 不管怎样哭泣、怎样跌倒、怎样呼喊。

切尔文斯卡娅始终带着怀疑和否定的情绪写诗，她反复提问，以寻找心灵的确信感受，但这种寻找每次都被宣告是徒劳的。从她的这首诗里可以看出，抒情主人公试图在凡俗存在的上方，在形而上的层面寻找意义，寻找某些重大的、必需的、最终的东西，以解脱自己身上难以传达的痛苦。但凡俗的世界之上一无所有，她只是体验到"高处不胜寒"，体会到无能为力和更加深重的孤独感。在整个创作生活中，利季娅·切尔文斯卡娅始终在描写这种无法逃避的悲伤，她最主要的主题便是反映意识中的"丢失感""无力感"，这自然也是 20 世纪 20—40 年代年轻侨民诗人群体的共同感受；不过，这种悲剧性感受一定是来自她个人，与她隐秘的私人经验有关的，也就是霍达谢维奇所说的"个人文献"。区别于更深刻、更全面的精神探索，她选择了一条幽暗的小路走向"真理"。因此，这种认知也是不全面的、极具主观色彩的，反映了诗人本人在面对世界时的浅薄。

> 毕竟我们没有为此忧伤，
> 毕竟我们没有为此沉默，

毕竟我们还珍视着

最使人痛苦、最为尘世的亲吻。

我们热情洋溢地谈论着这些

（各自怀想着各自的幸福）。

……整个房间被朝霞，

被这蓝色的朝霞和无言的回应填满。

窗外是六月……

阳光点燃透明的花瓶，

点燃水中的水仙纤细的枝条，

一切突然变得寂静、明朗……

我们在哪儿？要去哪儿？——

不去任何地方，不在任何地方。

"我们在哪里？""要去哪里？"这些终极之问经常在不经意间闪现，仿佛是命中注定的体验。一个人突然发现自己身处陌生的世界，所有人、所有的房间和道路都变得不可辨认，这把"我"与整个时间、空间建构的世界剥离开来。读者会在诗歌的一系列问题中看到自己，因为这几乎是我们每个人都会在生活的某个瞬间陷入的、对自我存在不确定性的意外情境。切尔文斯卡娅有时候会突然在冷漠、残忍的画面中间穿插一些明亮的基调，"我们热情洋溢地谈论着这些 /（各自怀想着各自的幸福）"，但它们又难以抵挡整首诗背后的失望情绪。从这首诗还可以看出，切尔文斯卡娅很擅长用散文化的语言来写作抒情诗，阅读诗歌仿佛在读她白描的一个场景、一个片段，"散文化"也是"巴黎音调"的基本写作原则之一。有论者指出："她的诗歌也可以被认为是对阿达莫维奇文章的注解，阿达莫维奇曾指出，在不改变诗歌精神的前提下，使诗歌'散文化'是可以的，甚至也是应该的。"[1]

许多评论家对切尔文斯卡娅的创作评价不高，他们都认为，这位女诗人的诗歌因为太过直白袒露而缺乏艺术追求。她的诗歌仿佛是从日记中摘选出来的一节，有时候明显可以看到情感上造作的成分："新年快乐——在死亡到来前永别吧。/还

---

[1] *Вернуться в Россию - стихами. 200 поэтов эмиграции.* Сост. Крейд В. М.: Республика, 1995. C. 666.

能说什么，说什么我们走的不是同一条路……/ 每一个成功都是孤独的，/ 就像我对你的爱。请原谅……"这些文字消除了作者和读者之间的距离，甚至也消除了文体上的界限，不过私密性的失恋者絮语对整体文学有什么意义呢？她的第一本诗集便是献给自己丈夫的，可以说内在的感受都偏向于"私人化"，但是在阿达莫维奇看来，切尔文斯卡娅对整个侨民文学最主要的贡献便在于她的这种真诚，在于她以敏感的个人感受，形象而完整地传达出被流放者在异乡的精神体验，他们的一些病态感受，以及与无法抵挡、也无法忘怀的祖国之间分离的痛苦。在切尔文斯卡娅出版第一本诗集时，阿达莫维奇便发表评论文章，认为她的写作不是为了个人，而是以自己的感受为所有的同龄人发声，代表的是整个群体。况且，她所渲染的幻灭感和苦涩的情绪，也并不总是关于爱情的，这种"爱"或许可以推而广之，获得更加丰富的外延。

搁置俄罗斯学者对切尔文斯卡娅褒贬不一的评价，或许德国斯拉夫学者沃尔夫冈·卡扎克在《二十世纪俄罗斯文学词典》中的一段评语更值得我们参考："切尔文斯卡娅的诗歌拥有被强化的情绪感，诗歌的主要情节是爱、忧愁、眼泪和怀疑。她在诗歌中进行了理想和现实、希望和失望、过去和现在、侨居和俄罗斯之间的对比。切尔文斯卡娅的诗歌富于音乐性，借助重复和首语重复法，诗歌获得了独特的浅白性以及暗示的力量。"[1] 在这里需要再次强调切尔文斯卡娅与"巴黎音调"的关系。我们阅读切尔文斯卡娅短小、朴实的诗歌，会被她坦率的情感和突然的困惑所感染，那种悲哀的情绪会使我们转入对自我存在本身的思索，但也会令我们在哲理性思索的断裂处戛然而止；在诗歌技巧上，我们会惊叹这种文笔和构思的精巧之处，同时也会为诗歌与诗歌之间的雷同感、诗人世界观的局限性感到遗憾。

## 本 章 小 结

巴黎俄侨诗歌群体中被弗拉基米尔·瓦尔沙夫斯基称作的"不被注意的一代"，并没有在潦倒窘迫的环境里放弃对文学创作活动的追求。虽然他们没有在俄罗斯受

---

[1] Казак В. *Лексикон русской литературы XX века* = *Lexikon der russischen Literatur ab 1917* / [пер. с нем.]. М.: РИК «Культура», 1996. С. 456.

到良好的文学教育，但这并不代表他们的审美取向是完全盲从的，譬如，他们对于俄罗斯经典文学的取舍就说明了这一点：普希金所代表的主流诗歌规范没有被他们接受，他们反倒对莱蒙托夫、勃洛克、安年斯基等诗人所从属的传统产生了兴趣。在文学观念的养成上，批评家阿达莫维奇所倡导的减少文学修辞的"纯粹"、"袒露内心"、书写永恒的写作规范，促成了一大批年轻诗人立足于自我剖析、日记体的诗歌创作，这形成了俄罗斯侨民诗歌史上唯一一个具有独立文学流派特点的"巴黎音调"的雏形。年轻一代诗人热衷描写死亡和末世景象，与存在主义有千丝万缕的关联，这也是他们自我认同困境的一个反映。除此之外，年轻一代诗人对法国文学的兴趣也影响了他们的写作风格，马拉美、波德莱尔、兰波等一大批现代主义法国诗人进入了他们的阅读视野。在所有年轻一代诗人中间，受到"超现实主义""达达主义"等流派影响最大的，应该算是鲍里斯·波普拉夫斯基。他的写作是十分具有代表性的年轻一代俄侨诗人的写作，不同于老一代诗人，在波普拉夫斯基那里，外来文学观念占据了重要的地位，他仿佛在用俄罗斯的语言描述一个非俄罗斯文学的世界。

# 第三章

# 侨民文学批评中的"父与子"

在讨论俄罗斯文学史上独特的移民浪潮现象时，学者尼娜·奥西波娃从文化符号学的角度，选取了侨民第一浪潮的诗歌作为文化文本进行研究。她认为，"流亡"这一现象在文化学上很有意思，对于侨民来说，"它是一种原初价值观和独特性丧失的象征，这种'丧失'，是符号学的时间－空间上的、物的丢失。"她还在专著中引用了另一位学者的观点，认为这里的"流亡"在神话学上有两个源头：《圣经》上亚当与夏娃偷食禁果引发的道德堕落，以及心理分析学上俄狄浦斯与母亲的诀别[1]。无论是在精神象征层面还是作为文化心理的反映，20世纪20年代发生在苏联政权建立前后的移民浪潮都具有多重的阐释空间。作为文化话语掌权者的俄罗斯知识分子（哲学家、思想家、作家、诗人、艺术家、演员等）因为意识形态的原因，与自己的母体文化发生分离，这在语义学上形成了一系列丰富的对立：自我与他者、忠诚与背叛、发出呼喊与沉默无声、失去光明与获取视野、家与非家、寻找道路与无路可走等等。从这些对立中，我们可以看到流亡于俄罗斯疆域之外的知识分子内心的挣扎和矛盾。

在考察巴黎俄侨诗歌"父与子"的现象时，同时代作家和诗人对于巴黎俄侨文学的批评，应当算作我们研究主题不可忽视的重要组成部分。侨居在巴黎的很多文学家，除了创作文学作品，也会对俄罗斯诗歌的状况、侨民作家的总体面貌发表看法，这其中最积极、最著名的当属阿达莫维奇、霍达谢维奇与吉皮乌斯，

---

[1] Осипова Н. *Поэзия русского зарубежья как текст культуры.* Москва: Экслибрисс-Пресс, 2015. С. 4–5.

除此之外，还有杰拉皮阿诺、斯洛尼姆、斯特鲁威、瓦尔沙夫斯基等等。在组织考察这些批评文献时，我们挑选了最重要的一些批评现象，譬如阿达莫维奇与霍达谢维奇关于"文学是什么""父与子"等问题的十年论战，瓦尔沙夫斯基对年轻一代文学的论断，等等。在所有文学批评的最开始，我们选择了意识形态批评作为开端，这其中最重要的批评家当属性格乖张而又斗志昂扬的季娜依达·吉皮乌斯。

## 第一节 吉皮乌斯的"文学－政治学"批评

别尔别洛娃在描述自己的同时代人季娜依达·吉皮乌斯时，用了一个十分恰当的比喻：她会把身边所有的人"放到显微镜底下"[1]，反反复复地打量和观察，以弄清对方的"身份"——这种身份不是他的自然属性，也不仅仅是他的社会身份，而是他持有的价值观念，更确切地说是所处的"立场"。她会高声疾呼："他不和我们站在一起，就是我们的敌人！"一个人在她那里不只是一种个性、性格，是感觉和激情的结合体，还一定是一种社会特征，这样或者那样政治思想的携带者，政党、团体、"圈子"的代表。[2]吉皮乌斯天生具备普通女性比较缺乏的纯理性判断，她的整个生命都是活在"思想"之中的。这或许决定了她在文学史上的地位主要不是由其诗人和小说家的身份来支撑，而是作为一个文学批评家、社会活动家起到的桥梁作用。

1920 年，吉皮乌斯与丈夫梅列日科夫斯基来到巴黎，他们后半生的大部分时光都是在法国度过的。在侨居巴黎期间，吉皮乌斯虽然也进行诗歌、小说与随笔的创作，但更多的是在报纸和杂志上发表文学评论。有些评论的文章署的是她的笔名：安东·科拉伊尼，除此之外，她还使用过笔名：列夫·普辛、罗曼·阿连斯基、达瓦里希·格尔曼等等。这些名字无疑都是男性的——这正符合她的追求。从行文和写作的主题来看，作者更像是一个具有雄辩气质和政治抱负的男人。

---

[1] Берберова Н. Предисловие // Гиппиус З. Петербургские дневники. Нью-Йорк, 1990. С. 14.

[2] *Русская литература 20-х - 30-х годов. Портреты поэтов.* Том 1. Сост. и отв. ред. Гачева А., Семенова С. М.: ИМЛИ РАН. 2008. С. 271.

吉皮乌斯有一句关于侨民身份的判断经常被研究侨民文学的学者引用："М ы не в изгнании，мы в послании."这句话翻译成中文便是："我们不是被流放，而是被赋予使命的。"这里的"послание"（"委派、寄语，《使徒行传》"）使人首先想到普希金的一首诗《寄语西伯利亚》（Посланиев Сибирь），那是他为流放西伯利亚的十月党人创作的。作为"被拣选"的一批精英，在战时状态带着文化的种子寻求避难，等到战乱平息之后再重返祖国，复兴国家的文化，这是吉皮乌斯和梅列日科夫斯基离开俄国之初便坚定的信念，也是许多老一代侨民作家的共同看法。梅列日科夫斯基夫妻对布尔什维克政权抱有极度排斥的态度，以至于侨居国外之后，吉皮乌斯在自己的回忆随笔《鲜活的面孔》里回忆老朋友勃洛克、勃留索夫等人时，完全以他们的政治立场来评价他们后期的文学成就。1924 年，她以安东·科拉伊尼的笔名在巴黎的《当代记事》发表文章，同样以这种姿态评价叶赛宁、马雅可夫斯基、米·斯洛尼姆斯基等前后写作风格的变化。在她看来，他们是无可争辩的天才，但天才与"伟大的作品"并不是密不可分的。苏联政权利用了他们的天才，"就像手戴上了手套"，敦促他们创造"乌托邦式的现实主义"。这样的创作已经算不上真正的俄罗斯文学样式，同样，对这种失去了"美"与"丑"判断的"新人作家"的作品，她认为不读也罢。因此，她不认为流亡是一种灾难，因为苏维埃境内的俄罗斯文学已经不复存在了。

> 俄罗斯文学永远不可能在生活之外进行；它走得越远，就越能体会到总体形势的影响。它的节奏由于社会事件的发展节奏而被加快了，有时候它超越了这些事件。浪漫主义者的时期没有来得及正常完成，下一个、又是现实主义的支流已经汇流其中了。加入的是一条十分怪异的支流：夸张的和乌托邦式的现实主义。它里面已经包含了布尔什维克的所有元素。[1]

奇怪的是，尽管吉皮乌斯在这篇文章的开头用了大量的语言论证"真、善、美"三者之间的统一性，然而她本人对文学的评价却总是从"非文学审美"的角度出发。

---

[1] Крайний Антон. Литературная запись: О молодых и средних. *Современные Записки*. Париж, 1924. № 19. C. 236.

她号召流亡国外的侨民作家要把写作建立在对俄国革命的批判和对侨民流亡状态的书写上，也即作为携带文化火种的这些知识分子应当肩负俄罗斯精神复兴的任务，文学写作应当成为社会和历史经验的载体。还在彼得堡的时候，吉皮乌斯便在自己的日记中强调了"政治"在她一生中的重要地位："政治——专制政体的条件——是我们的首要生活兴趣，因为每个俄罗斯文化人，不管他从哪个方向走向生活——不管他愿不愿意——都必然会与政治问题相遇。"[1] 这种观念决定了她将文学批评意识形态化，对侨民作家的创作冠以特定的政治色彩。

对年轻一代侨民诗人，吉皮乌斯最开始表现出同情的态度，或许这也传达出她渴望拉拢他们的意愿——她需要一个强大而具有蓬勃势头的群体，来实现她拯救俄罗斯的宏伟计划。1925 年，她在文章《处女地》中回顾了 19、20 世纪之交的俄罗斯文学的"父与子"，批评了老一代（以"颓废派"为代表）醉心于唯美主义的艺术原则，批评了他们追求脱离具体语境的文学艺术，肯定了他们的后继者思考和对俄罗斯的热爱，决心用文学的实际创作建造一座桥梁，表达对"祖国思想"的热爱——这里需要强调，吉皮乌斯并没有具体指出哪些作家是"父辈"，哪些是"子辈"。她认为在现实中，代际的更替是一件复杂的事情，它难以被察觉，也不能被做出数学式的定性。同样，侨民文学界的"父"与"子"也只是从年龄上划分，而不是传承关系上的先后次序。提到年轻一代侨民诗人，她不无同情地描写了巴黎的俄侨们穷困潦倒的生活：只有捷克斯洛伐克的俄罗斯年轻人才有机会正常学习、读书、思考，而巴黎的俄罗斯年轻人住宿环境差，凌晨 5 点就要起床干苦力，他们要解决基本的物质生活问题，根本没有足够的时间学习。在思想上，他们存在着天然的不足：这一批年轻人来自俄罗斯的特殊历史时期，他们在灾难中开始生活；他们没有和过去具体的联系，他们的身后没有俄国任何独特的、自传性的过去。所有年长一些的人都还有一些自传性的过去，尽管不像老一代侨民团体、像"父亲们"那样。吉皮乌斯敏锐地捕捉到年轻人身上的"断裂感"，他们对自己父辈的文学成就没有表现出任何愤恨和不满，而事实上，他们根本没有可以交流的共同语境，肯定或者否定也就根本无从谈起。对于俄罗斯的过去，他们是不了解的，"话说他们的'父亲'是谁呢？对他们来说无所谓——不管是爷爷还是甚至'曾祖父'。对他们来

---

[1] Гиппиус З. *Петербургские дневники*. М.: Книга, 1990. С. 230.

说陀思妥耶夫斯基、米哈伊洛夫斯基和米留科夫都在同一个水平线上"[1]。

吉皮乌斯像大部分老派俄罗斯移民一样，非常注重将俄罗斯文学传统作为俄罗斯思想的载体，以及其对侨民的重要意义。流亡生活已经使他们失去了地理上的"俄罗斯人"身份，新政权的建立也加剧了他们无依无靠的流亡体验。在这种情况下，对俄罗斯文学的坚守成了他们证明自己身份的最后一道防线。在这一方面，她对老一代的知识分子表示肯定，认为他们是真正懂得并热爱俄罗斯的人，清楚地明白今日俄罗斯的状态之所以令人恐怖，是因为内部有什么样的深刻原因。不过，她也在文章《保卫俄罗斯》中，指出老一代知识分子内部已经出现了立场上的分裂，一个统一而正确的"保卫俄罗斯"联盟远远没有形成，对俄罗斯的保卫也不应该仅仅停留在杂志所号召的"不妥协"这一点上。[2] 吉皮乌斯对老一代作家的批评，反映出她在文学的思想价值评价方面决不妥协的立场。侨民作家作为被边缘化的流亡知识分子，本身就是失去了政治权力的群体，她无法容忍这个共同体出现思想意识上的松懈和分化，因为这与苏联政权内部倡导的团结和统一形成了巨大反差，长期下去，她所希冀的重新返回俄罗斯、"俄罗斯精神复兴"只能是纸上谈兵。吉皮乌斯远不是一个有亲和力的人，这反映在她对待侨民中亲布尔什维克、渴望回到祖国的那一部分知识分子的态度上：她坚决不会和以茨维塔耶娃为代表的、在《里程碑》选集上发表诗歌的诗人交往，也不认同他们发出的"面朝俄罗斯"的口号。

1928 年，梅列日科夫斯基夫妇出席南斯拉夫政府在贝尔格莱德举办的第一届俄罗斯作家记者代表大会，并被授予圣萨瓦奖章，以表彰他们在文学活动领域做出的贡献。的确，在一种责任感的感召下，梅列日科夫斯基夫妇可以说是侨民知识分子圈子里最活跃的人。他们组织和筹划了许多社会活动，借此为侨民圈内持不同观点和立场的人搭建桥梁，譬如文学圈子里最著名的"星期天读书会"和"绿灯社"。

在此之前，巴黎的年轻诗人们会在拉丁街区的"Labolle"咖啡馆聚会，组织者和重要参与者有尤·杰拉皮阿诺、维·马姆琴科以及康·巴尔蒙特的女儿米拉·巴尔蒙特等。从 1925—1926 年的冬天开始，梅列日科夫斯基夫妇家中同时举办起文学沙龙活动，参与者有一部分是咖啡馆的诗人，他们在每个周日聚集在这里，后来

---

[1]　Гиппиус З. Новь. *Современные Записки.* Париж, 1925. № 23. С. 429.

[2]　Лев Пущин. "Борьба за Россию". *Новый Дом.* Париж, 1927. № 3. С. 37–39.

从 1927 年 2 月直到 1939 年这里又发展了"绿灯社"的聚会（参加者有重合）。在年轻作家尤里·费尔津看来，正是在梅列日科夫斯基夫妇组织的文学聚会上，巴黎侨民界"年轻一代"才得以出现[1]，这种说法虽然过分夸大了梅列日科夫斯基夫妇文学沙龙的重要性（事实上，并不是所有侨居巴黎的知识分子都会参加他们的聚会），但也从另一个侧面反映了"文学沙龙"在凝聚侨民作家和思想界人士方面起到的作用。

"绿灯社"的创办，使得梅列日科夫斯基夫妇在彼得堡家中的文学聚会传统得以恢复；向更远的历史追溯，这也是对 1819—1820 年由彼得堡十二月党人成员创办、普希金参与的思想文化沙龙"绿灯社"的延续。梅列日科夫斯基曾经在"绿灯社"的聚会中解释过使用"绿灯"这个名字的真正意图：这是从俄罗斯"黄金时代"向"白银时代"的观念传承，思想的火焰穿过绿色的灯罩，就像信念穿过希望的绿色，这是一种对自由的信念，渴望着自由与俄罗斯将合为一体。[2]吉皮乌斯曾经多次参与主持"绿灯社"的聚会，她那篇著名的演说《流亡中的俄罗斯文学》也发表于"绿灯社"第二和第三次的聚会上。在演讲中，吉皮乌斯提出了"流亡"生活的一个积极意义：俄罗斯人第一次被赋予了"自由的话语"。这种自由，不仅表现在政治意义上，也反映在哲学、科学、宗教、文学、艺术等各个领域。要考察侨民的精神生活，应当首先从这种"自由"的范畴开始追溯。吉皮乌斯在后来的文章中也多次提到"自由"的话题，她认为，"自由"在俄国历史上向来是匮乏的，如何突破思想的禁锢，学会在这种"自由"的氛围中发展文学和进行艺术创造，是侨民知识分子的任务。她甚至提出一个类比，如果说当年彼得大帝派年轻人到国外学习科学技术是为了促进帝国的发展，那么，他们这些人就是带着神秘的使命，被派往国外学习知识，同时也学习"自由"的经验。

在《流亡中的俄罗斯文学》中，吉皮乌斯把年轻人称作"主观主义者"，这主要是因为他们强烈的、不分青红皂白的对一切的否定。他们死死抓住所谓的"个性"原则，反对任何形式的"思想"，因为所有的思想都是"共有的"，而想要突出个性，就必然要打破这些公共性的逻辑体系，年轻人甚至强调，思想、哲学、思索、意义

---

[1] Фельзен Юрий. У Мережковских по воскресеньям. *Даугава*. 1989. № 9. C. 105.

[2] Gibson A. *Russian poetry and criticism in Paris from 1920 to 1940*. The Hague: Leuxenhoff Publishing, 1990: 65.

的时代已经过去了：老的思想已经坍塌，而新的还没有出现。出于某种"影响的焦虑"，他们最焦虑不安的是：千万不要有什么人或者什么观念"影响"到他。而至于真正的文学的范式是什么，他们需要在哪些方面提升以创造更加伟大的文学作品，这些都不是他们担心的内容。老一代作家批评他们冥顽不灵、狭隘、空虚、老朽，而他们并不会对此表达反对的意见。吉皮乌斯还强调，这些年轻作家没有被死亡的恐惧所威胁，这是一种很危险的情绪：如果一个人不懂得害怕死亡，那他和行尸走肉又有什么区别？吉皮乌斯的这种描述令人想到年轻一代文学作品的普遍风格：冷淡、颓废的笔触，对一切漠不关心，或者渲染自怨自艾的情绪。这和吉皮乌斯的诗歌里透露出的决绝的力量感自然是不可同日而语的。

> 两根线头互相触碰——
>
> 另一对"正"与"负"
>
> 和这一对"正"与"负"同时惊醒，
>
> 一旦两个线头融为一体，
>
> 它们的死亡将引来一片光明。
>
> （1901）

吉皮乌斯将年轻人的无力感归咎于老一代作家，认为正是他们无所不包的气势和他们的那些"思想"使得年轻人感受到无法突破的绝望，从而拿起了抵御的武器。并且，有些时候，年轻人的"主观主义"也会实现向"独立个性"的转变。"独立个性"是好的，它防范了主观主义走向死胡同的不良后果，使得年轻人完成了文学创作由"自发性"向"自觉性"的转变，它的前面有广阔的发展道路。只要具备足够的力量和才情，在这条写作道路上就能够走得更远。吉皮乌斯对侨民群体的"统一性"一再强调，在大家发言之后，她又一次重申了自己发言中提到的几个问题，认为研究侨民群体的精神状态是十分重要的，并且这种研究不能局限于一种视角和方法，侨民应该有他们的统一性，应该有共同的任务。吉皮乌斯的演讲充满了理想主义的激情，但接下来大家的讨论并不是特别令她满意。从她在谈话结尾做的总结可以看出，无论是霍达谢维奇，还是维什尼亚克、阿达莫维奇，没有人按照她提供的思路展开讨论，很多人对"侨民群体具有统一性、被赋予了同样的任务"不以为然。阿达莫维奇甚至认为，艺术创造具有不受时间限制、不受外部和内部生活条件约束的自足特点。这显然与吉皮乌斯的泛意识形态批评大异其趣，而他们夫妻联合所有侨民知识分子的愿望也多少是一厢情愿的。在演讲中，吉皮乌斯对总体文学的把握常常受到其他批评学者的质疑，但不得不说，她对年轻一代存在的问题的观察还是十分准确的。

吉皮乌斯渴望从年轻一代作家那里发现文学上的禀赋，但年轻人的表现也常常令她失望。格·伊万诺夫就曾经在自己的回忆文章中提到，由于吉皮乌斯对发表在《当代记事》上的两篇年轻作家的小说进行了严厉的批评，导致杂志社震惊许久，几乎不再收录年轻作家的虚构作品。[1] 作为老一代作家代表的吉皮乌斯，像其他有文学权威的作者一样，占据了俄侨杂志的绝大部分版面，留给年轻人的发表机会是十分渺茫的。

对于俄罗斯侨民文学的发展状况，吉皮乌斯怀有那种领袖们常有的焦虑心理。1924 年，她在批评文章《飞向欧洲》中，开篇便写下这样的话："首先应当复活。"这里的"复活"，指的是俄罗斯精神的复活，最先被提出来的就应该是俄罗斯文学大师们所开创的精神传统。1927 年，侨民文学刊物《新航船》在吉皮乌斯等人的共同努力下出版，这份杂志一共出版了四期，其中除了刊登一些老作家的诗歌和评论文章，还刊登了"绿灯社"前几次聚会的纪要。杂志的发刊词发表了对侨民文学的一些看法，也间接传达出梅列日科夫斯基夫妇对侨民作家的期许："我们虽然求新，但不会致力于完全的无根之水，我们拥有自己的俄罗斯精神与思想的源头和历史。果戈理、陀思妥耶夫斯基、莱蒙托夫、弗·索洛维约夫——这些名字用它们的过去和我们的未来相连。我们祖国的不幸便是我们的不幸。但它的灵魂生活在我们中间，就像生活在这里或者那里数百万同胞心中一样。我们的航船不畏惧宽阔的大海。但我们明白，没有明确的意志，就无法抵达故乡的彼岸"[2]。这篇发刊词情感真挚，充满了对俄罗斯"母亲"的眷恋。果戈理等人的名字在侨民的心中，具有和俄罗斯同等重要的分量。抓住文学的"根"也一直是吉皮乌斯和其他老一代作家反复强调的话题，而这种批评面对的对象，无疑是年轻的写作者们。

---

[1] Иванов Г. *Собрание сочинений в 3 томах*, М.: Согласие,1994. Т. 3. С. 508.

[2] *От редакции. Новый корабль.* 1927. № 1. С. 4.

　　除了撰写关于整体侨民文学的观察文章，吉皮乌斯还写作了大量关于当代侨民诗人和小说家作品的评述性文章。从她对一些侨民作家的评论中，也可以看出她对文学正统的强调和个人的审美趣味。譬如，她认为霍达谢维奇是所有老一代诗人的最高峰，并引用他的诗歌作为年轻诗人写作的样板；在较为年轻的诗人中间，她喜欢尼娜·别尔别洛娃和伊琳娜·奥多耶夫采娃的诗；她不太喜欢纳博科夫的诗歌，认为它们"天赋不够耀眼"；她每次都带着无条件的热爱阅读格·伊万诺夫和格·阿达莫维奇的作品，并为伊万诺夫的诗集《玫瑰》、阿达莫维奇的诗歌《在西方》撰写了评论文章；在年轻诗人中间，她喜欢尤里·曼德尔施塔姆、弗·马姆琴科、德·沙霍夫斯基等诗人，但在"绿灯社"的聚会上，她也批评他们在教育和诗歌审美上的不足……有学者认为，吉皮乌斯经常用笔名安东·科拉伊尼评价那些刊登年轻人作品的杂志、报纸、选集，而不是评价年轻人的诗歌，其目的是以自己的评价来保护年轻的诗人免受错误的政治和审美倾向的影响。[1] 如果真的如这位学者认为的那样，那我们必须说，吉皮乌斯在一次次的批评和"纠偏"过程中，向年轻诗人灌输了自己的价值标准，告诉他们什么是真正的文学、作家的任务是什么，而这又是另一种形式的专制。

　　在年轻人面前，吉皮乌斯表现出如同她诗集的名字一样的感情：《闪光》。"闪光"（Сияние）在格·伊万诺夫那里曾被解释为"顿悟"和"照亮"。作为一名斗志昂扬的女战士，吉皮乌斯的内心闪烁着许多的热情和失望，渴望弄明白年轻的世界和新人，了解他们怎么生活，他们所信仰的"真理"是什么。不过，不可否认的是，这个新世界已经忽略了她。通过"绿灯社"的若干次聚会和平时与年轻一代的接触，20 世纪 30 年代末期，吉皮乌斯渐渐改变了自己试图塑造年轻一代、为他们掌舵领航的想法：她发现自己已经无法把握年轻诗人的世界——而实际上，整个的侨民文学界在她那里都是不可理解的，她感受到自己作为一个理想主义的文学家和批评家，在面对一个被政治意识、社会思潮、宗教思想、文学认知等各种因素交织影响的庞然大物时的无能为力。吉皮乌斯自始至终都是一个充满理性的知识分子，这十分明显地表现在她的诗歌和生活中，即使是对于信仰的宗教，她也总是以一种冷峻

---

[1] *Русская литература 20-х - 30-х годов. Портреты поэтов.* Том 1. Сост. и отв. ред. Гачева А., Семенова С. М.: ИМЛИ РАН. 2008. С. 298.

的、富含思辨性的方式抵达它。她缺乏同时代知识分子身上的优雅和温情，就像杰拉皮阿诺笔下描写的那样："她身上有时候会闪烁着从地上起飞的炮仗的冰凉的闪光，那炮仗注定要撞上某个天体突然炸裂，不会回到地上向我们讲述，天上发生了什么。还有那么多的痛苦、悲伤、孤独"[1]。

在奔波于侨民文学界的沙龙活动、撰文探讨侨民文学的出路和未来之余，吉皮乌斯也发表过一些文章评论苏联境内的文学，如《什么样的社会主义？什么样的信仰？》(《复兴报》，1928)、《再谈不妥协》(《复兴报》，1929)、《文学沉思》(《数目》，1930)，不过这些批评写到最后，还是转向了俄罗斯的侨民文学界。纵观吉皮乌斯在20 世纪20—40 年代主要的批评文章，可以发现其主要的触角涉及俄罗斯与俄罗斯文化遗产的命运问题、侨民作家的使命，以及年轻一代作家的写作问题。她认为，所有的侨民知识分子应当对俄罗斯祖国负有深刻的使命感，应该把自己看作俄罗斯精神的"火种"，以发扬和传承颠扑不破的俄罗斯意志；俄罗斯侨民文学最主要的主题应当是建构统一的"流亡文学"以区别于苏联文学，流亡的一批作家具有更加坚定的信仰和更纯粹的俄罗斯性，理应比留在苏联的作家在意识上更敏锐，在写作风格上更突出；她对于不能够团结起老一代作家、以文学来反映政治和内心的动荡的现实怀有极大的不满，在新老两代文学家的分歧上，她有区别地批评了老一代作家写作意识的疲软，同时也否定了年轻人进行的写作实验和探索，认为他们缺乏总体的俄罗斯文学认知，文化素养匮乏，数典忘祖，忽略了传统文化的精髓，因此是行之不远的。

总体来看，吉皮乌斯的侨民文学批评言辞较为犀利，带有强烈的主观色彩。她以意识形态为先导看待事物的决绝态度，也造成了对侨民文学的某些片面认识。不过，我们不能不承认吉皮乌斯作为一个学识渊博的诗人和批评家所具有的洞察力，她作为文学事件的亲历者写下的大量文章对认识侨民文学提供了有益的参考。许多后来研究侨民文学的学者都会引用吉皮乌斯在评述总体侨民文学时提出的一个看法：她决绝地否定了侨民文学的存在，因为她认为，作为一种独立的文学形式，"在它内部既没有反映出俄罗斯的政治灾难，也没有体现出流亡的经验"[2]。

---

[1] Терапиано Ю. *Памяти З. Гиппиус. "Современник"*. Торонто, Канада, 1967. No 14–15. C. 121.

[2] Гиппиус З. Зелёная лампа. Беседы II. Доклад З. Н. Гиппиус «Русская литература в изгнании». *Новый Корабль*. Париж, 1927. №1. C. 39.

# 第二节　霍达谢维奇与阿达莫维奇之间的论战（1927—1937）

可以说，在侨民诗歌界，弗拉基斯拉夫·霍达谢维奇作为批评家的地位不输于他作为诗人的角色。1925 年，他同妻子妮娜·别尔别洛娃来到巴黎，1927 年开始全面主持《复兴报》的编辑工作，直到去世。就在接手报纸的这一年，他出版了包含《欧洲之夜》组诗的诗集，从此以后几乎告别了诗歌写作工作，而专心从事文学批评。霍达谢维奇写作的大量批评文章，如著名的《关于象征主义》《波普拉夫斯基之死》《流亡中的俄罗斯文学》，均产生于这段时间。

转向文学批评之后，霍达谢维奇很快便成为俄侨中间最重要的文学批评家。20 世纪 20—30 年代，他与侨民诗歌界另一位重要的文学批评家格·阿达莫维奇分别以《复兴报》和《环节》杂志、《最新消息报》为主要依托，围绕侨民诗歌与俄罗斯文学传统的若干问题展开了一系列论战，成为侨民诗歌史上最具影响力的事件之一。

这场论战发生在侨民诗歌青年一代的形成时期，也是传统俄罗斯侨民诗歌出现萧条和危机的时期。格·阿达莫维奇作为青年人的文学导师，对"巴黎派"的形成起到了推波助澜的作用；而霍达谢维奇作为俄罗斯传统文学的捍卫者，对弥漫在青年作者中间的颓废格调十分不满。这两位批评家以完全相反的态度审视新一代侨民作家的创作，以文字的形式为各自的立场辩护。他们所争论的话题在今天看来，都是文学上特别基本的话题，但在当时的时代背景下却具有迫切的现实意义。辩论的语调虽然犀利，却足以见得他们真诚的热情，可以说，二者有一点是一致的：都自愿肩负起"拯救俄罗斯文化"的使命，希望俄罗斯文学在异域的土壤上能够存活下来，发展下去。

霍达谢维奇与阿达莫维奇论战的中心，按照美国的斯拉夫学者罗杰·哈格隆德的说法，是灵感的起源以及文学创作的代际经验传递的问题[1]。换句话说，论战的核心观点在于，在俄罗斯之外的异国从事创作的年轻侨民作家应该怎样看待俄罗斯文

---

[1] Hagglund R. The Adamovich-Xodasevich polemics//*Slavic and East European Journal*. 1976. Vol. 20. № 3. P. 243.

学经典，而前辈们的写作经验又能否为他们提供具有足够借鉴意义的范本。两位最重要的批评家之所以会共同关注"俄罗斯文学的传统是否具有普适性"这样基本的问题，也与当时的创作环境密不可分。20 世纪 20 年代中期，随着苏维埃政权的建立，生活在新政体里的俄罗斯作家继续从事创作，新的社会思潮和发展模式势必影响到他们的创作观念；而对于流亡在其他国家的侨民作家来说，旧有的俄罗斯文学传统遭遇新的社会语境是否依然奏效，就成了一个悬在他们头顶的问题。创作的环境变了，流亡地的文学思想也有很大的不同，这个时候应当"温故知新"还是"破旧立新"，是每个侨民作家都要面临的现实。可以说，"俄罗斯文学传统"成了年轻作家开始创作活动时都绕不开的前提，成为他们身份认同的"枷锁"和"律法"，但至于是否要背负这样沉重的负担，每个人都有权力做出自己的选择。在这样的背景下，作为文学发展方向重要见证人的文学批评家自然要发出自己的声音，为莫衷一是的作家领航指路。

而两位批评家本身相差悬殊的文学趣味，又使得这场以侨民文学为名义的论战火力十足、旷日持久。霍达谢维奇在侨居国外之前便已是著名的诗人和普希金研究学者，他接受过俄罗斯经典文学的严密训练，身上流淌着俄罗斯经典作家普希金、巴拉丁斯基等人的文学血液，对传统文学技法、经典文学示范进行捍卫是再自然不过的事情。也正因为这个原因，他对"巴黎音调"诗人们的"靡靡之音"十分反感。在他看来，"巴黎音调"潜在的阴险在于，它不仅是艺术退化的反映，还反映了人文精神层面独立个性的退化 [1]。与此相反，阿达莫维奇秉持着更加开放和包容的观念，他非常在意自己作为青年作家"导师"的身份，认为思想和感觉都应当保持自由的跳脱，倡导诗歌写作不必拘泥于陈旧的规则，而应当追求简洁的语言、朴实而真挚的感情。恰恰是那些跳出外在形式而注重内在表达的诗歌获得了他的青睐，譬如切尔文斯卡娅的诗歌，在霍达谢维奇那里是毫无意义的"个人文献"式诗歌，而阿达莫维奇却从中看出了她独特的情感表达和创作个性。

应该说，阿达莫维奇这种追求简洁明了、言之有物的态度，也和他在俄罗斯时所崇尚的"阿克梅派"审美风格有关。"阿克梅派"反对在诗歌中使用隐喻和象征，

---

[1] Gibson A. *Russian poetry and criticism in Paris from 1920 to 1940.* The Hague: Leuxenhoff Publishing, 1990: 100.

提出要回归到物质世界，以艺术观照生活，这在某种程度上暗含了巴黎年轻俄侨诗人的艺术追求。正像茨维塔耶娃指出的那样，"在侨民诗歌的后院有个叫阿达莫维奇的在评论诗歌，除他之外，再也没有别的'维奇'了"[1]。阿达莫维奇在侨民文学批评界的崛起，不能不说也有运气的成分存在。虽然在俄罗斯时，阿达莫维奇作为"阿克梅派"的成员没有多少名声，但1923年定居巴黎之后，他积极发声，很快便成为《环节》周刊的著名文学批评家。尤里·伊瓦斯科在谈到阿达莫维奇时，曾以托尔斯泰和陀思妥耶夫斯基做比较，认为有些文学家总有不满足于自己仅仅作为作家的身份，托尔斯泰在自己的艺术中引入卢梭，引入福音书的礼仪，而陀思妥耶夫斯基则是对基督教的信仰，对不朽的信念。在阿达莫维奇那里"没有那么高的真理，但他号召简单写作，号召写最重要的东西：尤其是关于痛苦、死亡、孤独、上帝"[2]。

阿达莫维奇与霍达谢维奇的首次"交战"，始于1926年《环节》杂志举办的一场诗歌比赛。担任比赛评委的是《环节》的几个主要作者：阿达莫维奇、季·吉皮乌斯、康·马丘利斯基，诗歌经过点评被刊登在杂志上，由读者投票决定选出获胜者。霍达谢维奇对评选结果表达了强烈的不满，他认为这种大众裁判的方式消解了诗歌本身的严肃性，不足以作为评价一首诗歌是否优秀的标准[3]。阿达莫维奇随后在《环节》杂志上自己的《文学谈话录》专栏做出回应，他同意了霍达谢维奇的部分看法，即大众评委的意见不能作为诗歌是否优秀的有分量的证明。但他同时也强调了"对话"的重要性，无论是对于读者还是诗人本人，这种对话都是有意义的。一向固执激愤的霍达谢维奇并没有做出回应，但实际上，阿达莫维奇一贯的"对诗歌中的新奇与怪诞成分的偏爱、对严肃的知识性表达的鄙视"[4]，已经激怒了霍达谢维奇，他随时都在准备着应对阿达莫维奇的挑战，这场论战是难以避免的。

这次交锋过去一年之后，1927年4月，阿达莫维奇在他的《文学谈话录》专栏里评述帕斯捷尔纳克的诗歌时把他同普希金做对比，认为前者所创造的世界同普

---

[1] Цветаева М. *Собр.соч.: В 7 т.* / Сост., подгот. текста и коммент. Л.А. Мнухина. М.: Эллис Лак, 1995. Т. 7. С. 421.

[2] Иваск Ю. "Поэзия "старой эмиграции" // Полторацкий.*Русская литература в эмиграции.* Сб. статей. Питсбург, 1972. С. 46.

[3] Адамович Г. <Конкурс «Звена». *Звено.* 1926. 21 марта, № 164. С. 1–2.

[4] Hagglund R. The Adamovich-Xodasevich polemics // *Slavic and East European Journal.* 1976. Vol. 20. № 3. P. 244.

希金的世界相比，要"复杂和丰富得多"。"普希金的路线不是最具有强度的路线。不应该过分夸大明晰性的价值，在这种明晰性里不是全世界所有的浑浊物都能得到澄清。"[1] 他还尖锐地指出，帕斯捷尔纳克"显然不满足于普希金构筑的、阿赫玛托娃所具备的、霍达谢维奇又乐于使自身局限其中的诗歌视野"，在研究普希金所不了解的人类的痛苦时，拒绝了普希金所遵循的"明了性"原则。这种说法本来并没有贬损普希金的意味，但在"黄金时代"伟大诗人的拥趸看来，阿达莫维奇完全是口出狂言，是对普希金进行的人身侮辱。霍达谢维奇立即在《复兴报》上做出回应，以《恶魔们》为名，为普希金所代表的经典文学摇旗呐喊，认为将帕斯捷尔纳克与普希金做对比是十分可笑的，如今贬损俄罗斯正统文学的阿达莫维奇之流在侨民诗歌界大有人在。他在这篇文章中除了讨伐阿达莫维奇，更重要的是提出了一个现实的问题：现代的俄罗斯文学应当怎样看待俄罗斯文学传统和那批最伟大的诗人。文末他号召所有人"抵制恶魔们"，并确信"未来的诗人们不会'伴随着普希金的诗歌'写作，但一旦俄罗斯复兴，普希金的诗学就会得到复兴"[2]。

对于霍达谢维奇的进攻，阿达莫维奇采取了迂回策略。他先是承认了普希金在修辞上的天才表现，接着又从侧面否定了他的全知全能。为了证明普希金并不是无所不知，他举出莱蒙托夫的例子，认为他在一定程度上宽容了普希金的缺点，以自己的沉默保全了普希金的天才形象。[3] 这一论断缺乏例证，明显带有阿达莫维奇一贯的主观风格。在这里，阿达莫维奇试图提高莱蒙托夫在诗歌史上的地位，改变普希金"统领一切"的领袖形象。关于当代诗人的"导师"问题，霍达谢维奇也有过相关的论述。在 1926 年的《复兴报》上，他认为一部分诗人选择维亚切斯拉夫·伊万诺夫和勃留索夫，另一部分诗人则效仿勃洛克、古米廖夫和他本人[4]；而在另一篇文章中，他又讲到年轻诗人学习的诗人主要是普希金、巴拉丁斯基和丘特切夫，少部分人学习勃洛克。[5] 对于未来主义等诗歌流派，他表现出深恶痛绝的态度，在 1927 年 4 月 21 日的文章里，他认为侨民作家有义务去守护俄罗斯传统文学的根基，

---

[1] Адамович Г. "Литературные беседы". *Звено*, 3 апреля 1927.

[2] Ходасевич В. "Бесы" (2). *Возрождение*, 11 апреля 1927.

[3] Адамович Г. "Литературные беседы", *Звено*, 17 апреля 1927.

[4] Ходасевич В. *Возрождение*. 27 июня 1926.

[5] Ходасевич В. Бесы (2). *Возрождение*. 11 апреля 1927.

"捍卫语言和文化——这是对生活在国外的俄罗斯作家提出的要求，无论他是老一代作家，还是年轻作家"[1]。这里所谓的"捍卫（俄罗斯的）语言和文化"，首先就是指捍卫以普希金为代表的纯粹、经典的俄罗斯语言和文化，阿列克谢·吉布森指出，"对霍达谢维奇来说，任何偏离普希金式的形式与内容统一体的做法都应当被谴责，所以这也不奇怪为什么他既攻击未来主义者纯粹的形式主义，也反对'个人文献'式诗人的无形式"[2]。

关于侨民文学界的文学批评的地位和责任问题，霍达谢维奇和阿达莫维奇也有思想上的交叉。1928 年 4 月 29 日，米哈伊尔·奥索尔金曾在《白昼报》撰文称，文学批评家的任务仅仅在于满足大众读者的需要。季娜伊达·吉皮乌斯对于这种定位很不满，1928 年 5 月 4 日，她在《复兴报》上发表名为《文学批评家的状况》的文章，认为当前拥有非常优秀的文学作品，却缺乏文学批评家。她认为好的批评是那种尖锐的政论文，那种能够深刻理解实质性问题的文章[3]。其实，在吉皮乌斯发文之后不久，阿达莫维奇也曾撰文《关于翻译与"友谊"》，认为批评家绝不仅仅是做出"好"与"坏"评价的人，真正的批评家不应该是编写旅行指南的"贝德克尔"，他们在评论文章中进行自己的创作与建构，他们虽然和作家、诗人使用不同的方法，但具有相同的任务。这些观点与后来霍达谢维奇在《再谈批评》中的观点大致相同，他也否定了吉皮乌斯所谓"批评家缺乏"的观点，并承认了霍达谢维奇从事的严肃工作。这一次，火药味十足的两个人几乎腔调一致地对准了吉皮乌斯，在这之后，吉皮乌斯有几乎半年的时间没有在《复兴报》上发表文章。[4]

不过，两个人的论战并没有就此结束。阿达莫维奇和霍达谢维奇最大的分歧点在于侨民作家是否需要"师古"的问题，具体表现在霍达谢维奇身后站着普希金、巴拉丁斯基等经典文学大师，而阿达莫维奇对诗歌写作需要学习某种模式是反感的。如果真的要找出一位侨民诗人应当借鉴的对象，阿达莫维奇更倾向于莱蒙托夫——并且阿达莫维奇也觉得他"不是导师，而是朋友。在他的诗歌中心灵在了解

---

[1] Ходасевич В. *Возрождение*. 21 апреля 1927.

[2] Gibson A. *Russian poetry and criticism in Paris from 1920 to 1940*. The Hague: Leuxenhoff Publishing, 1990: 97.

[3] Ходасевич В. *Возрождение*. Париж, 1928. 1 мая. № 1064. С. 2

[4] Костенко Е. В. Литературно-критическая деятельность В.Ф.Ходасевича в эмигрантском издани «Возрождение» *Вестник санкт-петербургского университета*. 2009. № 9. С. 247.

自我，向自己发出提问，怀着期待"[1]。事实上，他在比较普希金和莱蒙托夫创作的异同时，曾指出普希金的诗歌存在内在的平衡感，在形式上具有独一无二的风格特色，模仿者很容易学到"皮毛"而丢掉内质，这也破坏了普希金诗歌内在的生活力量；而莱蒙托夫的诗歌恰恰因为其未经打磨的自然形式，有时候甚至带着形式上需要修订的危险，因而令人望而却步，但对于阿达莫维奇和他的同行们来说却具有弥足珍贵的借鉴意义。[2]并且，莱蒙托夫本人的生活也具备政治上和隐喻意义上的流亡特征，这一点对侨民诗人来说是很亲近的。尽管如此，阿达莫维奇的最主要态度还是摒弃刻板的"师古"做法，还在 1923 年时，他便指出，纲领和宣言并不能对写诗起到实质性的帮助。"诗学理论是结论，而不是前提条件"[3]，诗歌创作的最主要特点是自由、直接。对于霍达谢维奇向年轻诗人们提出的"做学徒"的建议以及他本人流露出的不介意成为"导师"的念头[4]，阿达莫维奇在 1927 年发表的文章中表现出不满。"目前巴黎的诗人们出现了某种共同特点：这里的年轻诗人们创作的一个最突出特点是模仿弗·霍达谢维奇。盲目的模仿，所有的灾难都来源于此。"他肯定了霍达谢维奇作为一位独特的大师，在侨民文学圈子里最有天赋、最严格要求自己的诗人的地位，同时又指出，"霍达谢维奇学派"的存在没有多少意义，因为诗人最重要的品质正在于他的自我表达，而这些谁也无法学到。那些模仿者能够重建的只有其外表，"注定会被遗忘"[5]。

对俄罗斯文学传统的接受态度上的不同，反映了霍达谢维奇和阿达莫维奇为自身定位的两个方向：继承者 / 革新者。霍达谢维奇继承了普希金时代的精神内核，也就没有可能理解以"巴黎音调"诗人为代表的年轻诗人们。他在《年轻的诗人们》一文中称赞格奥尔基·拉耶夫斯基的诗歌因为潜心学习前辈的风格，已经具有了良好的风格感受[6]。在《关于"十字路口"》中，他又对自己创立的"十字路口"团体诗人（拉耶夫斯基、伊·高林尼谢夫－库图佐夫、尤里·曼德尔施塔姆等）提出新

[1] Адамович Г. "Пушкин и Лермонтов", *Последние новости*, 1 октября 1931.

[2] там же.

[3] Адамович Г. "На полустанках", *Звено*, 8 октября 1923.

[4] Ходасевич Г. "Молодые поэты", *Возрождение*, 26 июля 1928.

[5] Адамович Г. "Литературные беседы", *Звено*, 23 января 1927.

[6] Ходасевич Г. "Молодые поэты", *Возрождение*, 26 июля 1928.

的希望，认为他们"有能力开创新的、重要的、有意义的行动"[1]；而作为其反面，他又对利季娅·切尔文斯卡娅的诗歌嗤之以鼻，认为这些诗歌"缺乏文学的世界观"，缺乏意象和深层意蕴，是没有艺术内涵的、赤裸裸的、"个人文献"式的诗歌典型[2]。与霍达谢维奇观点恰恰相反，阿达莫维奇对"巴黎音调"的代表诗歌赞赏有加，认为其中最优秀的一批诗人都是不关心"技巧"、形式，努力用完全的简洁和袒露的真诚，去言说那些触动他们内心的成分；对于"十字路口"诗人的写作，他表现出强烈鄙夷的态度，认为他们"缺乏与生活、自主性的联系"。他还对模仿霍达谢维奇的年轻人发出了警告："这些年轻诗人最主要的特点就是对弗·霍达谢维奇的模仿。所有的灾难都来源于此——盲目的模仿。"[3]从这一回合的论战中不难看出，霍达谢维奇和阿达莫维奇都在努力争夺年轻诗人到自己的阵营：阿达莫维奇指责霍达谢维奇以传统文学为药材，给年轻人开药方，他自己在文章中流露出来的仍然是"医生"的那种激情，只不过开的药不同罢了。不过，一个无可辩驳的事实是，经过几番论战，阿达莫维奇的确已经成为年轻人追随的目标，获得了比霍达谢维奇更多的威望。

从反对"导师制"到自身成为"导师"，我们无法得知这对于当时的阿达莫维奇来说是荣耀还是枷锁，但年轻的侨民诗人们已经自发地将这位可亲可敬的、为迷途的年轻诗人指引方向并肯定他们创作的人看作指路明灯，这是霍达谢维奇曾经十分向往的身份。20世纪20年代末，以格·伊万诺夫、尼古拉·奥楚普为代表的俄罗斯诗人、学者开始引用阿达莫维奇的观点，而20世纪30年代初奥楚普领导的《数目》的作者群更是紧紧围绕在阿达莫维奇的周围，形成了所谓的"俄罗斯诗歌的巴黎派"。与霍达谢维奇身后的"十字路口"诗人相比，前者影响力更大、人数更多。美国学者杰拉尔德·史密斯研究侨民诗人的格律时曾经做过统计，比较革命前的诗歌，侨民诗歌使用抑扬格写作的诗歌增加了，"而使用抑扬格最多的诗人是年轻诗人，他们占据了58.8%……从格律影响上来说，霍达谢维奇使用抑扬格写诗频率最高（79.6%），他在'十字路口'诗人团体中的学生有很多，但他们中的大部分却在

---

[1] Ходасевич Г. "По поводу 'Перекрестка'". *Избранная проза*. Нью-Йорк, 1982. С. 89–96.

[2] Струве Г. П. *Русская литература в изгнании*. Париж; М., 1996. С. 152.

[3] *Адамович Г.* Литературные беседы // Звено. 1927. 27 июля. С. 4–7.

节律学上与霍达谢维奇的文学论敌阿达莫维奇更加接近"[1]。杰拉尔德·史密斯据此认为，不能单纯凭借表面上属于哪一个派别来判断两位导师的影响，霍达谢维奇的影响是毋庸置疑的，但这种影响并没有达到预期的效果。或许这种格律上的"背叛"显示了阿达莫维奇更具号召力，因为他的诗学观点比霍达谢维奇更"新"，定义诗歌的标准更宽泛，所以影响力也更大。

然而我们不得不说，阿达莫维奇能够收获这样的威望，与俄罗斯侨民文学的状况有密切的联系。阅读年轻诗人们的诗歌（无论是"巴黎音调"还是"十字路口"的代表作品），我们感受到一种普遍的悲剧气氛，这种较为哀婉的抒情不是由导师决定的，而是由"流亡"的状态决定的。1935 年，霍达谢维奇在评述年轻诗人的创作时指出，"年轻诗人的写作动力不过是对个人失望情绪的渲染"[2]。

的确，这种情绪是地缘上的疏离感、母语国文化的陌生感以及身份认同上的困惑综合作用的结果，只要身处这样的情境下，就必然会有类似的表达方式。年轻诗人不可能对俄罗斯文学传统保持父辈的敏感性，正如老一代作家无法对他们充斥着"无病呻吟"情绪的文本产生共鸣。因此，阿达莫维奇强调的诗人自我剖析、情感上的朴素特点，换言之，不是对年轻作者兜售的"写作要诀"，而更像是对当时年轻作家写作状况的总结。从这个角度来看，阿达莫维奇的批评路径与青年人的写作是共同成长、相辅相成的，而霍达谢维奇则背道而驰。1934 年，切尔文斯卡娅出版诗集《来临》时，阿达莫维奇曾对其大加赞扬，认为这本诗集是流亡经验的真实反映，切尔文斯卡娅捕捉到了侨民文学"悖谬"的一面[3]。而霍达谢维奇则批评切尔文斯卡娅的写作是"个人文献"，是无意义、无深度的自白式呻吟、日记体的废话，她身上体现的不是个人的问题，而是整个年轻写作群体缺乏基本文学观念，"赋予自己的失望和虚弱以某种病态的美感"，体现了青年诗人对写作"崇高性"的取消，对深度探索缺乏兴趣，也反映了诗歌整体的危机[4]。不过，他并不认为年轻诗人的写作特点是由于外在条件的制约，他甚至断言，阿达莫维奇在论述他们时也带着嘲讽，

[1] Smith G. S. The versification of russian émigrépoetry 1920–1940 // *The Slavonic and East European Review*. 1978. Vol. 56. No 1. P. 32–46.

[2] Ходасевич В. Новые стихи. *Возрождение*. 1935. 28 марта.

[3] Адамович Г. "Литературные заметки", *Последние новости*, 29 марта 1934.

[4] Ходасевич В. "Кризис поэзии", *Возрождение,* 12 апреля 1934.

就像在讲述"钉在蒙帕纳斯咖啡厅小桌子上的伪普罗米修斯":"秃鹰没有啄去他的内心,而是以无聊使他困扰。他被惩罚不是因为盗天火,而恰恰是因为他没有盗任何火,没有盗火的原因是他很懒惰,没有事业心。"他向年轻诗人发出呼吁:"先生们,写点好诗吧。"[1]

关于"个人文献"式写作方式评判问题,阿达莫维奇也很快在自己的文章中做出回应。这次他"以彼之道,还施彼身",抓住了一个霍达谢维奇最熟悉不过的"靶子":以深刻的哲理性思索著称的普希金。他认为,无论怎样对诗歌进行理论上的审视,它都是人的表达,是人的精神世界的反映。普希金确实写下了极其和谐的诗歌,但是如果谈到他美妙的、无与伦比的真诚,那么有可能说,这仅仅是因为在他的意识中还存在着关于人的极致而和谐的概念。"普希金的诗歌与这种概念相得益彰,它使得这些诗歌鲜活起来,正因为有这种概念,这些诗歌散发出自己的光芒。"[2]应当承认,阿达莫维奇的这种辩驳并不十分具有说服力。所有优秀的文学作品首先是由人创造出来的,"人"是隐含在其中的重要主题,正如中国文学理论中提出的"一切景语皆人语",无论是写景还是状物,都会沾染叙事者的情感态度。一般的文学作品中不会缺乏"人"的情感流露,但这与专门以"独白"作为风格的"巴黎音调"诗歌有本质的不同。霍达谢维奇想要讨论的是如果没有任何技巧,仅仅凭借诗歌是作者的真实情感的表达,是否就可以判断这是一首好的文学作品。他希望给出诗歌的定义,即艺术作品区别于其他的门类的最主要不同点在哪里。感情真挚的就一定是好诗歌吗?霍达谢维奇再次强调了"规则""适度性",他在文章中还推荐年轻诗人都去读批评家弗·维德列发表在杂志《圆圈》上的文章《个人反对作家》,因为他在其中也表达过类似的观点:"个人文献"的对象只是人,是不足量的原生态的人。那种"没有噪音,只剩下呻吟"的状况和动物的叫声也没有多大差别了。"离开了人的艺术不算完整的艺术,但是如果人脱离了艺术而单独存在——那这个人也不再是完整的人"[3]。

随着时间推移,中心论点经过一再推翻和重建,两个人的论战逐渐走向了自我重复的阶段。1935 年 3 月,霍达谢维奇启动新一轮讨伐,批评的主要是年轻诗人

[1] Ходасевич В.Книги и люди. Новые стихи.*Возрождение*, 28 марта 1935 г.

[2] Адамович Г. *Последние новости*. 4 апреля 1935.

[3] Вейдле В. Человек против писателя. *Круг*. Кн.2. 1937. С. 145.

团体的"离散"问题。他不认为可以称巴黎为侨民诗歌的首都，因为这些年轻诗人的创作没有凝聚成一个整体，缺乏力量。阿达莫维奇曾经鼓励年轻诗人保持写作的真诚，要只对自己的世界负责任，要多写人类存在的"爱、死亡、上帝、命运"主题，因为正是这些主题构成了所有伟大的诗人和伟大的诗歌流派写作的基础。但是霍达谢维奇并没有从年轻诗人那里看到死亡、心灵分裂这些主题背后的力量，他把这种"离散"状况归咎于阿达莫维奇，称他的那些"睿智却危险的"文章会将年轻诗人领上歧途，如果他们跟随着阿达莫维奇，沉迷在堕落的情绪里，那他们真的不值得被称为诗人，因为绝望和创作是相互矛盾的两种状态。[1]一周之后，阿达莫维奇对这次批评做出回应。他认为，霍达谢维奇"好为人师的训诫"——注重诗歌的风格和结构——只适用于"从月亮上下来的人"，而并不适用于"一个在20世纪30年代最为熟练的诗人"。诗人们的写作面向个人的情绪，这不能代表他们独断性地决定了自己和文学的命运，巴黎的社会秩序和他们的创作并不是矛盾的，切尔文斯卡娅的诗歌远远比霍达谢维奇推崇的那些严肃诗歌内容更加丰富。在他看来，当今西方世界的人体验到一种"个性病"，侨民文学的创作已经成了西方文化的一部分，如果流亡中的诗歌不发出"孤独的绝望音符"，那将是很奇怪的。在文中他再次号召年轻人关注文学中的人性，关注内容中的真诚，而不是关注形式。[2]

随后霍达谢维奇回应称，他赞同欧洲由于缺乏宗教感而不能生产出"鲜活的文化"，并声称巴黎是文化覆灭的中心之一。青年诗人不应该因此便自甘堕落，去应和欧洲文化的僵死状态。[3]阿达莫维奇随后的回应是十分简短的，他承认，欧洲文化中的宗教性毫无疑问已经丧失了，但这并不意味着文化的覆灭。文中他发出半戏谑性的疑问："没准我们自己也走在毁灭的道路上呢？"[4]

这里，阿达莫维奇触及了两代侨民诗人创作的一个很大的分歧：老一代诗人对以东正教为代表的俄罗斯的依恋和年轻一代对宗教信仰的漠视或怀疑情绪。正如霍达谢维奇，他所接受的俄罗斯传统文化熏陶使他不太能够分得清哪些是宗教成分，哪些是非宗教成分，有时候他们在诗歌里诉诸"上帝"，其实是在向遥远的祖国文

---

[1] Ходасевич В. "Новые стихи", *Возрождение*, 28 марта 1935.

[2] Адамович Г. "Жизнь и 'жизнь'", *Последние новости*, 4 апреля 1935.

[3] Ходасевич В. "Жалость и 'жалость'", *Возрождение*, 11 апреля 1935.

[4] Адамович Г. "Оценки Пушкина", *Последние новости*, 25 апреля 1935.

化寻求精神支撑，在老一代诗人如布宁的诗歌中，来自《福音书》的典故比比皆是；而年轻诗人鲍里斯·波普拉夫斯基对宗教的态度则复杂得多。阿·恰根在分析两代侨民作家的异同时也提到了这一点，这些年轻诗人时而转向上帝寻求支撑，时而又带着怀疑，有的还转向了天主教。他们祈求上帝，期待一场神秘的 "与上帝的相遇"，痛苦而空虚的 "与上帝的浪漫曲"（波普拉夫斯基语），这些都是不正常的状态，但是与蒙帕纳斯的精神内核又是那么贴切[1]。

1937 年 11 月，阿达莫维奇发表在《最新消息报》上的一篇文章《文学简讯》（《圆圈》集刊第 2 卷），可以算是两人持续十年论战的结束。在文中，阿达莫维奇反驳了《圆圈》集刊对所谓 "个人文献" 式写作的批评，尤其对霍达谢维奇推崇的弗·维德列的文章《个人反对作家》中的观点进行了评述。他再次为 "蒙帕纳斯诗人们" 辩护，认为他们无法为整个欧洲艺术文化的堕落负责。霍达谢维奇没有再做出回应，或许他也觉得没有继续辩论下去的必要了。整场论战的收尾潦草而出其不意，事实上，自从 1935 年鲍里斯·波普拉夫斯基去世，整个年轻一代诗人的创作活动便走向了衰落，许多诗人已经告别了创作，转向其他领域的活动，到 1939 年霍达谢维奇逝世，老一代诗人与新一代诗人之间的对立状态已经不那么泾渭分明了。

提到十年论战的结局，阿达莫维奇和霍达谢维奇的同时代评论家米哈伊尔·采特林认为，两个人很多的分歧最后都转向了和解，霍达谢维奇没有否定人性的重要性，更不用说是各种的死亡和堕落，而阿达莫维奇也承认形式艺术是必要的。两人的意见分歧并不在于问题的实质，而是在于各自强调的 "重心" 上面。"分歧仅在于细微之处。对于当今的诗歌来说，阿达莫维奇这种自我中心主义的、呼吁诚实和自省的态度，比起对方那种呼吁抖擞精神、多样风格和直面世界等的态度来，似乎要更真实一些，也更容易被接受"[2]。

这场论战一共持续了十年。在这十年里，参与论战的不仅有霍达谢维奇和阿达莫维奇，可以说，大部分巴黎的俄侨诗人和评论家都自发地参与到论战之中，在报纸和杂志上对侨民文学的继承性、文学的性质与边界、年轻一代诗人的自我认

---

[1] Чагин А. *Пути и лица: о русской литературе 20 века.* ИМЛИ РАН, 2008. C. 291.

[2] Цетлин М. "О современной эмигрантской поэзии", *Современные записи,* 58 (1935), стр. 460–461.

同与出路等问题发表看法（关于这一点将在下一节具体论述），这样的大讨论能够轰轰烈烈地进行下去，可见所论述问题的普遍性和现实性。在本书的前几章，已经可以大体窥见巴黎俄侨诗歌的生存状态。20 世纪 20—40 年代俄罗斯诗歌的整体萧条反映出侨民自身严重的精神危机。在自身流亡经验、俄罗斯传统文学和欧洲文化多种力量作用下，巴黎俄侨诗歌，尤其是年轻一代诗人的诗歌创作一直处在矛盾交织的氛围里，很多基本问题并没有得到厘清，这才使得论战能够广泛而深入地进行下去。

关于论战的性质还需要补充的一点是，我们不应当将两位批评家对文学的批评直接看作他们对"年轻一代"的个人好恶选择。尤其是对于霍达谢维奇来说，他本人为巴黎的文学青年提供过很多实际的帮助，从尤里·杰拉皮阿诺的回忆录中可以看到，霍达谢维奇在初到巴黎的几年，为年轻人做了很多工作：帮助他们在《白昼报》《现代记事》上发表作品，向梅列日科夫斯基引荐年轻人，密切关注他们的写作并撰写批评文章，1928 年他还组织了"十字路口"文学小组，培养了尤里·杰拉皮阿诺、尤里·曼德尔施塔姆、弗拉基米尔·斯莫林斯基、达维特·克努特等未来的诗人。[1] 阿达莫维奇与霍达谢维奇之间的分歧，主要是基于年轻人写作中出现的具体问题而就事论事，他们的出发点是一致的：为了使俄罗斯文学能够在域外生存下来，实现艺术层次的发展。

至于这场论战的地位和意义，研究侨民文学的学者们给出了褒贬不一的评价。对于论战所提问题的现实意义，很多学者认为这是毋庸置疑的。譬如斯特鲁威把论战放到整个俄罗斯文学发展的进程中考察，将两者的论战上升到新的高度，指出他们"关于诗歌的辩论，虽然只是关于侨民诗歌——从更狭隘的角度来说——关于巴黎俄侨诗歌，但实质上却突破了框架，在'诗歌危机'的背景上进行，这一点被广泛认可。阿达莫维奇认为这种危机的原因是文化的危机、个性的分离和瓦解"[2]。而1978 年在日内瓦举行的"一种还是两种俄罗斯文学"的论坛上，H. 安德列耶夫则对论战的意义，尤其是对阿达莫维奇在年轻一代中所起到的积极意义，给予了负面

---

[1] Терапиано Ю. *Литературная жизнь русского Парижа за полвека (1924—1974)*. Париж-Нью-йорк: Издательство «Альбатрос-треья волна», 1987. С. 224.

[2] Струве Г. П. *Русская литература в изгнании*. Париж; М., 1996. С. 152.

的评价，认为他"对于侨民作者的形成作用甚微"。[1]М.В.罗赞诺娃则更为明确地指出："阿达莫维奇'冻结'诗歌的提议总的来说是侨民诗歌的一场悲剧，而侨民诗人们并不总是都有能力意识到这一点"[2]。综合两位评论家同时代人的各项评价来看，伊瓦斯科认为很多人都受到阿达莫维奇的影响，而别季阿、别尔别洛娃、纳博科夫和斯特鲁威持相反意见。这样看来，他们对论战是否真的对巴黎侨民诗歌起到了针砭时弊、发人深省的作用，持有怀疑的态度。尽管如此，我们通过分析论战的具体文本并结合巴黎侨民诗人的写作状况，认为这种论战至少在以下几个方面具有不可忽视的影响和作用：

首先，根据不同的文学主张，我们可以研究二者不同的诗歌风格。霍达谢维奇作为普希金研究学者和经典文学的卫道士，对文学的见解也反映到了他自己的写作上面。他的诗歌格调和志趣都表现出庄严的古典风格倾向，结合了普希金诗歌以来的明快和悲剧性的世界感受，诗体本身是秩序和规则的代言。这和他一贯所宣称的"技巧性""立意热情和浪漫"等原则是一致的。就像吉布森所概括的一样，他"代表了20世纪俄罗斯文学的另一个分支，这个分支更接近奥·曼德尔施塔姆和安·阿赫玛托娃的新古典主义"[3]；而阿达莫维奇和年轻诗人虽然有年龄上的差别，在侨居法国之前也参与了阿克梅派的"诗人车间"，但他移民之后结合阿克梅派与象征主义，发展出了个人独特的文学见解，强调简洁与明练，以直抒胸臆的方式袒露个人情感，以"个人文献"作为写作的主要宗旨。这些都可以从两者的论战中找到线索。

其次，从两人论战的焦点问题可以窥知俄罗斯经典文学在侨民文学中被接受的状况。作为霍达谢维奇和阿达莫维奇论战的中心人物、俄罗斯文学传统的代表，普希金是二人十年论战的决定性论据。无论是霍达谢维奇所倡导的语义"明晰性"、外在与内在结构的和谐，还是令阿达莫维奇不屑的刻板结构和风格上的以一概全，都和这位文学史上的"俄罗斯诗歌的太阳"有关系。其实，在霍达谢维奇和阿达莫

[1] Андреев Н. О некоторых факторах развития зарубежной ветви русской литературы с 20-го по 40-й год. // *Нива Ж. Одна илидве русских литературы?: Международный симпозиум.*Lausanne: L'âge d'homme, 1981. С. 92.

[2] Розанова М. На разных языках. // *Нива Ж. Одна Илидве Русских Литературы?:Международный Симпозиум.* Lausanne: L'âge d'homme ,1981. С. 202.

[3] Gibson A. *Russian poetry and criticism in Paris from 1920 to 1940.* Hague, Leuxenhoff Publishing, 1990: 67.

维奇之前，关于普希金在俄罗斯文学史上扮演的角色问题已经被无数次地审视，如 1850—1860 年"纯艺术"的倡导者批判普希金写作的关于诗人作用的诗歌，认为艺术除了用于欣赏，不应该有任何实用性的功能；也有学者总结，19—20 世纪中对"普希金问题"发表看法的有许多作家和批评家，如尼·车尔尼雪夫斯基、阿·格里高利耶夫、弗·索洛维约夫、阿·勃洛克、德·梅列日科夫斯基、瓦·罗赞诺夫、费·索罗古勃……[1] 无论是"普希金问题"，还是这场论战中涉及的"普希金/莱蒙托夫问题"，不同时代对"普希金"的接受程度，基本代表了俄罗斯传统文学和文化在不同时代受到的考验，而霍达谢维奇与阿达莫维奇的论战作为域外俄罗斯文化传承的实例，无疑是整个接受进程中的重要一环。

再次，从论战中涉及的基本问题还可以了解巴黎俄侨诗歌，尤其是年轻一代诗人的生存状态。鉴于霍达谢维奇和阿达莫维奇自身与巴黎诗人的接触，他们的论断代表了诗人群体的整体状况。在霍达谢维奇和阿达莫维奇论战的十年间，正是弗拉基米尔·瓦尔沙夫斯基所谓的"不被注意的一代"的创作走向顶峰又最终趋于消亡的过程。在他们的评论对象里，既有普希金、涅克拉索夫这些经典作家，也有鲍里斯·波普拉夫斯基、利季娅·切尔文斯卡娅等年轻作家。在巴黎的侨民圈子里，文学的受众毕竟有限，连知名度很高的茨维塔耶娃也因担心没有读者，从写诗转向散文写作，更不用提没有任何名气的年轻诗人。他们没有发表的渠道，物质生活更加困顿。两位文学批评家的论战为他们赢得了不少关注度，譬如，专门刊登年轻一代诗人作品的杂志《数目》就与此有很大的关系。且不论两人的观点对诗人们有多少思想触动，单是年轻作家们在这期间获得的创作环境的改善，就已经证明论战对于侨民诗人的生存状况起到了作用。

最后，如果我们像斯特鲁威那样，将整个论战放到侨民诗歌历史乃至俄罗斯诗歌历史的进程中考察，就会发现侨民诗歌这"缺失的一环"为整个诗歌史的全貌提供了新内容，而论战正充当了这些新内容的脚注，它记载了俄罗斯诗歌受到的一次"外部影响"的全过程。以鲍里斯·波普拉夫斯基为代表的年轻一代诗人在异质的土壤上，无论他们对俄罗斯传统文学和法国文学是采取接受还是拒斥的态

---

[1] Новикова Н. Пушкин как решающий аргумент в эстетической полемике В.Ходасевича и Г. Адамовича. *Исследовательский потенциал молодых ученых: взгляд в будущее.* 2016. С. 164.

度，都无法完全脱离杂糅文化的影响。而霍达谢维奇和阿达莫维奇论战下的主观抒情、"个人文献"式写作等特征，正是巴黎俄侨诗歌对整个俄罗斯诗歌最突出的贡献。

## 第三节 同时代其他批评家对"年轻一代"的文学批评

在《流亡中的俄罗斯文学》一书中，斯特鲁威高度评价了第一次侨民浪潮期间的文学与哲学批评，认为这"几乎是侨民作家对整体的俄罗斯文学宝库做出的最大贡献"[1]。所有的文学批评家中，侨居巴黎的批评家代表除了上文介绍的弗·霍达谢维奇、格·阿达莫维奇、季·吉皮乌斯，还有马尔科·斯洛尼姆（1894—1976）、尤里·杰尔皮阿诺、格奥尔基·费多托夫（1886—1951）、尤里·曼德尔施塔姆（1908—1943）、弗·瓦尔沙夫斯基等等。在这些批评家中间，有些本身就是侨民界重要的诗人，对文学批评有自己独特的见解。

侨民文学"第一浪潮"能涌现出大量优秀的批评家，主要和这批移民知识分子本身学识渊博、视野广阔有关。受到本身侨居国外的条件所限，他们主要的批评领域集中在异国的文艺创作以及文学进程中遇到的新问题，当然，这些问题大多与侨民的身份认同有关。20 世纪 20—40 年代，巴黎有大量刊登侨民文学作品和批评文章的报纸和杂志，如《最新消息报》（1925—1940）、《复兴报》（1925—1940）、《里程碑》（1926—1928）、《白昼报》（1928—1933）、《新航船》（1927—1928）、《祖国》（1921—1923）、文学月刊《环节》（1923—1928）、《邂逅》（1934 年刊出 6 期），最大的侨民文学杂志《当代记事》（1920—1940）以及《数目》（1930—1934）等。限于本书要讨论的基本问题，我们仅选取重要批评家针对"老一代"作家与"新一代"作家创作上的分歧问题做出论断，以勾勒侨民批评家眼中侨民诗歌的全貌。

对于新老两代作家的总体状况，除了上文的介绍，或许我们还可以引用弗·霍达谢维奇在 1933 年发表的文章《流亡文学》中简明扼要的观点："老一辈的作家们

---

[1] Струве Г. П. *Русская литература в изгнании*. Париж; М., 1996. С. 248.

没有创立任何流派，甚至连一点类似的迹象也没有，他们对文学上的抽象问题也表现出深深的漠然态度。如果我没有搞错的话，他们之中从来没有一个人尝试过对该文学的走向发挥作用，并提出这样的或者那样的一些文学创作原则。"与此同时，他肯定了年轻人的崛起，也对这股新生力量薄弱的根基表示了担忧："一些青年人具有某种感人的、值得每一个人尊重的东西，他们执着地追求祖国语言和祖国文学——尽管他们实际上对祖国知之甚少。而他们的另外一些数量令人惭愧的同龄人则正在以令人惭愧的速度丧失民族性。"[1] "不作为"的前辈与"不坚定"的晚辈，霍达谢维奇似乎为巴黎整体的侨民文学定下了基调。他在另一篇文章《诗歌的危机》中，也表达了类似的悲观看法：俄罗斯诗歌在经历了四十年的忙忙碌碌之后，丧失了情感力量，表达方式似乎已经被用尽，它已经走向了全面的危机。他的妻子尼娜·别尔别洛娃在回忆录《我的着重号》中，对年轻一代组成的所谓"巴黎音调"也充满了质疑，认为他们对冠以"音调"的做法也带着某种恭维。她不能理解研究学者为什么会把尼·奥楚普、鲍·波普拉夫斯基、阿·拉津斯基等放到一起进行研究，疑惑他们的共同特点到底在哪里。她甚至用讽刺和挪揄的语气认为他们的共同点仅仅是"或许，除非是那些相同的高尚、无私以及天才性的模仿（就像普希金时代那些和他同时代、有些比他活得更久的诗人们之间的模仿一样）"[2]。作为这一批人的同龄人甚至是年龄稍长一点的人，她对这些新出现的文学青年毫不客气，甚至有些不满，不认为他们的作品具有多少流传的价值。《我的着重号》这部回忆录在侨民研究中具有非常重要的参考价值，是许多侨民研究者研究侨民"第一浪潮"的入门作品，而别尔别洛娃的负面评价也给"巴黎音调"奠定了不容乐观的基调。

霍达谢维奇夫妇充满消极态度的评价基本代表了许多批评家的观点：俄罗斯文学在域外发展到 20 世纪 30 年代，出现了观念停滞、语言贫乏、和传统之间的语义断裂的现象；本应作为未来支柱力量的"年轻一代"没有崛起，没有形成一个由统一的诗学观念支撑的共同体。连平时与年轻诗人交往较多的格·伊万诺夫也认为，年轻人走在布尔什维克和老一代侨民之外的"第三条道路"上，他们甚至没有多少"国界"的意识。与此同时他们的肖像是模糊的，是两个、三个、四个重影组合在

---

[1] 弗·霍达谢维奇：《流放文学》，载《摇晃的三脚架》，隋然、赵华译，东方出版社，2000，第 269–270 页。

[2] Gibson A. *Russian Poetry and Criticism in Paris from 1920 to 1940*. The Hague: Leuxenhoff Publishing, 1990: 41.

一起的，他们的思想是"混淆的""矛盾的""五光十色的"[1]。不过，也有一些评论家在回顾这一特殊历史时期时使用了较为客观全面，甚至是一些肯定性的表达，譬如伊瓦斯科在评价年轻一代的创作时，认为"巴黎派"的诗人们（指年轻诗人）在创作上有一个共同点，"那就是日常性，是朝气蓬勃的音调，甚至在他们讲述生活无法忍受时也会流露出来"。在探讨了欧洲同时期文学对年轻一代的影响之后，他认为年轻诗人接受的文学范本是怪异的，这些不良的示范造成了他们写作中的一些怪癖。"多亏了'白银时代'（越来越弱）的传统，侨民诗人才获得了普遍必需的文化经验……优秀侨民诗歌中另一样使人神往的东西是其心灵感受和纯粹的人性，或许，俄罗斯文学最主要的力量正孕育于此。"[2] 也许，伊瓦斯科强调的"朝气蓬勃的音调"，并不是从年轻诗人作品的主要内容来说的，而是从他们积极发声，以写作记录群体精神状态的积极态度上对他们的肯定。

杰拉皮阿诺也在自己的多篇文章中肯定了20世纪20—30年代侨民诗人在文学上的积极探索。1954年，他在给马尔科夫的信中写道，"我认为，我们应当像当年发现'30年代人'那样，认识'50年代人'。对那个已经结束的'巴黎音调'最主要的感觉是对原来的、革命前文学时代的过高评价，以及探求经历过旧世界重大事件的现代人是怎样、依靠什么生活的问题。'30年代人'是极度独立于上帝之外的人，他们对一切都心存疑惑"[3]。杰拉皮阿诺认为年轻的侨民作家的创作是超越了政治或者文学事件的重要文化现象，为此，他在回忆录《邂逅》《巴黎半个世纪的俄罗斯文学生活》等作品中对侨民文学的细节进行了反复辨识。他认为，对于年轻一代的一切尝试和表现，都应当放到他们所处的语境中评价。1959年，他撰文《1920—1960年的侨民诗歌》强调了这一点："未来十年的诗人们如果有幸了解到30年代巴黎诗歌的环境，也即被波普拉夫斯基称之为'巴黎音调'的那种写作环境，他们也会很难再现这种环境总体的世界感受、他们在创作上的共同点，就像我们自

[1] Иванов г. О новых русских людях. «Числа», № 7/8, 1933 (Париж), C. 188.

[2] Gibson A. *Russian Poetry and Criticism in Paris from 1920 to 1940*. The Hague: Leuxenhoff Publishing, 1990: 19.

[3] "… В памяти эта эпоха запечатлелась навсегда": Письма Ю.К.Терапиано В. Ф.Маркову (1953–1972) // *" Если чудо вообще возможно за границей...": Эпоха 1950-х гг. в переписка расскихлитераторов- эмигрантов*/ Сост., предисл. и примеч. О.А. Коростелева. М.: Библиотека-фонд "Русское зарубежье", Русский путь, 2008. C. 239.

己很难设身处地地想象象征主义时代一样"[1]。

以上我们罗列的各种观点有一个共同点：它们几乎全部来自老一代作家。作为社会资源和个人声望掌握者的老一代知识分子，占据了各大文学期刊的重要版面，而他们的"父辈"身份，也让他们拥有更多发言的权力。但他们对于年轻人的文学作品又能够真正了解多少呢？据说，当时反对年轻人的论敌根本搞不清自己批评的对象的作品是什么样的，他们连对方是"小说家"还是"诗人"都会混淆[2]，因为这些人的作品在他们看来是无趣的，因为年轻人根本不关心政治。那些被批评的主体——虽然没有形成统一的共同体，但也不是完全一盘散沙的年轻人是怎样看待前辈们的指责呢？这样的评价是否片面、有失公允？年轻一代批评家也会予以回应，及时对这些评价做出反馈。

在年轻一代为自身辩护的所有著述中，最引人瞩目的应当算是弗拉基米尔·瓦尔沙夫斯基写作的专著《不被注意的一代》。瓦尔沙夫斯基本人也是一位诗人，是"绿灯社"和"游牧"会议的参与者，也是《数目》《当代记事》等报纸杂志的作者。1951 年，他离开巴黎去了美国，1955 年开始发表《不被注意的一代》的若干章节。在写作这本回忆录性质的著作时，瓦尔沙夫斯基首先把自己当作了具有个人思想的学者，整本书都是在一种严密的逻辑架构下完成的。按照阿达莫维奇的评价，这本书最重要的不是区分了一个单独的侨民组织，而是作者关于文化和普通生活的思想。瓦尔沙夫斯基从年轻一代告别俄国时的社会状况开始写起，以"出走""青年俄国和团结公会分子""俄国大学生基督运动""巴黎的俄国蒙帕纳斯""与'俄国思想'相识"《新城》"思想的殉道者们"七个章节，回顾了在老一代人的影响下年轻一代的群体命运。瓦尔沙夫斯基渴望赋予这批年轻人以独特性，在他看来，他们的脑海中还保留着对俄国的记忆，在异国他乡会感觉到自己是流亡者，这是他们与后来的侨民不同的地方；但是他们对俄国的想念太少了，以至于没有这些想念也能生活下去，这是他们和父辈的区别。瓦尔沙夫斯基详细介绍了年轻一代在巴黎期间成立的文学社团，参与的聚会，强调他们与宗教和俄罗斯祖国的联系。这就像他在卷首提到的那样，他并不认为去比较他们这一代和"父辈"谁做了多少贡

[1] Терапиано Ю. О зарубежной поэзии 1920–1960 годов // *Грани*. 1959. № 44. С. 3.

[2] Коростелев О. Владимир Варшавский и его поколение. // *От Адамовича до Цветаевой: литература, критика, печать Русского зарубежья*. Издательство им. Н. И. Новикова, 2013. С. 212.

献有什么意义，他给自己的写作定下一个目标："试图理解这些生活在国外、梦想着为俄罗斯思想效力的侨民年轻人的命运。"结合老一代批评家针锋相对的几个关键点，瓦尔沙夫斯基的写作有为自己的群体辩护的意味：别人攻击他们缺乏民族性、没有宗教感，他偏要将年轻人的爱国之心和宗教情怀突出放大。这也难怪阿达莫维奇在评价此书时，指出这本书受到了瓦尔沙夫斯基野心的毒害，因为作者"在本质上是天主教的，想要拯救一切：既想拯救羊，也要拯救狼"[1]。

瓦尔沙夫斯基的著作刚一问世便受到了侨民圈子很大的关注，甚至还引发了批评界围绕这本书展开的辩论，促使知识界对 20 世纪 30 年代侨民文学进行重新审视。格·阿隆松、斯洛尼姆、杰拉皮阿诺、尤·特鲁别茨科伊等都在第一时间发表了看法。斯洛尼姆 1955 年 7 月在其同名文章《不被注意的一代》中，认为瓦尔沙夫斯基犯了双重的错误：首先，他在文中的许多决绝性的论断有待更正；其次，他对一些次要的、而不是主要的原因赋予过多的意义。如果说整个年轻一代人是被历史碾压的一代，那么对这代人失败的解释不应归结到贫穷和父辈的冷漠，而应该往更深层挖掘。[2] 为了证明自己的观点，他列举了同样在国外处于贫困状态中的老一代作家，并且提出"父子"之间的争论在任何一个时代、任何一个国家都是普遍存在的，不是一个新的现象。导致年轻一代作家的作品少有人关注的一个原因是侨民界本来就小，读者非常有限，更何况在他们之外还有更加成熟的老一代作家。斯洛尼姆回顾了自己在巴黎担任《俄罗斯意志》文学版块负责人时为年轻作家提供的发表机会，以及创办"游牧"小组时为年轻人组织的上百场关于写作的讲座和会议。通过这些事例，他最终得出一个结论：年轻一代并不缺乏机会，物质条件的匮乏也不是毁灭性的因素，年轻诗人应该多从自身寻找原因，而不是像瓦尔沙夫斯基那样自怨自艾。他很怀疑这代人中是否有像书中所憧憬的那样"看不见的精品"，这些年轻人的作品并没有形成一个流派，也没有制造出回声，发展出后继者。他们之所以是"不被注意的一代"，是因为他们确实没有优秀到吸引公众的关注。斯洛尼姆这一论断可

---

[1] "Я с Вами привык к переписке идеологической…": Письма Г.В.Адамовича В.С.Варшавскому (1951–1972) / Предисл., подгот. текста и коммент. О.А.Коростелева // *Ежегодник Дома русского зарубежья имени Александра Солженицына*. 2010. М.: Дом русского зарубежья имени Александра Солженицына, 2010, С. 299.

[2] Слоним М. Л. "Незамеченное поколение". / Варшавский В.*Незамеченное поколение*. М.: Дом русского зарубежья имени Александра Солженицына: Русский путь, 2010. С. 316

以说是火药味十足，他断然否决了瓦尔沙夫斯基一切的努力，也否定了年轻一代所占据的历史地位。言论一发出，叶·库斯科娃、弗·雅诺夫斯基等人立刻在报纸上做出回应。尤·杰拉皮阿诺也参与了其中的论战，他主要是就书中提出的一些错误历史史实进行了澄清，例如，他认为并不是所有"巴黎音调"的代表诗人都是格·阿达莫维奇的学生，鲍·波普拉夫斯基就与阿达莫维奇意见相左，后者曾经两次撰文批评波普拉夫斯基的诗歌作品。这次关于《不被注意的一代》引发的论战涉及人数虽然更多，却并没有 20 世纪 20—30 年代霍达谢维奇与阿达莫维奇之间的论战更引人注目。究其原因，首先，所有的论战几乎都是在美国纽约的侨民杂志《新俄语》《俄罗斯思想》上进行的；其次，20 世纪 50 年代已经远离了巴黎侨民诗歌的语境，不再具有当时那样迫切和现实的指导意义。

除了专著《不被注意的一代》，年轻一代为自身辩护的例子中，最突出也最具有代表性的，应当数 1930—1934 年于巴黎出版发行的一本文学、艺术与哲学的刊物《数目》以及发表在上面的年轻作家的"声音"。《数目》杂志一共出版了 10 期（8本），主要以刊登年轻小说家和诗人的作品为主，聚集了加伊托·加兹丹诺夫、伊琳娜·奥多耶夫采娃、鲍里斯·波普拉夫斯基、伊戈尔·钦诺夫、谢尔盖·沙尔生、尤里·杰拉皮阿诺、尤里·曼德尔施塔姆、利季娅·切尔文斯卡娅、阿纳托里·施泰格尔、"十字路口"团体成员、"游牧"团体成员等一大批年轻作者。这本刊物几乎为读者勾勒了侨民诗歌"巴黎派"的总体轮廓，但凡有些名气的年轻诗人都在这里发表过作品。除此之外，《数目》还收录了苏联文学的优秀作品、法国与西欧的文学精品、绘画和雕塑作品等，每本 300 页左右，内容十分丰富，被梅列日科夫斯基盛赞为俄罗斯侨民文学生活中的"奇迹"。

在《数目》杂志刊印之初，其创办人尼古拉·奥楚普便给它非常明确的定位：延续彼得堡的文学传统，同时不涉及任何政治内容。这与整个年轻群体的审美趣味和取向是一致的，他们对老一代群体醉心于革命前的旧俄与布尔什维克政权之间的矛盾并不感兴趣，相反，他们追求的是"纯洁的艺术"，是独立于社会思潮与思想之外的审美创作。无疑，杂志的出版很快便引来老一代侨民作家的批评，他们不认同发表在上面的是"文学作品"，也不赞同处在"被流放"的状态却妄图恢复 19 世纪后期唯美主义的做法到底有什么意义。吉皮乌斯最先发表批评，在《数目》杂志的第二期即以安东·科拉伊尼的笔名发表了针对"政治性"的批评。她不认为年轻人拒绝"政治"是可能的，一旦处于流亡的状态，就不可能遗世独立，与流亡、俄罗斯、它的陷落、毁灭、复活脱离干系，就不可能不在诗歌里表现生活。年轻人以为拒绝了"政治"，就可以拒绝"共性"，但他们错了，他们就此抛弃了一切，他们忘记了一条古老的训条："共性"和"个性"这两个互相交织的基础必须处于一个平衡状态，放弃了"共性"，也就实现不了具有真实意味的"个性"[1]。吉皮乌斯的论调代表了霍达谢维奇等老一代批评家的共同立场，他们不认为作家可以生活在生活之外，意识形态的作用是潜移默化的，而纯粹的艺术能够走多远，他们本身是有切身体会的，年轻人玩的这些在他们看来是过时的东西，不值一提。

对吉皮乌斯的批评，尼·奥楚普在自己发表于同期的文章《日记片段》中及时做出了回应。他指责了安东·科拉伊尼（吉皮乌斯）在近些年来已经成为一类人的"杰出"代表：他们不仅要求在公共政治和其他的人类问题两方面寻求平衡，并且还要求前者需要占据绝对优势的地位，而这难道不是反过来的布尔什维克主义吗？他们用布尔什维克主义来确定自己与敌人的关系[2]。他强调《数目》反对的并不是政治，而是政治的"暴力成分"。诚如奥楚普所言，年轻诗人可能确实无法理解长辈们耿耿于怀的政权之争对于他们的写作到底有多少指导意义，他们生活的环境里没有这些成分的渗透，也不可能凭空想象"政治"的力量。对于大部分年轻人来说，权力争夺确实远离他们的经历，在他们看来，只有暴力和血腥，没有艺术灵感。吉布森认为，从奥楚普对吉皮乌斯的回应中，我们可以得到年轻一代文学的几个典型特征："以艺术之名对政治进行诡辩式的抛弃，然后是以人类和社会意识为名对艺术的抛弃"[3]。年轻诗人与其说是通过写作表达对俄罗斯的"乡愁"，不如说是一种对文化的"乡愁"，他们缺乏精神上的根基，因此反对没有任何具体内容的政治纠纷，这在他们是很自然的事情。无论他们追求的艺术境界最终是否可以实现，我们都不能据此否认他们为自己寻找恰如其分的表达形式的努力。在奥楚普等人的辩护下，吉皮乌斯在杂志的第四期也部分接受了这种观点，承认道："我认为文学期刊有意愿坚持自己的文学优先权，它自然也有这样的权利"[4]。

---

[1] Крайний А. Литературное размышление (II). *Числа.* Париж, 1930. № 2/3. С. 152–153.

[2] Оцуп Н. Из дневника. *Числа.* Париж, 1930. № 2/3. С. 156.

[3] Gibson A. *Russian Poetry and Criticism in Paris from 1920 to 1940.* The Hague: Leuxenhoff Publishing, 1990: 84.

[4] Крайний А. Литературные размышления. // *Числа.* Париж, 1930. № 4. С. 155.

　　除了著名的批评家，作为诗人的波普拉夫斯基也在《数目》杂志上发表了几篇关于文学批评的文章。波普拉夫斯基是年轻诗人中公认的最杰出的代表，他对于自己同代人共有的特点十分了解，虽然他的批评文章并不完全是原创性的，有些地方缺乏力量感和说服力，但代表了年轻一代人的整体立场。在《侨民青年文学的神秘主义氛围》一文中，他对老一代批评家关注的"艺术性"和"死亡"等问题发表了自己的看法，认为艺术本身是不存在也是不需要的，真正的天才作家并不知道"艺术"为何物，真正的艺术就像是朋友间的私人通信，虽是一封匿名信，却能让读信人心有灵犀，而在这个过程中，作为技巧的"艺术"是完全不需要的，它的存在反而会增加交流的难度。[1]我们不禁再次想起前文吉布森提到的年轻诗人对艺术的"抛弃"。从波普拉夫斯基的辩论中，可以看到他对作为手法的艺术表现出排斥，他在某种程度上将吉皮乌斯提出的"诗歌是'个人文献'"这一命题进行了完美的证明，任何一种艺术范畴都是为了反映人的内心生活，都是文献，一旦想要美化这一过程，文字就走向了终结。他甚至使用了"жульничать"（捣鬼，诈骗）来形容包括普希金在内的文学家，无疑，这里的"捣鬼"指的是玩弄文学技法。

　　同样被谈到的还有"死亡"，那是被无数老一代作家诟病，却为年轻人津津乐道的话题。在论述中，波普拉夫斯基认为最甜蜜的不是耶稣的复活，而是耶稣的死亡、普通人的死亡。波普拉夫斯基强调不管别人是否喜欢，年轻一代已经以神秘主义的名义，抛弃了积极主义和唯美主义。他为"死亡"主题的合法性所做的解释让格·费多托夫很不满，后者不能赞同他的末世论思想，转而在第四期发表文章，抨击《数目》杂志刊登的大量以"死亡"为主题的诗歌，指出这些作者"以用死亡的意志来证明自己的生活，以对文化的否定来证明他们在蒙帕纳斯的诞生"[2]。然而，如果我们生活在一个全部意义都被否定的世界，写作又有什么意义呢？文化的背后还剩下什么？老一代文学家希望建立的文学殿堂被"波普拉夫斯基们"捣毁，他们不认同吉皮乌斯所幻想的"统一共同体"，也无意与任何阶层、任何团体建立联盟，因为联系所有成员的"核心精神"在他们那里本来就是不存在的。他们只愿意建立没有任何修饰的艺术，以"没有能量的能量"为基础，在侨民中间永远居于先锋的地位。

---

[1] Поплавский Б. О мистической атмосфере молодой литературы в эмиграции // *Числа*. Париж, 1930. № 2–3. С. 309.

[2] Федотов Г. П. О смерти, культуре и «Числах» // *Числа*. Париж, 1930. № 4. С. 143.

1933 年，在《数目》杂志的最后一期，波普拉夫斯基再次阐明了年轻一代作为独立的写作者与所有的其他写作者都不相同的风格：他们只写自己，不追求与俄语作品的相似点，也不追求与法国文学的相同之处。一份杂志不应该是一批作家的联盟，而应是思想的联盟。尽管一开始便有评论认为《数目》不是成立在真实的基础之上，而是建立在绝望的基础之上，但毫无疑问，保护"侨民精神"是杂志存在的第一要义，除却这个，杂志本身将没有存在的必要性。[1] 波普拉夫斯基带着乐观的基调给"侨民文学"定位，认为在流亡中诞生的新的侨民文学不了解别的其他东西，并且它最好的时代、对外界做出最密切回应的时代，正是发生在巴黎。

值得肯定的是，《数目》杂志上的交锋不是没有意义的，持不同观点的批评家们发表的观点虽然让人一时无法接受，但还是潜移默化地对年轻写作者产生了影响。在吉皮乌斯、阿达莫维奇等人的评论文章发表之后，年轻一代的写作方向也发生了一些明显的改变。杰拉皮阿诺在其中一期的文章中描述了这种视角的转变："'我不知道''我不会''我无法谈论这件事'已经引起了更多的注意，而不是那些关于死亡、上帝和人的命运的概念，那些概念包含了太多的学识，太少的真诚"[2]。这与其说是年轻一代向文学标准低头认错，毋宁说是他们自己本身也处于摸索之中，本身就处在一个不稳定的状态里，需要时刻做出调整、增删，才能得以认清前方的道路，在这种流变中不断塑造自己。

另外还有一位值得被提起的年轻的批评家、诗人——尤里·曼德尔施塔姆。他曾经参与"圆圈""十字路口"等文学团体，撰写了多篇侨民文学批评的文章，并于 1939 年霍达谢维奇逝世之后主持《复兴报》的出版工作。尤里·曼德尔施塔姆的一部分文学评论文章曾收录于《追寻者》于 1938 年在上海出版，其中比较重要的两篇文章《论新诗》和《诗人的命运》都是关于年轻的侨民文学。在《论新诗》一文中，曼德尔施塔姆认为老一代对文学界、对整个侨民群体的担忧没有意义。因为他是移民的子代，他感受不到对一个逝去世界的遗憾之情，也不会用不现实的标准来评判他的同时代人。对于他来说，象征主义者的时期不是一种个人记忆，而是一场早已完成的历史运动。他认为最重要的不是这些年轻一代写的诗质量怎样，而

---

[1]　Поплавский Борис. Вокруг «Чисел» // *Числа*. Париж, 1934. № 10. С. 204–209.

[2]　Терапиано Ю. Человек 30-х годов. // *Числа*. Париж, 1930. № 4. С. 211.

在于诗歌应当被写下来，在于他们对悲剧的回应。他指出，如果说对于老一代诗人来说，悲剧是从天而降的、无法理解也无法被认识的，那年轻一代要比他们更加乐观。他们这一代已经承受了这种悲剧，确切地说，是迄今仍然继续在承受着。对于这一代人来说，"流亡是一种既定事实，是应当每分每秒都引起重视的事实，不管这悲剧多么可怕，都应当接受它，忍受它一直到终点"[1]。而从这一方面来说，年轻诗人以更为主动的态度，接受了外部世界的剧变与萧条，并在自己的诗歌中反映了这种感受。譬如他本人诗歌中的俄罗斯形象：

> 啊，我拥有丰富的流亡体验，
> 忍受的空虚也一点不少
> 我收藏起希望与回忆，
> 将懊悔和伤痛在心底聚拢。
>
> 可是为何俄罗斯那说不清的
> 既痛苦又亲切的存在
> 有时会使我想起狭长的，
> 具有致命杀伤力的刀锋？

在 1935 年的另一篇文章《诗人的命运》中，曼德尔施塔姆再次提及霍达谢维奇给出的一个关于诗人的描述：作为先知的俄罗斯诗人被处以石刑。霍达谢维奇从中看到的是"先知殉难"消极的一面，而曼德尔施塔姆却在这一行为中看到了另外的意味：诗人的悲剧不只在"受难"这一点上，这也不只是俄罗斯诗人专有的。除了外部的生活条件——饥饿、贫困或者敌人的枪弹会致人死命，"或许在他们自身还存在着其他命定的、他们已经事先意识到并接受了的内在因素，会致使他们走向死亡"[2]。曼德尔施塔姆评论的尽管是侨民文学的危机、年轻诗人的颓废感、"死亡"和诗人的命运等主题，却总是洋溢着一种乐观主义的激情。他对

---

[1] Gibson A. *Russian Poetry and Criticism in Paris from 1920 to 1940*. The Hague: Leuxenhoff Publishing, 1990: 106.

[2] Там же.

诗歌的见解渗透了理想主义的情怀，与波普拉夫斯基和其他一些年轻的评论家相比，总体上是豁达的，也像他所理解的诗人的命运一样，乐于接受上天赋予的使命感。

阿达莫维奇在总结侨民 "第一浪潮" 的文学批评时，曾经提出过 "两个面向" 的观点。他认为巴黎侨民文学的批评事业是非常真诚而负责的，文学批评的代表们常常被双重的期望启发，一方面，他们面向未来，希望在写作中凸显出对未来文学样式的参与感；另一方面，他们又时时回到过去，强调对过去文化遗产的继承，希望看到这些因素反映在文本里。[1] 我们参照阿达莫维奇的这种思路，会发现这种矛盾态度不仅在不同阵营的批评家那里有不同的侧重点，甚至在同一个批评家身上也都有反映，譬如吉皮乌斯对俄罗斯文学传统的强调、对侨民文学统一联盟的构想，和她多次号召侨民作家利用好前所未有的 "自由"、凸显作家个性，显然就是对过去和未来 "两个面向" 上的表现。

侨民文学批评虽然涉及了文学创作的许多方面，但在有些方面涉及的还不够，譬如作为侨民的宗主国并没有得到批评家的足够关注。同时代的批评家较少关注侨民作家对法国文学的接受情况，较少关注世界文学进程在侨民文学中的反映，尽管有些是关于法国文学思潮和 "巴黎音调" 影响关系的论述，但与以上提到的批评主题相比，这种论述还是比较匮乏的。侨民作家尤其是年轻的作家在巴黎度过了个人成长的重要时期，他们不可能将自己的写作仅仅局限在本族裔的文学圈子内——况且，他们本身也表达了对俄罗斯传统文学的否定态度。在这种情况下，宗主国的文学影响之所以仍旧没有得到探讨，我们认为是因为老一代批评家对本国文化的过度强调。侨民作家与巴黎文学的交流互动并不是他们乐见其成的事情，而这些批评家又构成了侨民文学批评的主体。从这种角度可以说巴黎的俄罗斯侨民文学批评也显现出某些 "地方保护主义" 的色彩。

## 本章小结

结合上述有关法国侨民诗歌批评的分析，可以看出 1920—1940 年的文学批评

---

[1] Адамович Г. Вклад русской эмиграции в мировую культуру. Париж, 1961. C. 7.

具有多样性的特点，文学评论一度有超越文学创作本身，占据侨民文学中心地位的趋势，无论是专业的批评家还是作家本人，甚至包括社会活动家、艺术家，所有人都加入文学批评的队伍，力图把撰写文学批评作为发表个人见解的途径。在他们从事的几个批评方向中，有关思想意识形态、诗歌形式与内容的关系、文学传统流变等命题始终占据统领地位。受制于侨民文学本身的特点，这几种批评成为侨民批评家最关心的话题，也反映了作为思想形式的俄罗斯诗歌在进入异域文化后面临的如下几个最基本的问题：

传统文化遗产的继承问题，是新老两代批评家始终在探讨的问题。老一代追求文化传承上的确定性和连贯性，这是基于本身处于历史序列边缘的侨民知识分子的个人遭遇而提出来的。在年轻一代作家和诗人看来，文学前辈们强调的普希金、果戈理、托尔斯泰既代表了某种权威，也代表了文学观念上的保守主义。他们身处异国的文化氛围里，虽然大部分人喜欢兰波、马拉美、波德莱尔、里尔克，但那不是他们的文化之根，他们的模仿难免因为不深入而缺乏深度；而对于他们自己祖先的文化，他们又无法感同身受地体验到其精髓，老一代神化俄罗斯文化传统的做法只会令他们觉得不舒适和产生排斥。如果细究这一问题，他们更倾向于莱蒙托夫、安年斯基等注重情感表达的诗人开拓的文学疆域。如果暂且忽略"年轻作家是否数典忘祖"这类伦理问题，我们是否也应当反思，相比于莱蒙托夫这一文学支脉，普希金等经典作家对侨民作家到底有什么样的现实意义？他们在多大程度上可以与新的社会历史情境产生对话？

立足于不同文学观念而产生的不同认知，是众多文学批评聚焦的第二个问题。老一代批评家感叹诗歌陷入了危机，文学意象日渐萎缩，表达能力也出现了疲软。老一代诗人没有发展出新的写作风格，而年轻一代的写作内容能否被称为一种正式的"风格"，在他们那里是存疑的。他们甚至不认为年轻人立足于个人剖析式的感伤写作就是文学，指出他们的格局不大、格调不高，整日停留在个人主义的消极情绪里，讴歌死亡、颓废，认为这是对文化本身的消解。而年轻一代为自身创造"个人文献"的书写行为进行了辩护，他们不认为日记体的袒露直白有什么不好，有的作家甚至觉得艺术手段和一切修辞都是累赘，它们妨碍了写作者和读者之间自由坦率的对话。以"死亡"为主题的叙事也有其合法性的地位，因为这种感受是年轻一代的侨民作家在国破家亡的现实场景中获得的，就像吉布森总结的那样，"在极端对立的'白银时代'之风雅与革命、内战和流放的残忍教训之间，他们不得不建立一种新的诗学，这种诗学既不背叛他们的艺术直觉，也不背叛他们所处现状的真实情境"[1]。无论是心灵内部的危机感影响了创作，还是外部世界的萧条促成了这些主题，年轻诗人都认为自己完成了诗人作为预言家的使命。

另外一个让新老两代批评家争论不休的，是文学的政治属性问题。以吉皮乌斯为代表的俄罗斯传统秩序的维护者，对老一代侨民作家在巴黎的状况表现出深深的忧虑。她不能理解，侨居到国外的诗人们为什么没有充分利用好这种哲学、政治、思想、艺术上的"自由"，以成熟的写作在海外形成对抗布尔什维克的同盟，形成与苏联文学的强大对峙。因此，她既不满于很多老作家各自为政，也不满于年轻作家抛弃"政治"发出的靡靡之音。在她看来，意识形态是渗入到日常生活的方方面面的，一个人只要写作，就不可能脱离"政治"而独立存在。而年轻作家，包括他们的导师阿达莫维奇都对这种观点表现出不屑，认为纯粹政治的书写削弱了文学的效能，他们不会为了迎合某一个阵营而放弃心灵的真实。追求文学意识形态批判的做法固然不可取，但年轻人刻意回避政治的做法似乎也暴露出许多问题：且不论他们是否对旧的俄罗斯政体怀有认同感，仅写作主题的单一和内容的单薄本身便反映了年轻群体对外部世界缺乏主动积极的态度，他们没有机会也没有主动性去接触更广阔的世界，而只是局限在自身思想情感的波动方面，臣服于灵感与内心的短暂交汇。他们貌似突破了时代的壁垒，追求一些永恒的命题，但实际上这些作品无法在任何一个时代被完全认可，而只是一些情感的瞬间闪光。

---

[1] Gibson A. *Russian Poetry and Criticism in Paris from 1920 to 1940*. The Hague: Leuxenhoff Publishing, 1990: 2.

# 结　语

**感谢所有……**

感谢所有，感谢所有一切。感谢战争，
感谢革命和驱逐。
感谢这个冷漠而光明的国家，
我们如今在这里"艰难度日"。


没有一分喜悦——丢失一切。
没有欢欣的命运——变成漂泊者，
你从没有像如今一样，离云彩这样近，
厌倦了思念，
厌倦了呼吸，没有力气，没有钱，


没有爱，
在巴黎……
1930 年


　　阿达莫维奇的这首诗歌发表于 1928 年第 4 期的《新航船》杂志。在反复的、
充满讽刺和否定意味的抒情中，诗歌传达出侨民群体对于流亡的境况所持有的充满
悖论的情感：正如阿达莫维奇另一本著作的名字一样，"孤独与自由"，流亡生活本

身对于侨民诗人是甜蜜的毒药，是双重意义的"自由"和"不自由"。而这种悖论性情感并非某一代诗人所独有，我们翻阅上文每个章节，都可以看到这种流亡状态带来的精神动荡。

考虑到行文的简洁，我们在本书的组织结构上，将巴黎的俄侨诗人分为"父"与"子"两代，系统探讨了两代人在巴黎的诗歌创作，以及他们的诗学观点的碰撞。不过，正如许多俄罗斯批评家指出的那样，侨居在国外的两代人既非血缘上的父子，在写作上也没有确切的相互影响的实证。考察不同代际作家的写作风格是理解 20 世纪 20—40 年代俄侨文学的重要依据，但如果单纯拘囿于代际纷争的问题，又难免会"一叶障目，不见森林"，得出一些落入俗套的结论。所有为了进行区分而设置的标签都具有局限性，会将研究对象框定在非黑即白的对立面。在本书即将落笔之际，我们希望回归到中心论题"20 世纪 20—40 年代巴黎俄侨诗歌"中去，将所有的诗人看作一个整体，探究这一阶段俄侨诗歌在异域的生存状况。用更具有学术性的表达应该是：我们需要抛开一切外在的表象，探究俄侨诗歌之所以是这样的深层原因，要通过具体的诗歌作品，建立 20 世纪 20—40 年代的侨民诗学。

从文化和诗学的视角纵观巴黎俄侨文学的方方面面，这在此前亦不乏尝试。譬如评论家阿·恰根在自己的专著《道路与面孔：20 世纪俄罗斯文学》中，专门研究了第一次侨民文学浪潮中作家创作的诗学问题。他以什梅廖夫、纳博科夫的小说为分析对象，提出了两代俄罗斯作家争论的所有问题最终都可以归结到三个关键词上：词语、俄罗斯、信仰。他尤其强调了"词语"作为写作的基本要素在两代作家中间的明显差异。在大多数年轻人看来，那些被他们所排斥的"布宁、什梅廖夫、库普林式的现实主义传统"（别尔别洛娃语）是用于建构俄罗斯的形象，重新复活祖国已经丢失的某些特征……这一形象在年轻人那里没有出现，也不会出现。他们不会使用某些具有庄严意义的话语，在他们的内心缺乏那种布宁笔下的与祖国之间的联系，他们关于故国的面貌也记忆模糊。这种"根的丢失"对年轻的侨民文学来说，表现最典型的是远离现实，以及最终主人公陷入无法克服的孤独，和心灵在虚幻世界里的悲剧性感受。恰根指出，这些在纳博科夫、加兹丹诺夫、波普拉夫斯基的小说都可以看到，可以说，"词语在不同代际的创作中扮演的角色是不一样的"[1]。

---

[1] Чагин А. *Пути и лица: о русской литературе 20 века.* ИМЛИ РАН, 2008. С. 286.

　　尽管是对侨民小说的分析，但恰根的论述对于我们分析巴黎俄侨诗歌的发展状貌也有重要的参考意义。与侨民"第一浪潮"的俄罗斯小说发展相比，巴黎段的侨民诗歌创作更为密集，诗人群体也更庞大，经过十几年的探索，巴黎俄侨界足以贡献一批能够流传文学史的诗歌作品，如布宁与茨维塔耶娃的诗歌作品、格·伊万诺夫的诗集《玫瑰》、霍达谢维奇的组诗《欧洲之夜》、鲍里斯·波普拉夫斯基的诗集、《数目》杂志刊发的年轻侨民诗人诗作等等。在此前的章节中，我们已经针对这些作品的主题和写作特色进行了具体的分析，也探讨了诗人写作观念的大致流变。不过，一个至今没有解决的问题是：如果把这些诗歌作品看作一个整体，即作为俄罗斯侨民流亡生活的产物，我们应当怎样去接受它们？巴黎俄侨诗歌在文化诗学上的独特品格在哪里？1920—1940年代的巴黎俄侨文学不只是人口迁移带来的孤立问题，它在俄罗斯文学变迁、政治社会流变以及世界文化语义等多个侧面上均具有重要价值意义。参考恰根的分析思路，我们在理解巴黎俄侨诗歌时，或许可以选择以下三个维度。

**灾难叙事与"末世论"主题**

　　侨民诗人们在来到巴黎之前，已经数次经历俄罗斯国内的革命与战争，从俄罗斯最终到达巴黎的路途并不是一马平川的，很多人在空间上经过数度迁移。这种变动不居、颠沛流离的感受重新构建了诗人们的价值观，部分摧毁了老一代诗人的信念，而对那些尚未形成身份、完成主体建构的年轻诗人来说，侨民体验完全是一种灾难。从一个社会与文化相对稳定的空间转换到陌生的、充满语言和文化隔阂的空间，侨民诗人们倾向于把这种体验看作一场无法用逻辑进行推演的灾难。正如上文我们提到的"赤裸生命"的论题，失去国家的庇护，失去了完整的、正常运转的大集体的秩序，内心的"确定性"遭到一再的冲击，这促使侨民诗歌写作转向完全的非理性，显示出对基督教传统"末世论"主题的偏爱。事实上，这一时期"末世论"思想在整体的侨民知识分子中间都深受欢迎，譬如哲学家别尔嘉耶夫便是"末世论"的主要研究者。这一阶段的侨民诗歌总是在渲染一种日落西山的哀悼意味，诗人们热衷于描写"死亡"，展现落日的瞬间、玫瑰的凋零以及破败不堪的生活场景，似乎在经历过突如其来的灾难袭击之后，宏大的意义和思想不再能够拯救世界的毁灭，一些都在堕落，走向总崩溃。

　　尽管对于老一代诗人来说，来自内部的精神危机比较容易从俄罗斯经典文学和思想中汲取支撑，但对于侨居在外的他们来说，这种精神慰藉并不总是有效。除了阿达莫维奇，对"末世论"表现出浓厚兴趣的还有霍达谢维奇和伊万诺夫。霍达谢维奇的《欧洲之夜》可以说是展现了"世界 – 黑暗"图景所包含的一切元素：月亮、天空等自然景观失去奇观效应，生活的街道、房屋一片狼藉，诗歌中出现的动物和人是畸形的、被异化的，甚至抒情主人公"我"也是同样萎靡不振、失去力量。除了诗集，霍达谢维奇在此期间写作的回忆录《大墓地》更是一个时代终结的寓言；伊万诺夫"末世论"的倾向在抒情诗集《玫瑰》中有集中体现，而《原子的裂变》则完全是对未来世界文明崩溃的隐喻。伊万诺夫时常直面"死亡"，将可见的世界作为异己的对象来书写，仿佛自己是独立于这一切之外的观察者。同时，他也和许多年轻诗人一样，喜欢描写"空"的状态。这种"空"，不是具有创造一切可能性的、世界的原初状态，而是经历了一切劫难后的最终状态。

　　"末世论"在年轻一代的诗人那里似乎具有更合理的生长土壤，甚至可以说，它是"巴黎音调"以及其他一些年轻诗人写作汲取的最重要养料。批评家弗·哈赞就指出过，年轻诗人们在诗学上最重要的特征可以概括为两点："末世论"与"简洁化"。年轻诗人所理解的"末世论"，最先来自他们在日常生活中的现实遭遇。他们在一个陌生的土壤上"第二次诞生"，处在悲剧中，却对悲剧的历史缺乏分析的能力，因此陷入"沉默的深渊"[1]。以波普拉夫斯基的《黑色的圣母》为代表，年轻一代诗人将自己成长所经历的战乱、社会秩序的瓦解化为诗歌，构筑为世界末日到来时杂乱无章的景象。诗人们在新的语言环境中，对于艺术拯救世界、重建世界的信条是充满怀疑的，其中，"巴黎音调"代表诗人们对片段式体裁的倚重，他们诗歌中表现出的场景的碎片性、离散性，本身便是"末世论"思想作用下抒情主人公精神危机的表现。除了表现无序，这一时期的俄侨诗歌还经常出现对外部世界死气沉沉状态的书写。经历了劫难之后，一切似乎都静止了，停滞不前了，重复性的景象和单调的对白，就像勃洛克那首诗歌塑造的城市面貌："黑夜，街道，路灯，药店，/ 毫无意义的昏暗的灯光。/ 哪怕是再过四分之一个世纪——/ 一切仍将如此，没有终结。// 死去——又会重新开始，/ 一切都循环往复，与以往无异：/ 黑夜，运河上结冰的波纹，/

---

[1] Хазан В. Из наблюдений над эмигрантской поэтикой. *Литературоведческий журнал*. 2008, № 22. С. 124.

街道，路灯，药店。"死亡是一种暂时的终结，重生也只是继续原来的生活。大灾难，以及灾难后对世界覆灭的想象，是侨民诗人们对流亡状况最直接的应对策略。

### "人"的处境与存在主义意识的觉醒

类似于对"末世论"思想的青睐，巴黎俄侨诗人们在诗歌中流露出存在主义的意识，也与侨民本身的流亡状态密不可分。学者斯维特兰娜·谢苗诺娃在强调侨民的孤独感、无根状态对存在主义的重要影响时说："年轻的侨民文学家们尤其敏锐地体验到自己时代的悲剧性，世界观上的摇摆，最主要的是那种抛弃到社会上的空虚、孤独与绝望的感觉……"[1] 突然爆发的战争和革命以暴力的形式将处于秩序井然状态中的人"驱赶"到经典的存在主义场景中。在这样流离失所的状况下，人最容易面临身份认同的困境。原本一切的"确定性"构成变得飘忽不定，在孤独、空虚和绝望的境地，人开始追问存在的最本质问题：我作为一个人的存在之根本是什么？世界的构成于我有什么样的意义？正是循着这些追问，侨民诗人们站在了形而上的高度，以诗歌彰显"人"的意义。可以说，时代的悲剧考验了人，迫使他们去关心人类的生存境遇，侨民诗人们创造的文学在很大程度上也可以被称为"人的文学"。

这种"人的文学"从目前的文学接受上来看，又呈现出高低优劣的不同。其中最为典型的存在主义诗人格·伊万诺夫被罗曼·古尔称为"第一个存在主义者"，远远领先于欧洲的存在主义哲学。格·伊万诺夫在诗歌中书写人的死亡，通过一些特殊的情境，譬如自杀的瞬间，来寻找存在之原初性的意义。他诗中的抒情主人公将自己独立于整个世界，仿佛全世界是作为自我认识的客体，是为了证明"我"的存在而出现的。他将人顿悟的瞬间称之为"闪光"，在这种闪光的帮助下，人拥有生存的自由，也拥有结束生命的自由。正如《原子的裂变》营造的关于现在和未来的若干场景，碌碌无为的生活使"我"感觉到了生存的危机，而多次出现的街边泔水、妓女以及左轮手枪、关于战争和艺术的思索，象征着世界文明的总崩溃。但作为主人公的"我"却保持着极大的清醒，"我"的心灵仿佛是一个即将发生裂变的原子，

---

[1] Семенова С. Два полюса русского экзистенциального сознания. Проза Георгия Иванова и Владимира Набокова-Сирина. *Новый мир.* 1999. № 9. С. 183.

蕴含着无穷的力量，这就将"我"与世界独立开来。外部的世界尽管充满了冰冷和残忍，人却通过自己的认知实现了主观能动性，寻找到了一条自我反抗世界的路径。格·伊万诺夫是老一代侨民诗人中最具有思辨色彩的代表，在朗钦看来，他的存在主义意识和欧洲的存在主义不同，是"极其俄罗斯式的存在主义，其信念的全面覆灭和绝望 – 清醒的状态都达到了极限"[1]。

　　另一个"存在主义"意识觉醒的典型例子来自年轻诗人群体。上文论述的"巴黎音调"代表诗作体现出的"末世论"倾向与"简洁性"特色，其"简洁"也与年轻诗人对个人生存境况的认识密不可分。"巴黎音调"诗人的写作是面向内心的写作，是关于人、关于人和外部世界关系的诗歌。年轻诗人们之所以摒弃俄罗斯经典文学采用的技巧、手法，其实是在寻找一条与现实生活分离的道路。年轻诗人们缺乏言说历史的能力，对于俄罗斯的过去和现状，由于确实脱离了他们的视野，他们找不到足够精确的语言来传达。在这种情况下，最便捷可行的办法是遵循阿达莫维奇的建议，书写与现实处境关系不大的永恒主题，转向对个人内心进行探索。如哈赞指出的那样，他们"不是通过词语，而是'在词语的周围'，朝着明确无误的方向，却因此经常简化了印象和意义，这说明他们不可能准确地传达新的、混沌的生存秩序，以及它的灾难语义学"[2]。在这种面对现实的"失语症"和身份认同危机的作用下，波普拉夫斯基等人的诗歌作品体现出存在主义的风格。他们讴歌死亡，质疑生存的状态，其实是在一个混乱的、异己的环境里寻找自我存在的意义。

**欧洲文化危机的侧影与战争间奏**

　　总体来看，尽管巴黎俄侨诗歌昙花一现般地呈现过侨民文学在国外的最好状态，但持续时间毕竟短暂。从 1924 年至 1939 年的十几年间，大部分时间侨民诗歌都处于逐步适应侨民环境与日渐衰落的阶段。尤其是 20 世纪 30 年代以后，侨民诗歌乃至整体的侨民文学都走向了凋敝。无论是对本国文学的借鉴，还是与法国现代主义文学的接触，侨民诗歌都没能以高效和深入的方式参与其中。从总体来看，或许可以说侨民诗人们经历了一场"文化休眠期"。霍达谢维奇曾不无严肃地展望过俄罗斯侨民文学的未来："看起来，无论侨民文学如何，无论它具有哪些优点和缺点，

---

[1] Ранчин А. Экзистенциализм по-русски, или Самоубийство Серебряного века: "Распад атома" Георгия Иванова . Нева. 2009, № 9. C.200.

[2] Хазан В. Из наблюдений над эмигрантской поэтикой. *Литературоведческий журнал*. 2008, № 22. C. 124.

它都有能力创造一些个别的东西，却没有能力形成某种整体的东西，侨民群体最终也无法胜任这个任务。俄罗斯作家的命运就是——死亡。他们幻想在异国他乡躲避死亡，可死亡正在那里窥伺着他们。"[1]

霍达谢维奇对于文学死亡命运的揣度，令人不由地回想到在本书"霍达谢维奇与阿达莫维奇之间的论战（1927—1937）"一节中两位批评家针对整体欧洲文学的描述。在论战中，霍达谢维奇提到欧洲文化发展缓慢甚至停滞的现状，认为巴黎是整个文化覆灭的中心之一。针对年轻一代写作中出现的"无病呻吟"，他呼吁年轻诗人不应该因此自甘堕落，去应和欧洲文化的僵死状态。而阿达莫维奇紧接着做出回应，认为年轻人没有义务为整个欧洲文化的堕落负责。两人的这次交锋发生在1935年，事实上，在此之前的几年，即1930年左右，苏联的重要诗人如阿赫玛托娃、曼德尔施塔姆等人的创作都放缓了步伐，整个苏联的文学发展呈现出疲软之势。

造成这种状况的一个很大原因是起始于美国、波及众多国家的经济危机（"大萧条"）。1929年，随着美国股市的大动荡，国民经济一落千丈，英国、法国、德国、日本等资本主义国家也深受影响，世界范围的经济萧条随之而来，这种萧条的持续时间与强度都是空前绝后的。在物质生活日益艰难的背景下，人们的生活状况和精神状况都受到严重影响，文学艺术自然也深陷其中。很多文献资料显示，这一时期严肃文学的产量和质量都出现大幅度下降，而相比之下大众通俗文学则占了上风。从整个社会的思想氛围来看，20世纪30年代初期随着现代主义文学手法日益走向衰落，大众的审美方式从非理性逐渐转向了萨特的"虚无"和"存在主义"，再加上当时国际法西斯阵营的崛起和扩大、苏联的政治大清洗运动，整个社会的状态趋于低迷，缺乏活力。20世纪20—40年代的巴黎俄侨诗歌正是在这样的历史背景下寻求文化复兴、展开文学观念论战，几经波折以至最终寂寂无闻的。当我们把它纳入欧洲整体文学谱系，侨民诗歌的发展便呈现出更加清晰的脉络；反过来说，从巴黎俄侨诗歌的发展中，我们也可以看到整个欧洲文化在这一阶段的命运。

除了经济和社会思潮的影响，另一个与侨民文学关系密切的是"战争"。有学者指出，这里的"战争"还应该包括20世纪初期俄国爆发的几次暴力革命。事实上，整个侨民文学"第一浪潮"正是因战争而起，又在新的战争到来时被迫中断，

---

[1] 弗·霍达谢维奇：《流放文学》，载《摇晃的三脚架》，隋然、赵华译，北京：东方出版社，2000，第271页。

仿佛是整个世界无序和非理性乐章的间奏。战争本身具有的暴力和毁灭性的特点，从亲历者本人的意识中流淌到了笔端。可以说，他们书写的是另一种意义上的"战争文学"，从吉皮乌斯、霍达谢维奇等人的诗歌作品中可以读到国内战争造成的情绪动荡，而格·伊万诺夫的多首诗歌创作的灵感正来自国内战争："在 1913 年，我们尚不清楚／将来会有什么，会有怎样的命运……"老一代诗人对无产阶级革命大多是鄙视且批判的，而对"第二次世界大战"暧昧不明的态度又暴露出他们对旧俄的依恋、对当局政权的仇视，以及对自身所处的流亡状态强烈的不满，这些都反映在了他们抒情诗的韵脚里。相比老一代诗人，波普拉夫斯基、施泰格尔等人对战争缺乏实用主义的观点，这从他们的作品中可以看出来，他们所有的精神困境几乎都来自战争和革命带来的流亡体验，这或许也可以用来解释为什么巴黎被法西斯攻占前夕，会有那么多年轻侨民作家加入志愿军，参与"抵抗运动"。对于年轻一代来说，战争是具有杀伤力的邪恶势力，他们"不得不在异国经历隐居者式的自由悲剧，这本身可以看作是 20 世纪之后的全世界悲剧的序幕"[1]。

1934 年，波普拉夫斯基以半自传的形式，在巴黎简陋的寓所里写下了小说《自天堂回家》。这部小说的主人公是一个"当代英雄"的形象，一个孤零零的、与外部世界隔绝的思想家。他侨居在巴黎的底层社会，虽然也会和同胞在酒吧里交流，但大部分时间他都承受着精神上的煎熬，表现出"寻找上帝"和"对抗上帝"的矛盾心理。这一"地下室人"的形象几乎是巴黎俄侨群体的缩影，他们在流亡时期遭遇的物质困难和精神危机以文字的形式表现在了这一时期的诗歌、小说等体裁的作品中。无论是"末世论"、存在主义，还是"大萧条"、战争叙事，所有解读的维度和路径都只触及巴黎俄侨诗歌的一个方面，包括我们题目所限定的"父与子"，也只是提供了欣赏风景的一种视角。侨民文学是政治、历史、社会、经济、文学和心理学等各种因素交织作用产生的文学样式，巴黎的俄侨诗歌也同样如此。当年阿达莫维奇号召年轻诗人书写"生命、死亡、上帝和爱"的永恒主题，他们的作品能否经受住读者的考验，流传永世，我们不得而知，但可以肯定的是，在历史文献层面上，巴黎俄侨诗歌的意义是多方面的，它配得上几代甚至几十代人关注的目光。

---

[1] Хазан В. Из наблюдений над эмигрантской поэтикой. *Литературоведческий журнал*. 2008, № 22. С. 126.

# 巴黎俄侨诗歌选译

## 弗·霍达谢维奇（1886—1939）

### 星星在燃烧，微风在颤抖……

星星在燃烧，微风在颤抖，
夜藏身于一栋栋拱门的间隔。
怎么能不爱这整个的世界，
你赐予的不可思议的礼物？
你给了我五种不真实的感觉，
你给了我时间和空间，
我摇摆不定的心灵
在艺术的幻景中嬉戏。
而我正从空无中创造出
你的大海、荒漠、高山，
以及你的太阳所有的荣耀，
令人炫目的视线。
突然我玩笑般地毁掉
这整个奢华的荒诞景象，

就像小孩子毁掉

用卡片建造的城堡。

1921 年

## 歌　谣

我坐着，光线自上而下，

我坐在我圆形的房间里。

朝着那抹了灰泥的天空一瞥

打量十六支蜡烛组成的太阳。

周围的一切也都被照亮，

椅子、桌子和床。

我坐着，在困窘中不知

该把手放到何处。

严寒中的白色棕榈

在窗玻璃上无声地绽放。

钟表伴随着金属的喧嚣

在坎肩的衣兜里走动。

啊，我毫无出路的生活

落伍且贫贱的匮乏呀！

谁能告诉我，该怎样怜悯

自己以及所有这些事物？

我抱住了自己的大腿，

开始摇晃，

突然在昏迷中

用诗歌和自己对谈。

这毫不连贯的、充满热情的言辞！

听不懂其中任何一句话，

但声音比意思更为准确，

词语强过任何东西。
音乐、音乐、音乐
编入我的棉丝垫里，
狭小、狭小、狭小的刀刃
将我刺穿。
我自顾自地长高，
站立在停滞的存在之上，
脚掌踏入地下的火焰，
面朝流动的星辰。
我睁大了眼睛观看——
或许，是毒蛇的眼睛——
看我不幸的事物
怎样聆听野性的哼唱。
整个房间有节奏地走向
从容不迫的、旋转的舞蹈，
有人穿过风
将沉重的诗行交到我的手里。
没有抹了灰泥的天空
也没有十六支蜡烛组成的太阳：
俄尔甫斯将韵脚
支靠在光滑的黑色峭壁上。
1921 年

## 无论是生存还是唱歌，几乎都不值得……

无论是生存还是唱歌，几乎都不值得：
我们在不牢固的粗鄙中生活。
裁缝在穿针引线，木工从事建筑：
缝线会开绽，房子将倒塌。

有时候只要穿过这腐烂

我会突然感激地听到

这其中有完全另一种存在的

囚犯的脉动。

正如打发生活的烦闷时，

一个女人充满爱慕地

将自己激动不已的手

放在笨重的发胖的肚子上。

1922 年

## 柏林之物

也好。要驱走寒战与感冒——

有滚烫的格罗格酒或白兰地。

这里有音乐，有餐具叮当作响，

以及淡紫色的昏暗。

而那里，在又厚又庞大的

抛光的玻璃后面，

仿佛在昏暗的水族馆，

蓝色的玻璃器皿里——

多目的电车

在水下的椴树中间游弋，

好像一群闪着光的

慵懒的电动鱼。

在那里，在格格不入的厚玻璃上

我滑入暗夜的腐朽之中

在车厢的窗户里映出

我桌子的表面，

当我深入到另一种生活，

我突然深恶痛绝地认出

我那被砍掉的、毫无生机的

深夜的头颅。

1923 年

## 彼　得　堡

那里，他们醉心于卑鄙而单调的

进攻以至于力竭。

只有我一个人如同半死不活的诱惑

走在忧心忡忡的人们中间。

他们望着我——忘掉了

自己咕嘟咕嘟作响的茶壶；

炉子上的毡靴已经烧焦；

所有人在听我念诗。

而那时在死一般的俄罗斯的黑暗中

信使带着花出现在我面前。

在令人震惊的风中

我邂逅和谐的音乐。

当我从毁掉的台阶上跌倒

滑过结冰的河道，

幻影令我发疯，

我揪出一条散发恶臭的鳕鱼，

将每一句诗赶到散文里，

一行行诗歌因此而脱白，

我总算将一株古典的玫瑰

嫁接到了苏维埃的砧木上。

1925 年

## 纪　念　碑

终结在我，开端在我。

由我完成的是那样少！

但我仍是牢固的一环：

我理应得到幸福。

在新兴却伟大的俄罗斯

他们安放我的双面偶像

在两条路的交叉口，

那里是时间、风与沙粒……

1928 年

# 格·阿达莫维奇（1892—1972）

### 不要和任何人讲话……

不要和任何人讲话。不要饮酒。

舍弃自己的房子。舍弃妻子和兄弟。

舍弃人群。你的心应当

意识到——过去永不复返。

不要再爱过去。这样

那一天将到来，你不再热爱自然，

越来越漠视一切。日复一日，

周复一周，年复一年。

你的梦想会慢慢死去。

黑暗将环绕四周。在新的生活里

你将清晰地看到

木十字架和荆棘花环。

1923 年

## 我们何时会返回俄罗斯……

我们何时会返回俄罗斯……哦，东方的哈姆雷特，会在何时？

步行，走在被冲毁的路上，迎着一百度的严寒，

没有任何的骏马与凯旋，那里也没有任何的欢呼，步行，

但是只要让我们知道，我们能够按时到达……

医院。我们何时会返回俄罗斯……幸福在呓语中徐徐摆动，

仿佛有人在滨海花园里演奏那首《吾主在锡安是何等光荣》[1]

仿佛穿过白色的围墙，在凌晨冰冷的雾霭里

纤细的蜡烛在冰冷而沉睡的克里姆林宫里摇摆不定。

我们何时……够了，够了。他生病了，精疲力竭又蛮横无理。

在我们三色耻辱上方，摇动着一面贫乏的旗帜。

这里浓烈的乙醚气味扩散，又烦闷，又过于温暖。

我们何时会返回俄罗斯……可是雪封了道路。

该集合了。天已发亮。该动身上路了。

两枚铜币永久保存，两手交叉在胸前。

1930 年

## 整晚我都在挑选词语……

整晚我都在挑选词语，

却一个词也不能找到。

在疲惫中昏昏入睡

梦见了雪上的一条小河。

我们的整个城市，永远统一的城市，

天空的边缘暗淡、美好、深蓝

那些树上是好看的薄霜……

---

[1] 《吾主在锡安是何等光荣》是一首在俄罗斯广为流传的赞美诗，并一度成为俄罗斯帝国的非正式颂歌。

朋友们！心中的光正日渐微弱，

却没有一个韵脚可以抵达圣彼得堡。

## 在瞌睡的公园旁边……

（在瞌睡的公园旁边，在双手里，

纱线已经所剩不多……）

不，理智还没有衰败，

可是心……可是心已经疲惫。

它无助地渴望爱恋，

徒劳地寻求睡眠……

（……一根最细的、本不应该延长的线，正在延长）。

## 感谢所有……

感谢所有，感谢所有一切。感谢战争，

感谢革命和驱逐。

感谢这个冷漠而光明的国家，

我们如今在这里"艰难度日"。


没有一分喜悦——丢失一切。

没有欢欣的命运——变成漂泊者，

你从没有像如今一样，离云彩这样近，

厌倦了思念，

厌倦了呼吸，没有力气，没有钱，


没有爱，

在巴黎……

1930 年

## 季娜依达·吉皮乌斯（1869—1945）

### 镜　子

您从没见过吗？

在花园或是公园里——我不知道，

到处有镜子在闪闪发亮。

在下面，林中草地里，在边缘处，

在上方，白桦树上，云杉上，

那里跳跃着柔软的松鼠，

那里毛茸茸的树枝弯下了腰——

到处有镜子在闪耀。

上面有草叶摇晃，

下面是云朵奔跑……

但每一面镜子都调皮狡猾，

对它来说大地或天空都很小——

它们彼此重复，

它们彼此映照……

在每面镜子里——云霞的绯红

和草叶的绿融汇成一体，

在镜子照耀的瞬间，

那地上的和山上的曾彼此平等。

1936 年

### 罪　过

我们会宽恕，上帝也会谅解。

我们渴望扫除无知。

可是坏事作为一种奖赏

就包含其中，隐藏自身，也藏匿其他。

我们的道路纯洁，我们的义务简朴：

不要复仇。我们将不会报复。

毒蛇在卷成圆环时，

咬到的是自己的尾巴。

我们会宽恕，上帝也会谅解，

但罪过不懂得原谅。

它只为自己——保全自己，

用自己的鲜血来洗刷鲜血，

它永远不会原谅自身，

就算我们会宽恕，就算上帝也会谅解。

1938 年

## "绿灯社" 里的诗歌之夜

耄耋老者、老年人和年轻人

都沉迷于这不良的嗜好：

他们开始读诗，

读别尔别洛娃、读兹洛宾、读布宁。

同样的不幸也落到

霍达谢维奇与奥布佐夫的诗歌上。

该用怎样的标尺衡量悲伤？

哦，告诉我，哦，请让我相信吧，

就说这一切不会长久！

他们所有人，不约而同——

格·伊万诺夫与伊琳娜，

尤拉奇卡和采特林

还有吉皮乌斯，整日里衣着破旧，

都带着诗歌，带着绿灯社的悲痛

奔向彬彬有礼的"绿灯社"。

该用怎样的标尺衡量诗人？

哦，告诉我，哦，请让我相信吧，

不止相信抑扬格与扬抑格。

瞧它呀，瞧，它近了：

梅列日可夫斯基充满威严地起身

与拉津斯基融合成

一团天空的云雾，

仿佛是一个古希伯来的少年，

以圣经的诗行哭出声响

克努特在哭泣，哭泣……

该用怎样的标尺衡量恐惧？

哦，告诉我，哦，请让我相信，

大厅里有人不会沉入梦乡。

## 返回到纯真中去……

返回到纯真中去——为什么？

为什么——我知道，理应如此。

可是不是所有人都被准许返回。

有一些，比如说我，我们就不能。

我走在荆棘丛生的灌木丛里，

树丛强大有力，我不可能穿过。

可是就让我跌倒在地吧，

我已经抵达不了第二次的纯真，

转身——已经无处可退。

# 格·伊万诺夫（1894—1958）

## 淡蓝色的云……

淡蓝色的云

（太阳穴的凉意）

淡蓝色的云

仍旧是云……

衰老的苹果树

（或许，再等一等？）

忠厚的苹果树

又一次开花。

仍旧是某种俄罗斯的——

（笑一笑，握紧它吧！）

这狭长的云，

仿佛一条载着孩子的船。

尤其是蓝色的

（伴随着钟表的第一次斗争……）

无边无际森林的

令人绝望的线条。

1927 年

## 很好，没有了沙皇……

很好，没有了沙皇。

很好，没有了俄罗斯。

很好，也没有了上帝。

只有黄色的黎明。

只有冰冻的星星。

只有几百万的年岁。

很好——没有了任何人。

很好——没有了任何物。


就这样黑暗，这样死气沉沉，

不会有更死寂的时刻，不会有更黑暗的时刻

没有任何人能帮助我们，

我们也不需要任何帮助。

1930 年


## 俄罗斯是幸福。俄罗斯是光明……


俄罗斯是幸福。俄罗斯是光明。

可是也许，根本就没有俄罗斯。

涅瓦河上的落日没有燃尽，

普希金没有在雪地上死去，

既没有彼得堡，也没有克里姆林宫，

有的只是雪，雪，田野，田野……

雪，雪，雪……而夜却漫长，

雪永远不会融化。

雪，雪，雪……而夜却黑暗，

它永远不会终结。

俄罗斯是寂静。俄罗斯是灰尘。

也或许，俄罗斯只是一种恐惧。

绳索。子弹。结冰的黑暗。

以及那使人发疯的音乐。

绳索。子弹。受苦役的黎明

悬挂在那片在尘世尚未被命名的土地上。

1931 年

## 一支旋律变幻为一朵花……

一支旋律变幻为一朵花，

它逐渐开放并凋落，

变成风与沙粒，

化作春天的瞑蛾飞入火中，

成为柳树的枝条探入水里……

一千个转瞬即逝的年头走过，

这旋律转变为

一个沉重的目光，一枚闪光的肩章，

一条马裤，一条军用短披肩，一句"长官"

一个禁卫军旗手——哦，为什么不可以呢?

浓雾……塔曼[1]……沙漠在聆听上帝的训导。

"距离明天还有那么远呀! "……

莱蒙托夫一个人上了路，

银色的马刺叮当作响。

## 被分散成数百万份的微粒……

被分散成数百万份的微粒，

浮在冰冷的、没有空气的、死气沉沉的空中，

那里没有太阳，没有星星，没有树木和鸟儿，

我会回来的——像一个影子——在遗失的世界里。

再一次地，在浪漫的夏园里，

在彼得堡五月天蓝色的洁白中，

我会静悄悄地走过荒漠的小径，

拥抱你亲爱的双肩。

1954 年

---

[1] 塔曼位于俄罗斯克拉斯诺达尔边疆区，也是莱蒙托夫小说《当代英雄》中的故事发生地。

## 摘自组诗《死后日记》

曾经一切都在——监狱，临时凭证，

在充满理智的享乐中，

如今我死去

怀揣着一个侨民可恶的命运……

## 什么是灵感

什么是灵感？

——怎么说呢……它是意料之外，是轻盈，

是神圣的轻风

闪光的呼吸。

是亚兹拉尔[1]在梦中的公园里

在柏树上拍打翅膀——

而丘特切夫提起笔一挥而就：

"罗马的演说家说过……"

## 永远神圣的春天带来的欢欣……

永远神圣的

春天带来的欢欣，

夜莺的啼唱

制造的怡然，

以及地面上月亮

神秘的反光

都使我头晕、厌烦。

---

[1] 伊斯兰教中的死亡天使之一。

甚至比这个更糟。我完全

不在这里，

不在南方，而是生活在北方的

沙皇的首都。

只剩下我一个人还在那里生活。

真实的我。我——整个的我。

那侨居的风沙

只是在我的梦里——

柏林，巴黎，以及

已经冷却的尼斯。

……冬日。彼得堡。

我和古米廖夫两个人

沿着结了冰的涅瓦河漫步，就像在勒忒河 [1] 徜徉，

我们只是静静地、古典式地

走着，

就像曾经某个时代的诗人那样

结伴而行。


## 鲍里斯·波普拉夫斯基（1903—1935）


### 旗　帜


在夏日白色的人行道上方

悬挂着纸做的路灯。

管道的噪音在林荫路上面发出呓语，

一排旗帜在高大的旗杆上满怀憧憬。

它们感觉：某个不远的地方就是大海，

---

[1] 古希腊神话中的五条冥河之一，又称"遗忘之河""忘川"。

海面上奔跑着酷暑的海浪，

空气睡着了，但没有像勒忒河一样做梦，

旗帜的怜悯庇佑着我们所有人。

它是船舰的骨骼，

黑色的烟，温柔地飞出，

一望无际的波浪上方的祈祷

是节日的前夜船舰上的音乐。

在大海里它迅速飞向桅杆，

礼炮的鸣响，黑皮肤船员的叫声，

以及悲伤的布料包裹的身体跳下时

船锚上方的旗帜急剧地降落。

它最先在地平线上方闪光

在枪炮轰响时它却英勇飘扬

在所有的残骸里它最后一个沉没，

还会像机翼一样击打水面。

它就像一具脱离了身体的灵魂，

就像我对你的爱。回复我吧！

在夏日里你有多少次地想要

将自己裹在旗帜里然后死去。

## 致阿蒂尔·兰波

没有人知道，

现在是几点，

也没有人想

在梦中沉默。

车厢在向左倾。

汽笛声响起。

空虚的东方

变为绯红。

哦！圣母

请原谅我

我在陌生的国度

遇见了夏娃。

绿色的气体

弄瞎了路人的眼睛。

她和您

长得很像。

小餐馆

杂乱无章地喧嚣，

喷泉一刻不停地

发出嘶嘶声。

伦敦挤满了

各种小丑

兰波准备

乘车去刚果。

在油腻的燕尾服

和忙乱中

我们坐在

虾类的菜肴边上。

他裤子的膝盖处

闪闪发光

而魏尔伦

有一个红鼻子。

突然她沿着舞台，

越过人头，

抬起腿，

朝我们走来，

女神安娜，

恶中的善

灵魂的情人

骑在驴上的上帝。

哦，那被忘记的一天……

带着被打碎的餐具

众人的亲属，

驴子用蹄子

踢我。

但我擦不掉

那被踢的印记

也无法飞走

远离蟒蛇。

哦，姑娘，小伙子

你的面容已毁灭。

你满月的

孪生兄弟已现身。

天庭的女神，

莫非你真的存在？

我甚至忘掉了

你的名字。

我走向场地

在乳白色的夜晚

带着死尸的微笑

和烟卷。

1926—1927 年

## 黑色的圣母

### 致瓦季姆·安德列耶夫

日子在变成青色，淡紫，
它们黑暗，美好又空虚。
有轨电车上的人们萎靡不振。
耷拉着神圣的脑袋，

他们的头幸福地摇摆。
柏油路在沉睡，那里有正午一直监视。
在空气里，在悲伤之中，
似乎有一辆火车飞驰而过。

人群散步的声音充满喧嚣，
电线上挂着廉价的路灯。
而在那贫瘠的被踏毁的空地上，
单簧管和小提琴开始死亡。

又一次，在这副棺材面前，
传来那神奇的分娩的声音。
音乐家为了那来自汗涔涔的双手的
黑色啤酒，付出了双倍的价格。

那个时候穿着红色制服的马队，
大汗淋漓，厌倦了节日，
炮队在阅兵队伍的后面
走过，露出无动于衷的表情。

在头顶的上方，呕吐气味，

礼花呛鼻子的烟雾，将会和尘土、
香水、汗液、骑兵急迫的喧闹
混为一体。

目空一切的年轻人
穿着下摆宽大无边的裤子，
突然听到幸福短促的射击，
波涛中红色月亮的飞翔。

突然，在长号的嘴唇间响起
雾中旋转的圆球的尖啸。
在致命的梦境里，黑色的圣母
伸开双手，粗野地喊叫一声。

而透过夜晚的、神圣的和地狱的暑热，
透过单簧管在其中歌唱的紫烟，
行走了几百万年的白雪
开始无情地飞来飞去。
1927 年

## 世界幽暗、冰凉、透明……

世界幽暗、冰凉、透明，
早已准备一步一步走向冬天。
他亲近孤独和阴郁的人们，
他们从梦中醒来，率直而坚强。

他在想：容忍吧，坚强一些吧，
大家都不幸，大家都沉默，大家都在等待，

大家都挂着笑容勤奋地工作，
然后打着瞌睡，书本掉落在胸口。


很快漫无尽头的黑夜就要降临，
灯低低地向着桌子低垂。
在图书馆结实的长凳上
一个乞丐将会在角落处躲藏。


马上将会明了，我们嬉笑，隐瞒，
总来得及原谅上帝带来的痛苦。
生活。祈祷，关上门。
在深渊里阅读黑皮书。


在空荡荡的林荫道瑟瑟发抖，
讲述真相直到黎明。
死去，为生者祈福，
一直写到死亡来临，不期待回复。


## 利季娅·切尔文斯卡娅（1907—1988）

### 活在清醒之中洞见之中……


活在清醒之中洞见之中，
在节日的黄昏里。
在火光冰冷的反光里
蛊惑自己的愿望，
认真地思考，仔细地聆听。
用悲伤的理性的音乐
填满空虚的年月——

遗忘，但不背叛梦想。

还在用想象去构思

邂逅一位可能的朋友，

像南方秋天的太阳，

像含羞草黄色的温柔。

并且，把眼泪藏在心里，

它们永远也不会溢出。

我第一次注意到：

月亮在云朵上方游弋，

宛若水下美杜莎的影子，

宛若眼皮低垂的一瞥，

宛若我们说出的词语，

被寂静吹灭……

秋日的黎明早已

在角落处把我们守候。

痛苦的影子——像其他的影子一样——

现在没有，而未来和过去都挥之不去。

一切都只从痛苦中产生，

一切都体现在哀伤里——

又一次，它在雨中消失……

我们的命运无法觉察：

就像手心里的一丝冰凉，

让人无从举起。

## 生活不像梦想……

生活不像梦想，

生活不像愿望——

它总是处于虚空的边缘，

由于泪水和雨水，它朦朦胧胧……

有时候，在爱过之后的岁月，

它像那许给它的诺言。

### 那些不会被定罪却长久等待审判的人……

那些不会被定罪，

却长久等待审判的人。

那些在清晨

被三月的寒风唤醒的人。

那些正在杀死时间的人——

在分分秒秒的后面——

因为在尘世短暂的生活

没有过够。

那些播撒真理种子的人，

习惯了在恶中生活。

他没有体验到回应

原谅了所有的背叛

忧伤地爱着——为了两个人。

那些人记不得变动

长年累月打量着

同一片天空，塞纳河的左岸……

那些看起来比自己的同龄人

更年轻的人，

但他们在白色大厅 [1] 里

等待着窗幔后的床……

那些人在火车站里

耻于渴望幸福。

---

[1] 白色大厅有可能是圣彼得堡冬宫西南方向的大厅，窗户朝向冬宫广场。

### 红色窗帘背后初升的太阳……

红色窗帘背后初升的太阳。

阳光穿透窗玻璃

与生活相对，那里

寒冷、拥挤、幽暗。

和阳光相对的，还有不可避免的

迫近的死亡、分离、终止……

两相对峙的，还有炽热的温柔

与锋利的怜悯，当看到亲人

不再年轻的面庞。

就这样分散，没有统一的词语……

这我永远也不会懂。

我们爱着，都来不及觉察

仇恨怎样在我们中间滋生。

四月里纯净的、明亮的早晨……

这是在哪？什么时候？

### 寒冷的、漫长的五月……

世界的忧伤被托付给诗行……

——格·阿达莫维奇

寒冷的、漫长的五月。

太阳碧绿的金子穿透云层……

这词语与和音的纠缠——

永远和我们一体。

我们的语言——不久前还很伟大、强盛——

这唱歌用的语言沉重且明亮

听起来有时像小市民的黑话。

能够将呻吟声带着痛苦脱口而出的

只有那些习惯了在其中寻找灵感的人。

我们该从何处得到这样的谦恭，

以便使尚未陈腐的心

在其中感受不到痛苦和逼仄？

我们偶然地、奇迹般地得以保全……

世界的忧伤为何被托付给我们——

没有答案。

仿佛单人囚室里的黎明时分，

可怕的不安在清晨唤醒。

如果没有地狱，还害怕什么？

在上帝的意志中，地狱不可能存在。

如果热爱世界，爱这个美好的、罪孽深重的世界，

与它的分离就可以抵偿一切。

我还在思考——已经失去了线索——

只有无限悲痛可以给人以安慰

只有疑虑可以使人信服。


### 灰色的八月……

——致 A. 根格尔

灰色的八月。太阳无痕。

忧愁，仿佛天空，没有缝隙。

长长的列车远行

去寻找许诺中的夏天。

湿漉漉的人行道上成堆的树叶

仿佛被脱掉的五颜六色的盛装。

而路人偶然的一瞥

在心中引起了阵痛……

夏天不曾有过——就像生活。不是这样吗

就连凋萎也已退到了身后……

## 我在等你归来……

我在等你归来，

暂时的——我知道——又会是这样。

我等待的不是爱，而是宽恕，

可是这很难——我知道——宽恕……

为了忧郁，为了疯狂的温柔，

为了那记忆中明亮的幻影，

比如说，一望无际的大海，

南方可爱的风景——

那些匀称蔓延的奇异的藤条

以及立在粉红色别墅旁的棕榈树……

为了我的不幸与忠贞，

为了失败公正的含义。

为了这种涌动的激昂

正逐年变得危险、灰暗……

为了幸福，在那个短暂的夏天

一切在几天里燃烧殆尽。

## 只有一个念头常常会萦绕在含混的脑海里……

只有一个念头常常会

萦绕在含混的脑海里。

街头的喧嚣传来，

远远地，仿佛大海的呼啸……

始料未及的轰隆声

来自遥远的某处。

邻居的屋顶上

已经有云彩在闪耀……

七月的夜十分短暂。

七月的夜没有尽头，

无法入睡，我想——

你的背叛充满了深刻的人性，

而我严酷的忠诚，

多么有限，尽管崇高。

1945 年


## 这样的云朵，是否真的只漂浮在巴黎的空中


这样的云朵，是否真的

只漂浮在巴黎的空中。

这鼓舞人心的忧伤会来临

每当悄悄地想起干面包片。

漫步。香榭丽舍大街。

人群的防护色。盛装，旗帜。

但心灵，仿佛秋天的大地，

已经不再吸收水分。

泪光闪烁，没有从睫毛滚落，

空气中飘浮着燥热和马赛曲，

接着是一些脸庞，可怜面孔的泡沫，

就像防波板边线后面的大海。

一个举着望远镜的人在窗户旁

大笑，对身边的人说着什么……

哎，好啊，战争结束了，

他们在庆祝自由与胜利。

在庆典上分布着不同的区域

（前线、后方与驱逐地的主人公们）。

是的。而对于我们，自由是贫乏

是冥想孤独的功绩。

## 大洪水之后一切仍会继续……

大洪水之后一切仍会继续。

大地继续繁衍

以新的力量，新的爱。

欧洲陨落，又再次复兴。

田地被鲜血多次灌溉，

重又开始了播种……

在火灾中保全的房子被涂了油漆，

街道上的雪被清扫……

大洪水过后出现了诺亚的方舟。

有时候，在烟雾缭绕的酒吧，

在盛满白兰地的高脚杯里，夜色仿佛一颗巨大的琥珀。

日历重又走到了终点……

那干燥的安达鲁西亚燥热的歌儿

还在吉他上拖着长长的尾音。

外地的人们早已熟悉——

同样的供认，同样的错觉……

雨点狂喜，敲打着窗玻璃。

这个世上的一切奄奄一息，又永无止境，

一切都有限度，一切都没有尽头。

一切任意妄为，一切又命中注定。


### 它靠近泪水……


它靠近泪水。靠近词语。

在终点的爱与恐惧之间。

它冷漠地驱赶着所有人，

藏在梦境模糊的真实里，

从一张熟悉的长圆脸上消失，

在有意闪躲的目光中闪烁。

关于它……当然，我们有很多话说。

没错，很多东西要由我们负责。

如果它在拂晓时那折磨人的缓慢时刻

死去，该怎么办？

如果在疲乏的土地上一个人

甚至在幸福的时候也是孤独的，该怎么办？

它那可信而充满激情的独白

会在睡梦中的、平和的温暖中融化吗？


## 阿纳托里·施泰格尔（1907—1944）

### 我们谈论玫瑰与诗歌……


我们谈论玫瑰与诗歌，

我们为爱情和英勇操劳，

但我们步履匆匆，我们永远在黑暗中——

顺便说一句，所有人都跑着，在路上。


我们在众目之下度过一整天。

我们整个的一生在独行的路上，

在展览会、舞会和茶点室。

生活在前行。而我们没有察觉。

1928 年

## 翅膀？翅膀已经被折断……

翅膀？翅膀已经被折断。

神灵？他们也很遥远。

转向过去——充满了挥手时的

无力与柔情。

主祷文：尽可能地活着，

但要知道，没有人来帮忙，

也没有人能帮忙。

如果说真理已经令人无法忍受——

还有浑浊的塞纳河与夜晚。

## 像风一样——前进再前进……

像风一样——前进再前进！

但风可从来都不会顺从。

冰在轻轻的踩踏下

变得怕冷、发黑。

道路通往水下，

冰块爬上了冰块。

从一处滑到另一处，
我毁掉并移走障碍物。


沿着冰块，沿着易碎的冰面，
像风一样，但比风更勇敢——
我要走向遥远的岸边，
我只顺从于上帝的意志！

# 参考文献

**研究所涉及的作品**

1. Адамович Г. В. *Собрание сочинений: Стихи, проза, переводы* / Вступ. ст., сост. и примеч. О. А. Коростелева.—СПб.: Алетейя, 1999.

2. Блок А. *Собр. соч.: В 8 т.* Государственное издательство художественной литературы, 1962.

3. Гиппиус 3. *У нас в Париже. том 13 из Собрания сочинений в 15томах.* Дмитрий Сечин, Русская книга, 2016.

4. Гиппиус 3. *Петербургские дневники.* М.: Книга, 1990.

5. Иванов Г. *Собрание сочинений в 3 томах,* М.: Согласие, 1994.

6. Иванов Г. *Стихотворения.* Академический Проект, 2010.

7. Коростелев О., Шруба М. *Вокруг редакционного архива «Современных записок» (Париж, 1920–1940): Сборник статей и материалов.* М.: Новое литературное обозрение, 2010.

8. Коростелев О., Шруба М. *«Современных записок» (Париж, 1920–1940):из архива редакции.* в 3 томах.2012, 2013.

9. Крейд В. (сост.) *Вернуться в Россию - стихами... 200 поэтовэмиграции.* М.: Республика, 1995.

10. Крейд В. (сост.) *Поэты Парижской ноты.* Молодая гвардия, 2003.

11. Поплавский Б. *Собрание сочинений в трех томах. Книжница. Русский путь. Согласие.* 2009.

12. Ходасевич В. Ф. *Стихотворения*. Л.: Сов. писатель, 1989.

13. Цветаева М. *Собрание сочинений:В 7 т.*/Сост., подгот. текста и коммент. Л. А. Мнухина. М.: Эллис Лак, 1995.

14. 波普拉夫斯基. 自天堂回家. 顾宏哲，译. 成都：四川人民出版社，2003.

15. 波普拉夫斯基. 波普拉夫斯基诗选. 汪剑钊，译. 石家庄：河北教育出版社，2003.

16. 霍达谢维奇. 大墓地. 袁晓芳，朱霄鹏，译. 上海：学林出版社，1999.

17. 霍达谢维奇. 仅凭一首诗：霍达谢维奇诗选. 王立业，译. 成都：四川人民出版社，2018.

18. 吉皮乌斯. 吉皮乌斯诗选. 汪剑钊，译. 石家庄：河北教育出版社，2003.

19. 吉皮乌斯. 往事如昨：吉皮乌斯回忆录. 郑体武，岳永红，译. 上海：学林出版社，1999.

20. 苔菲. 香甜的毒药. 黄晓敏，译. 北京：群众出版社，2013.

21. 苔菲. 我的编年史. 谷兴亚，译. 桂林：广西师范大学出版社，2018.

22. 汪剑钊. 二十世纪俄罗斯流亡诗选. 汪剑钊，译. 石家庄：河北教育出版社，2004.

23. 伊万诺夫. 彼得堡的冬天. 贝利文，章昌云，译. 上海：学林出版社，1999.

24. 伊万诺夫. 格奥尔基·伊万诺夫诗选. 汪剑钊，译. 世界文学，2015（5）：7–22.

25. 伊万诺夫. 原子的裂变. 汪剑钊，译. 世界文学，2015（5）：22–52.


**研究文献**

俄文部分：

1. Агеносов В. В. *Литература русскогозарубежья (1918–1996)*. М.: Высшая школа, 1998.

2. Адамович Г. Литературные беседы. *Звено*. 1928. № 1.

3. Арьев А. *Жизнь Георгия Иванова: Документальное повествование*. СПб.: Журнал "Звезда", 2009.

4. Адамович Г. Вклад русской эмиграции в мировую культуру. Париж: [б. и.], 1961.

5. Ходасевич В. "Жалость и 'жалость'", *Возрождение,* 11 апреля 1935.

6. Адамович Г. "Жизнь и 'жизнь'", *Последние новости*, 4 апреля 1935.

7. Адамович Г. 〈 Конкурс «Звена» 〉. *Звено,* 21 марта, 1926. № 164.

8. Адамович Г. "Литературные беседы", *Звено*, 23 января 1927.

9. Адамович Г. "Литературные беседы", *Звено*, 3 апреля 1927.

10. Адамович Г. "Литературные заметки", *Последние новости*, 29 марта 1934.

11. Адамович Г. Литературные беседы. *Звено*. 1927. 27 июля. С. 4–7.

12. Адамович Г. "На полустанках", *Звено*, 8 октября 1923.

13. Адамович Г. *Одиночество и свобода.* М. Республика, 1996.

14. Адамович Г. *Одиночество и свобода.* Алетейя, 2002.

15. Адамович Г. "Оценки Пушкина", *Последние новости*, 25 апреля 1935.

16. Адамович Г. *Последние новости*, 4 апреля 1935 г.

17. Адамович Г. "Пушкин и Лермонтов", ПН, 1 октября 1931.

18. Бахрах А. Памяти Адамовича (К 10-летию со дня смерти) // *Русская мысль.* Париж, 1982. 28 февр.

19. Бем А. Л. О советской литературе (письмо второе) // Бем А. Л. *Письма о литературе.* Прага, 1996.

20. Берберова Н. *Курсив мой.* Нью-Йорк: Russica Publishers, 1983.

21. Берберова Н. *Курсив мой. Автобиография.* М.,1996.

22. Берберова Н. *Курсив мой: Автобиография.* АСТ: Редакция Елены Шубиной, 2015.

23. Берберова Н. Предисловие// Гипииус З. *Петербургские дневники.* Нью-Йорк, 1990.

24. Бочаров, С. Г. "Памятник" Ходасевича // *Сюжеты русской литературы*, М.: Языки русской культуры, 1999.

25. Буслакова Т. П. Парижская «нота» в русской литературе: взгляд критики // *Русская культура XX века на родине и в эмиграции. Имена. Проблемы. Факты.* / Под ред. М. В. Михайловой, Т. П. Буслаковой, Е. А. Ивановой. М., 2000–Вып.1.

26. Варшавский В. *Незамеченное поколение.* Нью-Йорк: Изд. им. Чехова, 1956.

27. Варшавский В. *Незамеченное поколение.* Дом русского зарубежья им. Александра Солженицына. Русский путь, 2010.

28. Вейдле В. Человек против писателя. *Круг.* Кн. 2. 1937.

29. "… В памяти эта эпоха запечатлелась навсегда": Письма Ю. К.Терапиано В. Ф.Маркову (1953–1972) // *"Если чудо вообще возможно за границей…": Эпоха 1950-х гг. в переписка расских литераторов-эмигрантов*/ Сост., предисл. и примеч. О. А. Коростелева. М.: Библиотека-фонд "Русскоезарубежье"; Русский путь, 2008.

30. Гальцева Р. Они его за муки полюбили // *Новый мир.* 1997. № 7.

31. Гаспаров М. *Метр и смысл.* Фортуна ЭЛ, 2012.

32. Гиппиус З. Зелёная лампа. Беседы II. Доклад З. Н. Гиппиус «Русская литература в изгнании». *Новый Корабль.* Париж, 1927. № 1.

33. Гиппиус З. Новь. *Современные Записки.* Париж, 1925. № 23.

34. Гельфонд М. Пушкин и Бортынский в поэтическом сознанииХодасевича. *Филологический журнал.*Москва, 2008, № 1(6).

35. *Георгий Владимирович Иванов. 1894–1958. Исследования и материалы.* Сост. и отв. ред. С. Р. Федякин. - М.: Издательство Литературного института имени А.М.Горького, 2011.

36. Гиппиус З. *Зинаида Гиппиус: новые материалы и исследования.* ИМЛИ РАН, 2002.

37. Горбачев А. М. *Неоклассический стиль лирики В.Ф. Ходасевича 1918–1927гг.* Ставрополь, СГУ, 2004.

38. Заманская В. В. Экзистенциальная традиция в русской литературе XX века. Флинта, Наука. 2002.

39. Зобнин Ю. В. *Поэзия белой эмиграции : "Незамеченное поколение",* СПб.: СПбГУП, 2010.

40. ИваскГ. ВозрождениеБорисаПоплавского (1903–1935)//*Русскаямысль.* 1980. № 3323. 28 авг.

41. Иваск Ю. О послевоенной эмигрантской поэзии // *Новый журнал.* 1950. № 23.

42. Иваск Ю. Письма о литературе // *Новое русское слово.* 1954. 21 марта. № 15303.

43. Иванов Г. Борис Поплавский. «Флаги» // *Числа.* 1931. № 5.

44. Иванов г. О новых русских людях. *Числа*, № 7/8,1933.

45. Казак В. *Лексикон русской литературы XX века = Lexikon der russischen Literatur ab 1917* / [пер. с нем.]. М.: РИК «Культура», 1996.

46. Каспэ И. *Искусство отсутствовать. Незамеченное поколение русской литературы*. М.: НЛО, 2005.

47. Коростелев О. *От Адамовича до Цветаевой: Литература, критика, печать русского зарубежья*. Издательство им. Н.И.Новкова. Издательский дом "Галина скрипсит", 2013.

48. Коростелев О. *Поэзия Георгия Адамовича :*авторефератдис кандидата филологических наук: 10.01.01 / Лит. ин-т им. Горького.- Москва, 1995.

49. Коростелев О., Федякин С. Полемика Г. В. Адамовича и В.Ф.Ходасевича (1927–1937) // *Российский литературоведческий журнал* 1994. № 4.

50. Крайний Антон. Литературная запись: О молодых и средних. *Современные Записки*. Париж, 1924. № 19.

51. Крайний А. Литературные размышления. // *Числа*. Париж, 1930. № 4.

52. Крайний А. Литературное размышление (II). *Числа*. Париж, 1930. № 2/3.

53.Крайний А. Почти без слов. Георгий Адамович. «На Западе». *Последние Новости*. Париж, 1939. 9 марта. № 6555.

54. Крейд В. В. линиях нотной страницы. Предисловие/*Поэты Парижской ноты*. Молодая гвардия, 2003.

55. Крейд В. П. *Георгий Иванов*. ЖЗЛ. Молодая Гвардия, 2007.

56. Крейд В. Что такое Парижская нота. *Слово/Word*, 2004.

57. Лапаева Н. Б. Рембо, Пруст, Селин как знаки духовной самоидентификациив «Дневниках» Б. Поплавского // *Франция–Россия: проблемы культурной диффузии*. Тюмень; Страсбург, 2008.

58. *Литература русского зарубежья:* учеб.-метод. пособ. для студ.-филол. / Казан. гос. ун-т; Филол. фак.; Каф. рус. лит.; сост. Л.Х.Насрутдинова.– Ка- зань: Казан. гос. ун-т, 2007.

59. *Литература русского зарубежья (1920–1940)* под отв. ред. Б. В. Аверин и др. СПб: СПбГУ, 2013.

60. Матвеева Ю. В. Творчество Бориса Поплавского: к вопросу культурной и языковойидентификации/Ю.В.Матвеева // *Сибирскийфилологическийжурнал*. 2008. № 3.

Менегальдо Е. Поэтическая вселенная Бориса Поплавского. СПб. Алетейя, 2007.

61. Набоков В. В. Поплавский. «Флаги» // *Руль*. 1931. 11марта.

62. Налегач Н. "Поэзия обнаженной совести" и традиции Анненского в лирике поэтов "Парижской ноты". // *Сюжетология и сюжетография* 2013. № 2.

63. Новикова Н. Пушкин как решающий аргумент в эстетической полемикеВ. Ходасевича и Г. Адамовича. *Исследовательский потенциал молодых ученых: взгляд вбудущее.* 2016.

64. Осипова Н. *Поэзия русского зарубежья как текст культуры.* Москва: Экслибрисс-Пресс, 2015.

65. От редакции. *Новый корабль.* 1927. № 1.

66. Офросимов Ю. Рецензия на "Сады". *«Новая русская книга».* 1922.

67. Оцуп Н. Из дневника. *Числа.* Париж, 1930. № 2/3.

68. «Парижская нота: Материалы и исследование» // *Литературоведческий журнал.* 2008. № 22.

69. Петрова Т. *Литературная критика русской эмиграции первой волны: (Современные отечественные исследования): Аналитический обзор.* М.: ИНИОН РАН, 2010.

70. Политика и искусство: Вечер "Чисел" // *Числа.* 1930/1931. № 4.

71. Пономарев Е. Распад Атома в поэзии русской эмиграции. Георгий Иванов и Владимир Ходасевич. // *Вопросы литературы.* 2002. № 4.

72. Поплавский Б. Вокруг Чисел. *Числа.* 1934. № 10.

73. ПоплавскийБ.Омистическойатмосферемолодойлитературывэмиграции // Числа.– Париж, 1930. № 2–3.18228079511.

74. Поплавский Б. Ю. О смерти и жалости в «Числах» // *Новая газета.* 1931. № 3. 1 апр.

75. Пущин Л. "Борьба за Россию". *Новый Дом*. Париж, 1927. № 3.

76. Раев М. *Россия за рубежом. История культуры русской эмиграции 1919–1939*. М. Прогресс-Академия, 1994.

77. Ратников К. *"Парижская нота" в поэзии русского зарубежья*. Челябинский государственный университет, 1998. 162с.

78. Ренэ Герра. *"Когда мы в Россию вернемся…"* СПб.: "Росток". 2010.

79. Ренэ Герра. *Они унесли с собой Россию… Русские эмигранты—писатели и художники во Франции (1920–1970)*. СПб: Русско-Балтийскийинформационный центр "Блиц", 2003.

80. Рубинс М. *Русский Монпарнас. Парижская проза 1920–1930-х годов в контексте транснационального модернизма*. НЛО, 2017.

81. *Русская литература 20-х - 30-х годов. Портреты поэтов*. Том 1. Сост. и отв. ред. Гачева А., Семенова С. М.: ИМЛИ РАН. 2008.

82. *Русская литература в эмиграции: Сб. статей* под ред. Н. П. Полторацкого. Питтсбург, 1972.

83. Святополк-Мирский Д. Кн. «Современные записки» (I–XXVI. Париж 1920–1925 гг.). «Воля России» (1922, 1925, 1926 гг. № I–II. Прага). *Версты*. 1926. № 1.

84. Семенова С. Два полюса русского экзистенциального сознания. Проза Георгия Иванова и Владимира Набокова-Сирина. *Новый мир*. 1999. № 9.

85. СлонимМ.Литературныеотклики:Живаялитератураимертвыекритики//*Воля России*. 1924. № 4.

86. СлонимМ.Литературныйдневник:Олитературнойкритикевэмиграции//*Воля России*. 1928. № 7.

87. Соколова Т. Символика света в ранней лирике Георгия Иванова. *Известия Российского государственного университета им. Герцена*. 2016, № 119.

88. Соколов А. Г. *Судьбы русской литературной эмиграции 1920-х годов*. М.: МГУ, 1991.

89. Струве Г. *Русская литература в изгнании*. Нью-Йорк: Издательство им. Чехова, 1956.

90. Струве Г. Тихий ад. О поэзии Ходасевича // *За Свободу!* 1928. № 59 (2391), 11марта.

91. Сурат И. *Пушкинист Владислав Ходасевич.* М. Лабиринт, 1994.

92. Сыроватко Л. В. О стихах и стихотворцах / *Культурный слой: Вып. 7: Гуманитарные исследования.* Центр «Молодёжь за свободу слова». – Калининград: Изд-во «НЭТ», 2007.

93. Татищев Н. Дирижабль неизвестного направления (Из книги «В дальнюю дорогу») / *Борис Поплавский в оценках и воспоминаниях современников.* Издатель ство "Logos", 1993.

94. Терапиано Ю. *Встречи.* Нью-Йорк: Изд-во имени Чехова, 1953; 2-е изд.: Вступ. ст., сост., подг. текста, коммент., указатели Т. Г. Юрченко. М.: Интрада, 2002.

95. Терапиано Ю. *Литературная жизнь русского Парижа за полвека: 1924–1974 /* Сост. Ренэ Герраи А. Глезер. Послесл. Ренэ Герра.Париж; Нью-Йорк: Альбатрос; Третья волна, 1987.

96. Терапиано Ю. О зарубежной поэзии 1920–1960 годов . *Грани.* 1959. № 44.

97. Терапиано Ю. *Памяти З. Гиппиус. "Современник".* Торонто, Канада, 1967. № 14–15.

98. Терапиано Ю. Человек 30-х годов. // *Числа.* Париж, 1930. № 4.

99. Топоров В. Н. Об «энтропическом» пространстве поэзии (поэт и текст в их единстве) / В. Н. Топоров. // *От мифа к литературе: сб. в честь 75-летия Е.Н. Мелетинского.* М.: РГТУ, 1993.

100. Тынянов Ю. Н. *Поэтика. История литературы. Кино.* М., 1977.

101. Федотов Г. П. О парижской поэзии // *Ковчег: Сборник зарубежной русской литературы.* Нью-Йорк: Изд-во Объединения русских писателей, 1942. № 1.

102. Федотов Г. П. О смерти, культуре и «Числах» // *Числа.* Париж, 1930. № 4.

103. Фельзен Юрий. У Мережковских по воскресеньям. *Даугава.* 1989. № 9.

104. Фридлендер Г. М. *Пушкин. Достоевский." Серебряный век".* СПб.: Наука, 1995.

105. Ходасевич В. Еще о критике. *Возрождение.* Париж, 31 мая 1928Г.

106. Ходасевич В. Жизнь Василия Травникова. *Возрождение*, 13, 20, 27 февраля 1936.

107. Ходасевич В. "Жалость и 'жалость'", *Возрождение*, 11 апреля 1935.

108. Ходасевич В. "Кризис поэзии", *Возрождение,* 12 апреля 1934.

109. Ходасевич В. *Литературная критика 1922–1939.* сост. А. Ивановой. «Директ-Медиа» 2017.

110. Ходасевич Г. "Молодые поэты", *Возрождение*, 26 июля 1928.

111. Ходасевич В. "Новые стихи", *Возрождение*, 28 марта 1935.

112. Ходасевич В. О смерти Поплавского. *"Возрождение".* 1935. 17октября.

113. Ходасевич В. Подвиг. "Возрождение". 1935. 5 мая.

114. Ходасевич Г. "По поводу 'Перекрестка'". *Избранная проза.* Нью-Йорк, 1982.

115. Хрисанфов В. *Д. С. Мережковский и З. Н. Гиппиус. Из жизни в эмиграции.* СПбГУ, 2005.

116. Цетлин М. "О современной эмигрантской поэзии", *Современные записи,* 58 (1935).

117. Чагин А. Расколотая лира. Россия и зарубежье. Наследие, 1998.

118. Чагин А. *Пути и лица. О русской литературе XX века.* М.: ИМЛИ РАН, 1998.

119. Чиннов И. Смотрите—стихи // *Новый журнал.* 1968. № 92.

120. Шаховская З. *В поисках Набокова. Отражения.* М.: Книга, 1991.

121. Якунова Екатерина Алексеевна. *Своеобразие художественного мира ранней лирики Георгия Иванова*: Дис......канд. филол. наук: Череповец, 2004.

122. Яновский В. С. *Поля Елисейские: Книга памяти.* СПб. "Пушкинский фонд", 1993.

123. "Я с Вами привык к переписке идеологической...": Письма Г. В. Адамовича В. С. Варшавскому (1951–1972) / Предисл., подгот. текста икоммент. Коростелева О. А. *Ежегодник Дома русского зарубежья имени Александра Солженицына. 2010.* М.: Дом русского зарубежья имени Александра Солженицына, 2010.


英文部分：

1. Brown E. Russian Literature since the Revolution. London: Colier-Macmillan Ltd, 1982.

2. David M. Bethea in Khodasevich: His Life and Art. Princeton: Princeton University Press, 1983.

3. Gibson A. Russian Poetry and Criticism in Paris from 1920 to 1940. The Hague: Leuxenhoff Publishing, 1990.

4. Hagglund R. A Vision of Unity: Adamovich in Exile. Ann Arbor: Ardis, 1985.

5. Hagglund R. The Adamovich-Khodasevich Polemics. Slavic and East European Journal. 1976/ -Vol. 20. -№ 3. -P. 239–252.

6. Johnston R. H. New Mecca, New Babylon: Paris and the Russian Exiles, 1920–1945. Montreal: McGill; Queen University Press, 1988.

7. Karlinsky S. Marina Tsvetaeva: The Woman, Her World and Her Poetry. Cambridge: Cambridge University Press, 1985.

8. Livak Leonid. How It Was Done in Paris: Russian Émigré Literature and French Modernism. Madison: The University of Wisconsin Press, 2003.

9. Raeff Marc. A Cultural History of the Russian Emigration 1919–1939. New York & Oxford: Oxford University Press, 1990.

10. Olcott A. Poplavsky: The Heir Presumptive of Montpamasse. TriQuarterly, 1973, Vol. 27.


中文部分：

1. 阿格诺索夫. 俄罗斯侨民文学史. 刘文飞，陈方，译. 北京：人民文学出版社，2003.

2. 奥多耶夫采娃. 塞纳河畔. 蓝英年，译. 北京：文化发展出版社，2016.

3. 奥多耶夫采娃. 涅瓦河畔. 李莉，译. 兰州：敦煌文艺出版社，2014.

4. 别尔嘉耶夫，等. 哲学船事件. 伍宇星，译. 广州：花城出版社，2009.

5. 布鲁姆. 影响的焦虑. 徐文博，译. 北京：生活·读书·新知三联书店，1989.

6. 杜林杰. "绿灯社" 在巴黎. 俄罗斯文艺，2018（2）：101–106.

7. 冯玉律. 俄国侨民文学的第一浪潮. 苏联文学联刊，1992（5）：65–69，60.

8. 高尔基. 不合时宜的思想. 余一中，董晓，译. 广州：花城出版社，2010.

9. 谷羽. 俄罗斯侨民第一浪潮年轻诗人诗歌一束. 俄罗斯文艺，2004（3）：15–18.

10. 霍达谢维奇. 摇晃的三脚架. 隋然，赵华，译. 北京：东方出版社，2000.

11. 李萌. 缺失的一环：在华俄罗斯侨民文学. 北京：北京大学出版社，2007.

12. 刘文飞. 20世纪俄罗斯文学的有机构成. 外国文学评论，2003（3）：5–15.

13. 刘文飞. 俄侨文学四人谈. 俄罗斯文艺，2003（1）：60–63.

14. 刘文霞. "俄罗斯性"与"非俄罗斯性"：论纳博科夫与俄罗斯文学传统. 北京：中央民族大学外国语学院，2010.

15. 苗慧. 论中国俄罗斯侨民诗歌题材. 俄罗斯文艺，2006（2）.

16. 塔斯金娜. 哈尔滨：鲜为人知的故事. 吉宇嘉，译. 哈尔滨：哈尔滨出版社，2018.

17. 汪介之. 20世纪俄罗斯侨民文学的文化观照. 南京师范大学文学院学报，2004（1）：37–42.

18. 汪介之. 俄罗斯侨民文学与本土文学关系初探. 外国文学评论，2004（4）：109–118.

19. 汪介之. 流亡者的乡愁：俄罗斯域外文学与本土文学关系述评. 桂林：广西师范大学出版社，2008.

20. 汪剑钊. 地狱里的春天：俄罗斯超现实主义诗人波普拉夫斯基. 世界文学，2001（5）：205–213.

21. 汪剑钊. "我把绝望变成了一场游戏". 世界文学，2015（5）：53–62.

22. 夏忠宪. 俄罗斯侨民文学研究者 B. B. 阿格诺索夫访谈录. 外国文学动态，2000（4）：34–36.

23. 张铁夫. "第一浪潮"俄国侨民学者、作家的普希金研究. 燕赵学术，2012（4）：179–186.

24. 周启超. 二十世纪俄语文学：侨民文学风景. 国外文学，1995（2）.

25. 朱立立. 身份认同与华文文学研究. 北京：生活·读书·新知三联书店，2008.

26. 祖淑珍. 廿世纪俄罗斯侨民文学：回顾与展望. 北京第二外国语学院学报，1999（5）：112–117.

图书在版编目（CIP）数据

父与子：1920–1940年间的巴黎俄侨诗歌 / 张猛著
.––北京：中国人民大学出版社，2024.1
（文明互鉴学术论丛）
ISBN 978-7-300-32108-0

Ⅰ.①父… Ⅱ.①张… Ⅲ.①诗歌研究—俄罗斯—1920–1940 Ⅳ.①I512.072

中国国家版本馆CIP数据核字（2023）第163106号

文明互鉴学术论丛
总主编 陈 方 李铭敬
父与子：1920—1940 年间的巴黎俄侨诗歌
张 猛 著
Fu yu Zi: 1920—1940 Nian Jian de Bali Eqiao Shige

| 出版发行 | 中国人民大学出版社 | | |
|---|---|---|---|
| 社　　址 | 北京中关村大街31号 | 邮政编码 | 100080 |
| 电　　话 | 010–62511242（总编室） | | 010–62511770（质管部） |
| | 010–82501766（邮购部） | | 010–62514148（门市部） |
| | 010–62515195（发行公司） | | 010–62515275（盗版举报） |
| 网　　址 | http://www.crup.com.cn | | |
| 经　　销 | 新华书店 | | |
| 印　　刷 | 北京捷迅佳彩印刷有限公司 | | |
| 开　　本 | 720 mm × 1000 mm　1/16 | 版　　次 | 2024 年 1 月第 1 版 |
| 印　　张 | 12.75 | 印　　次 | 2024 年 1 月第 1 次印刷 |
| 字　　数 | 206 000 | 定　　价 | 56.00 元 |